公務員、中田忍の悪徳
6
立川浦々
イラスト 棟蛙
koumuin, Nakata Shinobu no akutoku

CONTENTS

009 第四十一話 エルフとアクアリウムの向こう側

032 第四十二話 エルフと肴の骨

062 第四十三話 エルフとドッグイヤー

097 第四十四話 エルフと夜の陽炎

149 第四十五話 エルフと日陰の芽

190 第四十六話 エルフとオークの島

226 第四十七話 エルフと天国にいちばん近い場所

246 第四十八話 エルフと瀬戸の浮舟

273 第四十九話 エルフとトゥキディデスの罠

348 第五十話 エルフとハイパーリリーフ

366 第五十一話 エルフと等価交換

DESIGN musicagographics

公務員、中田忍の悪徳

立川浦々　イラスト　棟蛙

koumuin, Nakata Shinobu no akutoku characters

人物紹介

中田忍（なかたしのぶ）

主人公。区役所福祉生活課で係長を務める地方公務員。

河合（かわい）アリエル

名と戸籍を与えられた、女性型異世界エルフ。忍と同居生活を送る。

直樹義光（なおきよしみつ）

中田忍の大学時代からの親友。日本国内の野生動物を研究する大学助教。

一ノ瀬由奈（いちのせゆな）

中田忍の部下を務める才媛。保護受給者のケースワーカーを担当している。

若月徹平（わかつきてっぺい）

中田忍の大学時代からの親友。ホームセンターのバイヤーとして勤める。

御原環（みはらたまき）

女子高生。エルフに興味を持ち独自に調査している。

※本作に登場する、現実の歴史や特定の症例、公的制度とその内情に関する描写の多くは、現実のそれを参考としながらも必ずしも現実には即さない、完全なるフィクションです。

作中に登場した事物やその業務等に関わった関係者の皆様、被害者の皆様、また福祉を生業（なりわい）として勤務する皆様、生活保護受給者の皆様、それを取り巻く環境、諸団体の皆様を含めた、あらゆる人種、思想、信条、その他尊厳を害する意図は、一切ありません。

また、例外として〝大久野島（おおくのしま）〟（現：広島県竹原市忠海町（たけはらしただのうみちょう））にかつて毒ガス製造施設が置かれ、多くの国民が毒ガス製造に関与させられていたことは、まごうことなき事実です。

現在も、当時を知る方々や識者の各種出版物、インターネット上の資料、大久野島内にある〝大久野島毒ガス資料館〟や施設の遺構などにより、痛ましい歴史を知ることができます。

読者の皆様におかれましては、本作を通じ興味を持たれたならば、是非ご自身でその現実を調べ、知って頂き、それぞれの〝正解〟を見出（みいだ）して頂けるよう、切に願います。

第四十一話　エルフとアクアリウムの向こう側

区役所福祉生活課支援第一係長、中田忍は、あるひとつの悪徳を犯していた。

ここではないどこか、滅亡を迎えた異世界の癒し手として造られた、名もなきひとりの女性型被造生命体を、自宅内で秘密裏に保護し続けていたのだ。

中田忍の真摯でありつつ脇道へ逸れがちな活躍と、協力者たちの弛まぬ支援により、彼女は〝異世界エルフのアリエル〟と定義され、胡乱な行政や無責任な世論の好奇に晒されることなく、生命や尊厳に対する庇護を与えられ、人類社会へ溶け込めるだけの学びを得た。

加えて謎の存在〝ナシエル〟からもたらされた身分が、異世界エルフたるアリエルに〝ドイツ連邦共和国から帰化した二十歳の日本人女性、河合アリエル〟という公的な属性を与えたことで、保護を秘匿し続ける必要性は失われた。

保護開始当初から『異世界エルフの生命と尊厳を守る』ことを至上命題と定めていた忍は、アリエルの尊厳を重んじるが故に、忍の家を出て独立するよう勧奨する。

だが、頑なに従順を貫いていたアリエルは、協力者の助けを借りながら、初めて忍に反発。

最終的には中田忍自身の手すら借り、見事な意見陳述書で中田忍の意志を曲げ、自らの意志と尽力によって、同居の継続を勝ち取ったのである。

これより紡がれるのは、己の意志で現代社会を生きると決めた、河合アリエルの時間。

中田忍が犯していた悪徳のひとつ、秘匿の保護は、正しくその役割を終えたのである。

真夏の熱波が肌を灼く、七月二十八日土曜日、午前九時二十一分。

中田忍が住む賃貸マンション敷地内の駐車場には、先日納車されたばかりの、メタリックシルバーなリアルヨーロピアンワゴンが駐車されている。

その運転席に座り、真剣な表情でバックミラーの位置を調整しているのは、白い襟付きブラウスを纏った我らが異世界エルフ、河合アリエルであった。

「まだ掛かるか」

「はい」

「分かった」

助手席に座る仏頂面オブ三十三歳地方公務員、中田忍は、眉根の皺を僅かに深めた。

無理もあるまい。

細大漏らさぬ安全確認のため、各種点検が終わるまでエンジンを動かすなと教えたのは忍自身だったが、ダッシュボードで目玉焼きが作れそうな炎天下、この調子で十分以上も待たされていれば、思うところのひとつも生まれる。

「せめて空調だけでも動かさないか。運転前から熱中症では洒落にならんぞ」

「シノブから、運転手は車内外の安全を保障できる唯一の存在であると教わっています。慎重に慎重を重ねてし過ぎることはないとも聞いていますが」

「時間を掛ければ丁寧というものでもあるまい。必要な手順を最低限の時間に収めることも、運転手が体得すべき甲斐性のひとつだ」

「なるほどですね。テッペーは『遅いだけならカメでもできらぁ』と言っていましたが、ヒトはカメ以上の責任感を持って運転席に座る、ということなのでしょうか」

「そうなる」

合っているか間違っているかで言えば合っているので肯定する、中田忍であった。

「ところで今日は、テッペーやヨシミツやユナやタマキがいません。どうしたことでしょう」

「今日はお前の公道走行デビューとなる。俺以外の命を危険に晒すわけにはいかん」

「アリエルは危なくないように、一生懸命勉強と練習をしてきましたが」

「自信と慢心は紙一重だ。命を預かる重責を前に、備えなどいくらあっても足りはしない」

「運転手はカメ以上でありながら、時にはカメにもならねばならないということですか？」

「ああ」

「フムー」

分かったような分からないような表情で、アリエルはミラーの調整に戻るのであった。

同居の継続は決まったものの、異世界エルフを社会的に自立させること、またその能力をアリエルに体得させる必要性自体が消滅したわけではない。

もう出掛けるところなので細かい経緯は省くが、忍(しのぶ)の誕生日から一か月弱の間に色々あった結果、アリエルは就職に向けた資格取得活動の一環として自動車運転免許を手に入れ、忍は自家用車を購入するに至った。

駐車場を確保し納車が済んだ今日、忍はアリエルの運転訓練を主目的として、県内のとある観光地へ、ドライブという名の社会科見学に向かうことにしたのである。

無事に出発できた車内、運転席には真剣な表情の異世界エルフ(アリエル)。

生来の身体能力に加え、教習所など比較にならないほど濃密かつ真剣な安全運転に関する教育を中田(なかた)忍から叩(たた)き込まれたアリエルは、堂に入った構えでハンドルを操っている。

助手席には、普段通りの仏頂面(ぶっちょうづら)で車外を窺(うかが)う、世話焼き地方公務員の中田忍。

運転のアドバイスからルート確認、周囲の安全確認から車内温度調整、運転手たるアリエルへの給水補助に至るまで、助手の名をほしいままにする大活躍を見せていた。

「おおむね2キロ先、三つ目の信号を左折してくれ。頃(ころ)合いを見て第一通行帯(ひだりのしゃせん)に移るんだ」

「第一通行帯、ニガテです」

「難しければそう言え。こちらでタイミングを指定する」

「いえ、車線変更はダイジョブです。でも第一通行帯にはチカチカする車がいるので、すぐ戻らないといけないのがニガテです」

チカチカする車とはもちろん、ハザードランプを焚(た)いてコンビニに寄ったりクリーニング店で衣類を回収したり、ラーメン屋でラーメンを食べたり送迎の乗降待ちをしたりしている、ものすごく邪魔な路肩駐車車両のことである。

「シノブ、教えて欲しいことがあります」

「なんだろうか」

「道路は走る場所で、長く止まってよい場所は駐車場だと教えて貰(もら)いました。走る車にとってチカチカする車はいないほうがウレシーので、なくなるのが正しいのではありませんか」

「ふむ」

回答を間違えれば、荒態惨殺砲(アリエルさんビーム)が違法駐車を物理的に撲滅する事態にもなりかねない。

アリエルが無事車線変更を終えたと確認し、忍は言葉を選ぶ。

「アリエル」

「はい」

「俺たちの生きる現代社会は、道理と不条理が複雑に絡み合うことで成立している」

「フジョウリとはなんでしょう、シノブ」

「沿うべき常識に反しているのに存在する、合理性のない道理のことだ。確かにお前の考える通り、道路は車が走るために整備されているし、車をチカチカさせるべき場所ではない」

「いけないことをするヒトを、全部メッとすれば、みんなが決まりを守りませんか？」

「それも一案だが、結論を出す前に考えてみろ。例えば足が悪く、満足に歩くことのできない者がどうしても店を使いたい場合。店の近くにほんの少しの時間だけ車を止め、店に立ち寄り用を済ませるのは、罪として裁かれるほどの悪行だろうか」

「……それでは、足の悪い人は、カナシーですね」

「そうだな」

きっちり五回ブレーキランプを点滅させ、ウインカーを出して赤信号で止まるアリエル。

少なくとも運転技術的な面においては、なんの心配も要らない様子であった。

「ひとりのヒトとして、恥を忍んで異世界エルフ(おまえ)に明かすが、人類の社会は不完全だ。すべての者が納得する絶対の決まりを、未(いま)だ創(つく)り出せずにいる」

「困ったものですね」

「ああ。故(ゆえ)にヒトは最低限の緩い決まりだけを作り、細かい決めごとを各人に判断させて曖昧(あいまい)に誤魔化し、どうにか社会の体裁を保っている、というのが、真実に近い説明となる」

「……走る車にとって、チカチカの車はいないほうがウレシーですが、チカチカしないといけない車もいるので、走る車がそれを避けることで、とりあえず解決しているのですか？」

「そうだ」

「アリエルは決まりを守っていますが、アリエルが避けないといけないのでしょうか」

「不条理だろう」

「フジョウリです」

「しかし、それこそが現実だ。狡い言い方をすれば、時には上手に決まりを無視して、うまく他者との衝突を避けることこそ、この世界で最も正しい〝決まり〟と言える」

「……ハゥ」

「悩むようなら路肩に停車しろ。教えたやり方を覚えているか」

「いえ……いえ、大丈夫です、シノブ。アリエルは運転を続けられます」

信号が変わり、ゆるりと車が左折する。

ミラーと目視の安全確認に、巧みなアクセルワーク。

「アリエルは、その決まりがニガテです。こうなったらこうする、というのはすぐに分かりますが、そのときどきでイケテルだったりニガテだったりというのは、チンプンカンプンです」

この辺りはむしろ、忍のほうがアリエルに同意したくなるところだ。

しかし忍としても、自分のような生き方をアリエルにさせたくはなかったし、アリエルならばそうせずに生きられる社会性を身に付けられるだろう。

ならば教え導いてやるべきだと、中田忍は考える。

自分よりもずっと、上手くやれるように。

「だからこそ俺は、お前が運転という学習機会を得たことに、肯定的な印象を抱いている」

第一通行帯を進む忍たちのはるか前方には、チカチカの駐車車両が止まっている。

忍たちの車の真後ろからも、右後方の第二通行帯からも、何台かの車が迫っていた。

「この場合ならどうする、アリエル」

「チカチカの車の後ろで一度止まって、第二通行帯の車が全部いなくなってから、第二通行帯に移るのが安全で、正しいと思います。でもアリエルたちの後ろの車は、アリエルが動かないので、ちょっとイライラするかもしれないのです」

「そうだな。ならば逆に思い切り加速して、今すぐ第二通行帯へ移ってみろ。無論、周囲の安全確認は忘れずにな」

「今は時速40キロで走っています。この道路の制限速度も時速40キロです」

「移る間だけ時速60キロまで出していい。俺が許可する」

「……はい」

ぶぉぉぉぉぉぉおん
加速した車体はスムーズに第二通行帯へ移り、アリエルは問題なく駐車車両を躱す。

「できました！」

「決まりを破ったが、どうだった」

「誰も止まらずに、誰も危なくなかったです」

「そうだな」

「ただ、次も同じかは分かりません。シノブが教えてくれたので、今のことができました」

「俺もセンスに依る判断や行動は苦手だ。しかし車の運転ならば、知識と経験である程度のカバーが利く。曲がりなりにも俺にできているのだから、お前にできない理屈はない」

「フムー」

周囲の安全確認を怠らないまま、上唇を鼻先に擦り付け始めるアリエル。

かわいい。

悩むような話でもないように見えるが、忍からすれば想定内の反応でもあった。

今日までアリエルと接してきた忍の結論として、異世界エルフは新しい知識のインプットと、その記憶の保持能力につき、ヒトを超越した優位があると認められる。

一方でそれは、異世界エルフの劣位足り得る特徴でもある。

なまじ高過ぎる記憶の保持能力故に、記憶それぞれのファイルが上書き保存ではなく並列に保存されてしまうため、不確かだったり誤った知識を最初に与えてしまうとなかなか修正できないし、経験を蓄積させればさせるほど処理が複雑化し、決断を下すのが難しくなる。

動物の名前や日本の言葉、車の運転はすぐに覚えられても、瞬時の判断が求められる行動に関しては、ゆっくりと覚えさせてやる必要があるのだ。

「心配は要らん。わざわざ車まで買ったんだ。運転を含んだ各種機会を通じ、人の間で生きるための知識と経験を、存分に学ぶがいい。必要なことは、俺がいくらでも手助けしてやる」

「ほんとですか!?」

「その為に同居継続を願い出たのだろう。今更反故にはさせんぞ」

「はい!!　よろしくお願いします、シノブ!!」

ぶぉぉぉおぉぉぉぉん!!

「アリエル」

「はい！」

「感情をアクセルに乗せるな。事故を起こしたらどうする」

「すみません」

声量こそ控えめであったが、物凄く嬉しそうな異世界エルフであった。

◇◆◇◆◇◆◇

新江ノ島水族館。

日本における最初の近代的水族館として開館した〝江の島水族館〟を継承し、二〇〇四年にグランドオープンした、エデュテインメント型水族館である。

館内は清潔で広々としている上、クーラーもガンガン効いており、すこぶる快適。

それなりに混んでもいたが、展示が見えなかったり、ストレスを感じるほどでもない。

しかし中田忍が連れているのは、世の中すべてが気になる地球初心者の異世界エルフ。

なんでもかんでもとにかく興味を示すので、なかなか奥には進めないのであった。

「シノブ、シノブ、すごいです!!」

「どうした」

「ビニール袋が展示されています」

「……ほう」

一瞬困惑した忍だが、よく考えればおかしな話でもない。

この水族館では常設企画として『水圧はここまでえげつない』的な負のキャッチコピーを掲げ、深海に沈めたカップ麺の容器がじりじりと縮んでいく様子を展示している。

自然破壊がどうのウミガメが食べてどうのと、環境問題への啓発を目的として、海洋汚染廃棄物の代表格たるビニール袋が展示されていても、ギリギリ不思議ではは——

「生きているビニール袋、はじめて見ました」

「なんだと」

流石に驚きを隠せない忍。

当のアリエルは、ニコニコしながら水槽に張り付いている。

かわいい。

「新鮮なビニール袋に入れたら、きっとごはんもオイシー。少し捕まえていきましょう」

「アリエル」

「はい？」

「お前に教えるべきことがふたつある」

「お願いします！」

「まず、水族館の資料を個人が捕獲してはならない。観賞と学術のために展示されているもので、再度捕らえるのが難しい品種も数多い。持ち帰るのは控えろ」

「分かりました！」

「ふたつ目。ビニール袋はヒトが化石燃料を加工、成型して作る商品であり、元々自然界に存在するものではない。必然的に、天然のビニール袋が海で獲れることはない」

「では、これは、なんですか？」

「ミズクラゲだ。半透明の幻想的な体躯（たいく）や遊泳する様子の不可思議さから、観賞目的で飼育する者も多いという。この水族館においても、特に力を入れて展示しているらしい」

「へえー。これ、たべられるんですか？」

「品種によってはヒトも食べるし、ウミガメなどは好んで狩る。ただ最近、クラゲと誤認してビニール袋を食べてしまい、喉に詰まらせて死ぬウミガメも増えているそうだな」

「それは、いけないことですね」

「そうだな。ゴミは自宅に持ち帰るなりした後、適切な手段で処理すべきだ」

「はい。ところでシノブ」

「どうした」

「キクラゲとクラゲは、違う生き物ですか？」

「キクラゲは地上の茸、クラゲは海洋生物。少なくとも生態としての関連は皆無だな」

「ホォー」

「キクラゲなど、よく知っていたな」

「シノブにお借りしたレシピの本で見かけました。ふしぎな食べ物だなあと思っていました」

「ふむ」

よく学んでいると感心した忍は、ライトアップされ揺蕩うクラゲたちを眺める。

涼しげなその様子と、物理的に涼しいクーラーの冷気が、火照った身体を鎮めてくれた。

「……あの、シノブ」

「なんだ」

「アリエルは、キクラゲを、ふしぎな食べ物だなあと思っていたのです」

「ああ」

「……」

アリエルが、上下左右にふらふらしている。

どちらかと言えば奇行の類いだが、かわいい。

「アリエル」

「はい」

「言いたいことがあるなら言え。俺も聞かねば検討できん」

「……キクラゲ、食べてみたいです」

「いいだろう。調理の際は、お前にも手伝って貰うぞ」

「ホァー!!」

キクラゲで大喜びの、異世界エルフであった。

◇◆◇◆◇◆◇

すべての水槽にかぶりつくアリエルに合わせていたら、とても一日では回り切れないと判断した忍が採った、臨機応変の一手とは。

『次はオキゴンドウのブレザーちゃんが、とんでもないジャンプを見せてくれますよーっ!!』

上演数の限られているイルカショーを、先に観覧することであった。

既に（すで）ショープールの座席は埋まっており、外周から立ち見することになってしまったが、並んだり席を取ったりして次を待つよりマシだろう。

「シノブ、あれはなんですか」

「イルカだ」

「説明している人は、オキゴンドウと言っていましたが」

「細かいことは気にするな。イルカショーに出演しているのだから、あれはイルカとだけ分かっていれば、ショーを楽しむに支障はあるまい」

「ムーン……？」

忍が解説しないのは、知らないから誤魔化そうとしている訳ではなく、アリエルにエンターテインメントの本質を理解して欲しいためであった。

そもそもオキゴンドウは生物学的に言えばクジラの系譜に属するが、細目（さいもく）で言うと他のイルカ類と同じマイルカ科に属するのでイルカの仲間と言えなくもない。

と言うか、クジラとシャチとイルカの間には生物学的な差がほとんどなく、強いて（し）言えば大きさで区別されているぐらいのものなので、オキゴンドウのブレザーちゃんは、体長で区分けするとイルカより大きくクジラ未満の〝シャチ〟である。

ところでシャチと言えば、野生に生きる一部のシャチは度々サメへと襲い掛かり、栄養豊富な肝臓のみを齧り取って、残った身を放置するという合理的かつ冷徹な食性が知られているのだと、忍は最近ネットで見かけた。

もちろん肝臓を喪ったサメは死ぬのでそこに慈悲はなく、単なる食い荒らし行為である。〝海の殺し屋〟の二つ名を持ち、海の食物連鎖の頂点に立つシャチの面目躍如であった。

しかしよく調べてみたところ、ブレザーちゃんことオキゴンドウは別名〝シャチモドキ〟と呼ばれているらしく、その体格こそ世間に知られるヤバイシャチと同じ分類に属するものの「モドキ」なのでシャチとは呼び難い。

突き詰めればイルカショーに蠢く謎の生物ブレザーちゃんということになり、その正体に思いを馳せていては、可愛いだの凄いだのを論じているゆとりはなくなるだろう。

イルカショーを見ている際、スマホを片手にそんなことばかり考えている根っからクソ野郎の忍であったが、同じ思いをアリエルに共有させるほど常識音痴のゴミクズではなかった。

エンターテインメントをエンターテインメントとして受け取らせてやるだけの感受性を守ってやることを、尊厳の保障に含める程度の理性と人間性は持ち合わせているのだ。

そんな忍の目線の端で、飼育員の合図により、ブレザーちゃんが水面から空へと飛び立つ。

パシャアッ！

クルクルッ！

バッシャアアアアン!!

『おぉーっ!!　ブレザーちゃん、台本より高いほうのリングを通っちゃいましたよぉー!?　さらに二回転ひねりからのダイナミック着水！　いやぁ、今日のお客さんはラッキーですねー!!』

「大したものだな」

かのブレザーちゃんは三十年近くショーに従事しているベテランで、サプライズを提供するためのアドリブぐらい平気でこなしてしまうのである。

しかし。

「……フムー」

大盛り上がりの客席とは対照的に、何故(なぜ)か真顔の異世界エルフ(アリエル)。

これには忍も若干戸惑う。

「イルカが気に入らんか、アリエル」

「いえ」

「では、どうした」

「シノブは、ブレザーちゃんのジャンプが、ウレシーですか?」

「……まあ、珍しいものを見たという気にはなるが」

「アリエルは、もっと高く飛ぶことができます」

「そうだな」

人気者のブレザーちゃんに嫉妬の炎を燃やす、異世界エルフなのかもしれなかった。

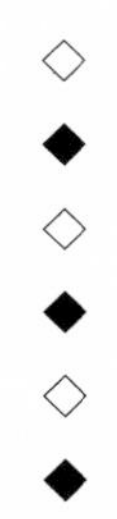

新江ノ島水族館自慢の大水槽には、近海の環境を再現すべく、人工的な波が発生している。

また、付近の通路は緩やかな螺旋状に水槽を囲っており、メインホールに至るまでも、まるで水槽の中を歩いているようなガラス張りのトンネルや、潜水艦の内から覗くような丸い覗き窓が複数設置されているなど、来館者を飽きさせない工夫が為されていた。

もちろん異世界エルフも、飽きるどころか大興奮。

「マイワシ！　マイワシがたくさんいます、シノブ!!」

遂に辿り着いたメインホールから見上げると、深さ数メートルの大水槽を水底の高さから俯瞰的に観察でき、水中トンネルとは違った角度から水槽の様子を楽しめるのだ。

「そのようだな」

普段通りの仏頂面で、手元のパンフレットを眺めながら、忍が頷く。

新江ノ島水族館が面する相模湾は国内有数のマイワシの漁場で、銀色に輝きながらうねり泳ぐ約八千匹のマイワシを自然の生態のまま観察できるのが、大水槽のウリのひとつらしい。

なるほど見事なものだと、感心する忍。

そして。

「こんなに獲ると、毎日いっぱい食べても、食べ切る前に腐ってしまうかもしれません」

生存本能に長けたナチュラルボーン狩猟生物、河合アリエルなのであった。

「必要な分だけ獲り、足りなければまた獲ればいいだろう」

「次があるとは限りません。明日同じ場所で同じ水を掬っても、同じ魚は獲れないのです」

「至言だな。だが、水族館の生物を獲ってはいけないと教えたろう」

「はい。でも、思考実験はいつでも自由にやっていいと、ヨシミツから聞いています」

「道理だが、今日は図鑑で見てきた魚たちの、生きた姿を見るのが本懐だったはずだろう」

「その通りです」

「水槽にはマイワシ以外にも様々な魚がいる。もっと色々眺めてきてはどうだ」

「シノブはどうしますか？」

「傍にいてやる。はぐれる心配は要らん」

「ホォー」

戸惑い半分、わくわく半分の様子で、吸い込まれるように大水槽へ歩み寄るアリエル。

忍は黙って追随し、アリエルの背後から大水槽を見上げた。

そして、ふと気付くのだ。

「知らないお魚もたくさんいますね、シノブ!!」


満面の笑顔で振り返る、アリエルの姿。

その後ろにぼんやりと見えるのは、雄大なアクアリウム。


クリスマスイヴに見た、スマートフォンのフレームに囲われたアリエル。

そこに透明な牢獄(アクアリウム)を見た絶望を、忍(しのぶ)は今でも覚えている。


今の中田(なかた)忍がいる場所は、アクアリウムの向こう側。

異世界エルフと同じところで、ガラスの向こうを眺めていた。


「海の水は、とっても重いと聞きました。シノブ、どうしてこのガラスは壊れませんか?」

水族館の水槽に使われているガラスには、特殊なアクリル樹脂が使用されている。

ただ単に通常のガラスを積層しても満足な強度は得られないし、全体が緑色がかってしまい、中の生物をクリアに見られない。

加工が容易で透明度も高いアクリル樹脂製ガラスの登場が、日本の水族館シーンを劇的に進

化させ、この巨大水槽を形作っているのだ。

事前調査を欠かさない中田忍は、それくらい当然知っていた。

だが今、彼の口を突いて出たのは、全く関係のない言葉。

「誰もが納得する理由などない。強いて言うならば、壊れることをヒトが望まんからだ」

「……ムーン？」

「お前が今、俺と同じ側からガラスの向こうを眺めていること。それがすべてだ」

「……フムー」

アリエルの表情は悩ましい。

当然だろう。

忍の側でも、確固たる何かを以て、語り聞かせた話ではない。

忍自身にもよく分からない心の動きを、思わず口に出してしまっただけなのだ。

しかし。

「ありがとうございます、シノブ」

囁くような、アリエルの謝辞。

その表情は満面の笑みから、穏やかな微笑みへと変わっていた。

片や忍は、返す言葉を見付けられず、刹那の逡巡に陥った後、反射的に一言。

「俺は何故礼を言われた」

「アリエルにも、分かりません」

「分からんものに、頭を下げられてもな」

「すみません。でもアリエルは、そうしたかったのです」

「……そうか」

忍はアリエルの隣に進み出て、改めて大水槽を見上げる。

だいすきな忍の動きに合わせて、大水槽を見上げるアリエル。

それが、すべてだった。

第四十二話　エルフと肴の骨

新江ノ島水族館ドライブから四日後、八月一日水曜日、午後四時五十八分。

「じゃあアリエルさん、今日は何を買うんでしたっけ？」

「鯵握り　いいなとユナが　言いました」

「なんで七五調なんですか？」

「シチゴチョウとはなんですか？」

「あぁ……えっと……ノリの一種です」

「フムー」

社会教育の一環として夕飯の買い出しを仰せ遣った異世界エルフ、河合アリエルは、協力者の御原環と合流し、中田忍邸最寄り駅前のスーパーへ到着していた。

あと小一時間もすれば忍が帰宅して仕込みに入り、さらにもう少しすると由奈が忍の家に来て寿司をせがみ始めるので、あまり時間のゆとりはない。

「シノブから、買う物のリストを受信しています。タマキもぜひご覧ください」

「ご丁寧にどうも……ふんふん……じゃあ、とりあえず魚売り場から行きましょうか」

「ナンデ？」

「鯵が売り切れちゃったら、鯵が握れなくなっちゃうからです」

「限りある鯵を大切にしようということですか？」

「いえ。最後に滅ぼすのが私たちなら、それはそれで構いません」

「なるほどですね……」

物騒なやりとりを交わしながら、鮮魚売り場へ急ぐアリエルと環であった。


さて。

鮮魚売り場の親方は、名も知らぬ仏頂面(ぶっちょうづら)男、つまり中田忍のことを存外気に入っている。

ワラサとブリの違いを教えたのが始まりで、クリスマスイヴには牛フィレ肉を売った。

『口を開けば取っつき辛(づら)い、面倒な変わり者』という認識は出会った当初から変わらないものの、売れ筋を勧めれば勧めるまま買ってくれる気(き)っ風(ぷ)の良さ、必ず謝辞を述べに来る律義さ、世辞や軽口に流されない実直さは、いかにも清々(すがすが)しいではないか。

加えて、どうやら扱いの難しいひとり娘の面倒を見るために、色々苦労をしているらしい。

そんなわけで、良く言えば昔気質、悪く言えば根が徹平(てっぺい)みたいな親方は、名も知らぬ仏頂面男の存在をそれとなく気にしており、来店を楽しみにしていたのである。

だが。

「あっ、あのっ、あのー、すみません、あのぉ、あの!!」

「こんにちは、アリエルです!!　オヤカタさんを探しています!!」

聞き慣れない挨拶に振り向いた親方の表情が、一瞬にして固まる。

そこにはまるで見覚えのない、大変いやらしい身体つきの娘っ子と、コミュニケーション能力の高そうな、これまたダイナマイトバディな金髪のチャンネーがいたのだ。

「お……この辺りでオヤカタったら……俺……ですけどもね、はぁ」

ムチムチでパツキンのチャンネーに突如微笑みかけられ、浮足立つ親方であった。

やむを得まい。

彼に外国語の心得はないのである。

「シノブは、オヤカタの魚選びがスゴイので、鯵をオヤカタに選んで貰えと書いています」

「アリエルさん、それじゃ何もかも分かりませんよ……」

「えあー、その、シノブ？　ってのは……？」

「あっえっと、背が高くて目つきが悪くて無愛想で口が悪くて、いい人ではあるんですが！」

「はい！　こちらがシノブです!!」

完全にテンパっている環を尻目に、自慢のスマホをスッと出す異世界エルフ。

その待ち受け画面には、まるで証明写真でも撮ったかのような中田忍の顔面が映っていた。

「おぉ……お……嬢ちゃんたち、兄ちゃんの知り合いかよ」

親方の中でひとつの疑問が解消した代わりに、数多の疑問がぼこぼこ沸き立つ。

――いや別に構わねえよ？　兄ちゃんだって枯れる歳でもねえだろうしよ。

――でも片方どう見たって未成年、片方パッキン爆乳のチャンネーって大丈夫かよオイ。

――血縁考えるにゃぁ見た目全然似てねえし、娘っつうならデカ過ぎらぁ。

――いやそれより何より、随分とまあ、スケベなカラダしてやがる。

――まだ若けぇだろうにふたりしてオイ、ご立派なモンぶら下げちまってまあ……。

親方は生粋の巨乳派であり、忍の人間性を訝しむ気持ちと、図らずも連峰と相成ったご立派に目を奪われてしまう本能的な情動、そして人として男として、何より客商売に携わる者として持つべき最低限の倫理で板挟みになり、視線がぐわんぐわん揺らぐのであった。

そして男性の〝そういう〟視線に敏感なはずの御原環は、陰キャ特有の人見知り感と、大切なアリエルさんを守らねばならないという使命感が内心で拮抗しちょうど良い塩梅となり、どうにか年齢なりの落ち着きへ収まることに成功していた。

「あえっ……と、私と忍さんは……趣味の仲間みたいなものでして。こちらは忍さんが生活のお世話をしている、ドイツから帰化されたアリエルさんです」

「今は日本人のアリエルです。宜しくお願いします」

弛まぬ訓練の成果を発揮し、紹介に合わせて礼儀正しく、深々と頭を下げるアリエル。

なんだ日本人かよ……と的外れに安心する親方の脳内で、記憶のパズルが組み上がる。

「じゃあ兄ちゃんが面倒見てる、アレルギー云々ってのはアンタかい」

「はい。シノブはとってもヤサシーのです。料理もすごく上手で、オヤカタのムニエルも、とっても美味しく作ってくれたのです」

「はぁ……そうかね」

ムニエルにされた感じの親方であったが、存外悪い気はしなかった。

年頃の娘がいる親方には、確かにこの素直そうなチャンネーを世話するのであればそれはもう色々と気を遣うだろうなあと容易に想像できたし、この様子だと魚は兄ちゃんにもチャンネーにも好評らしい。

グローバルな自分がちょっと誇らしい、親方であった。

「事情は分かったけどよ。今日は兄ちゃん来ねえのか」

「由奈さん……えっと、忍さんの部下の女性が、急に鯵のお寿司を食べたいと言い出したので、買い物に来る余裕がないみたいです。鯵のほうは親方さんに任せておけば間違いないから、アリエルさんの勉強を兼ねて、代わりに買い物してきて欲しいってお願いされました」

「へぇ」

『任せておけば間違いない』とは、嬉しいことを言ってくれる。

今日は八月一日、確かに鯵の旬の真っ只中であり、目利きの親方の下には、まるでさっき死んだばかりのような自慢のピチピチ鯵が揃っている。

部下の女性とかいう、また兄ちゃんの身の上を複雑に見せるような危険ワードが聞こえた気もするが、親方の興味はもっと別のところに集中していた。

「ところで、アリエルさんとか言ったかね」

「はい、なんでも気になるお年頃、アリエルです」

「歳は。いくつでぇ」

「にじゅう……にじゅう……にじゅうではなくて」

「はたちです」

「アリエルさん、二十歳です、はたち」

「なるほどねぇ。アリエルさんは今、日本のお勉強中ってことになるのかい」

「はい!!」

「どんな勉強してるんだ?」

「……食べて……寝て……アニメを見て……本を読んで……主にタマキと遊んでいる」

隣で環が絶句していた。

何かフォローを考えてみたが、すぐに浮かぶのは運転の練習くらいしかない。

一応、家事の手伝いもやってはいるが、教育目的以外の家事は『自分の面倒は自分で見る』が板に付いた忍がさっさと済ませてしまうので、あまり大きなことは言えないのだ。

そんなアリエルを前に、親方は心配半分、呆れ半分で頭をぽりぽり掻き始めていた。

「いけねぇな……そいつぁいけねぇよ」

「アリエルは、ビミョーですか」

「おうよ。兄ちゃんに申し訳ないとは思わねぇのか」

「思っています。アリエルはシノブのためになることをしたいと、かなり考えています」

「ほう……そうかい」

「あ、えと、あの、今日は私たち、鯵を買いに来たんですけどっ」

話の雲行きが怪しくなってきたので、なんとか軌道修正を図ろうとする環。

だが親方は小娘の小細工など意にも介さず、いくらか締まりのある表情で環に語り掛ける。

「んで、そっちの嬢ちゃんはいくつでぇ」

「えぁ……十六です」

「上等だ。高校生か。バイトはよ」

「無職のアリエルと、バイト探しのタマキです」

「ちょ、アリエルさんっ」

「そりゃあいい」

にやりと微笑む親方。

訳の分からない環はちょっと怯え、訳の分からな過ぎるアリエルはにこにこしていた。

かわいい。

「アリエルさん……いや、嬢ちゃんのほうがいいか。ちょいと話聞いちゃくんねえかな」

「え、な、わ、私たちはただ鰺を買いに来ただけでして、その」

「鰺なら最高のヤツを出してやるよ。それより、兄ちゃんと相談した後でいいからさ」

　その言葉で親方が忍の知り合いであると思い出し、環は少しだけ緊張を緩める。

　アリエルはちゃんと話を聞こうとしながらも、色とりどりに陳列されたお刺身パックへ目移りしまくっていた。

「いっちょ、頼まれちゃあくんねぇか」

　果たして週末、八月四日土曜日、開店前の駅前スーパー。

　鮮魚売り場のバックヤードでは、担当従業員を集めた朝礼が行われていた。

「そんな訳で、暫く手伝いに来てくれるふたりです。挨拶いいか？」

　責任者たる親方に促され、傍らに立つふたりがそれぞれ自己紹介を始める。

「はい、河合アリエルです。日本でのお仕事は初めてですが、色々教えてください」

「はっ、たっみっ、御原環と言います。十六歳です。ご迷惑掛けないよう頑張りたいです!!」

　パチパチパチパチ　パチパチパチパチ

パチパチパチ　パチパチパチ

孫すらいそうなベテラン主婦勢を中心としたパートの皆様から、不必要なまでに盛大な拍手が送られ、アリエルはなんだか楽しくなり、環はひたすら恐縮していた。

なお、ふたりとも頭髪を袋じみた帽子にまとめており、ゴム手ゴム長に真っ黒エプロンで、ファッション的には微塵の可愛げもない。

「本社が応援寄越さねぇってんで、俺の独断でお得意さんにお願いして連れてきました。アリエルさんはドイツからの帰化人で、見ての通り日本語はペラペラだが、一般常識のほうはまだイマイチらしい。御原さんは日本生まれ日本育ちの高校生だが、バイトは生まれて初めてってーことです。俺も目ぇ掛けるんで、皆さん面倒見てやってください」

「よろしくお願いします、アリエルです!!」

「よ、よろよろしくします、御原環です!!」

パチパチパチ　パチパチパチ

パチパチパチ　パチパチパチ

必要以上に拍手の轟く、アットホームな職場であった。

河合
御原

およそ一時間後、鮮魚売り場のバックヤード。

「だからねぇ……」

「そうなのよぉ……」

「ンフフ……」

「あ、あは、ふふふふふ……」

御原環は己の総力を結集して、浴びせかけられる雑談の一斉掃射を必死にいなしていた。

『アリエルさんを守り、教え、導きます!!』などと吹いていたのは、昨晩忍の前での話。

やたらと吸収の速いアリエルは早々に別の高等な業務を任せられたが、仕事ぶりにまったく追い付けなかった環は、予めパック詰めされた牡蠣などを陳列したり機材の汚れを流す難易度低めの業務を振られ、同僚のおばさま方、いやご婦人の皆様のオモチャと化していた。

「……それでね、ここのスーパー建てるからって、親方はお店畳んでお金もらって引っ越して、自分は社員登用で勤めてるってワケよ」

「もう自分のお店じゃないんだから親方って呼ばせるのは止めなさい、って何度も上から言われてるのに、毎回屁理屈並べて突っぱねちゃってるのよ」

「はぁ」

「ねえ、どんな屁理屈だと思う？　どんな屁理屈だと思う？」

「い、いえさっぱり」

「じゃあヒントね。親方の本名、尾っぽの尾に谷、堅物の堅に司るで尾谷堅司だから……？」

「……〝尾谷堅〟？」

「「「ボッハッハッハッハッ！！！」」」

期待通りのリアクションに、大爆笑のご婦人の皆様。

「名前の一部だって言い張って、オヤカタ呼びを続けさせてんのよ」

「面白いっていうか、可愛いでしょ？」

「そ、そうですね……」

強引で粗暴な感じの親方、もとい尾谷堅司氏は、正直環の苦手な部類の人間であったが、これだけ部下に認められているのなら、少なくとも悪人ではないのだろう。

心の障壁を少しだけ下げる、御原環であった。

同じ頃の鮮魚売り場、『プロがお魚捌きます♪　お気軽にどうぞ』のサービス窓口。
親方こと尾谷堅司は、戦慄していた。
「次は何を捌きますか、オヤカタ！」
隣には出刃包丁を構え、ニコニコしている異世界エルフ。

無論親方の動揺は、プロがお魚を捌く窓口に採用一時間ちょっとのアリエルを使ってしまった後悔から来ている訳でも、出刃包丁装備のアリエルに怯えている訳でもない。

「あ、あぁ。次はマイワシな」

「マイワシ!!」

「好きなのかい。なかなか渋い趣味してんじゃねえか」

「はい。元気に泳いでいる姿を見て、いつか食べてみたいなあと思っていたところです」

「……お、おう」

異文化交流の難解さをほんのり肌で感じつつ、親方はマイワシを一尾手に取った。

「マイワシの捌き方は、さっきのカツオと違うのですか?」

「大きいトコでは小骨の処理だな。食味を損なうし、寄生虫の心配もタタキよりきつい。んで、格別丁寧に開かねぇと身が崩れる。小せえ魚だから、包丁も小出刃がいいだろうな」

親方の手は洗練された外科医のように小出刃包丁を操り、マイワシの身は綺麗に開かれた。

親方の言葉通り、マイワシは扱いの難しい魚で、水揚げされた時点で鱗がほぼほぼ剝げ落ちているため、初手のケアから作業がデリケートだ。

鱗の残渣を包丁の背で撫でるように押し退け、計算された角度で鰓から頭を切り落とし、腹に刃を潜らせて開き、丁寧に内臓と骨を取り分ける。

瞬く間に身を開かれ、皮と小骨を根こそぎ除かれたマイワシは、刺身用の柳葉包丁に持ち替えた親方の手技で、宝石のように美しく捌かれてゆく。

切り抜く際のちょっとした返しが、仕上げを彩るコツだ。

この間アリエルは、ひたすらじっと親方の手元を見つめ、技術を盗むことに専念していた。

「これがマイワシの刺身だ。いけるか」

「……はい」

アリエルは小出刃包丁を受け取り、真剣そのものの表情で、マイワシを一尾取り分けて。

「丁寧に、開かねぇと、ミが崩れます」

アリエルの手技を目の当たりにして、親方の目が見開かれる。

――速ぇえ。

――そして、正確だ。

兄ちゃんが料理はさせていると言うので、試しに包丁を握らせてみたのが始まりだった。

ややたどたどしい部分は残しつつも、アリエルは初めて扱うマイワシを鮮やかに開き捌き、包丁を持ち替えて、みるみるうちに刺身へと仕立てていく。

切り抜けの返しまで、きっちりと再現して。

「これで完成ですね！」

「……そうだな」

「次のマイワシを捌いてもいいですか！」

「おう」

「アリエル、いきます!!」

シ　パ　パ　パ　パ　パ　パ

目にも止まらぬ早業などという、生ぬるいものではない。

アリエルは親方の技を忠実になぞりつつ、素早く丁寧に、次々とマイワシを捌いてゆく。

――なんでぇ。

――ドイツのチャンネー、大したもんじゃねぇか。

親方の胸に去来するのは、大きな驚きと、ひとかけらの嫉妬心。

そして、自分が数十年かけて磨いてきた技術へ易々と追い付かれるかもしれないという、たとえようのない虚しさだった。

――やっぱり、店ぇ畳んで正解だったわ。

――汚ねぇ店で汚ねぇオッサンが、孤高の職人気取る時代はもうおしまい。

――チャンネーみたいな、そこそこ器用にデキる奴を集めて。

――ネット広告だのガンガン使って、ガンガン仕入れてガンガン売って。

――デカい流れに呑まれなきゃ、この先生き残れやしないんだよ。

最後まで店を売ることに反対していた、先代を思い出す。

耄碌してるくせに気ばかり強いものだから、自慢の包丁捌きで黙らせてやったっけ。

——あのとき。

——オヤジぁ、なんてぇ負け惜しみ言ったかな。

遠く霞がかった記憶を追い求め、親方はアリエルの開いたマイワシの骨を手に取る。

アリエルはそれを意にも介さず、包丁を振るい続ける。

素早く、正確に。

さながら、機械のように。

「……」

震える手で、その骨を蛍光灯へ透かしてみれば。

削りきれていない身が、うっすらと背骨を包んでいた。

『調子づきやがって、クソ小僧』

『お前にゃあ、魚の骨が見えてねえ』

——ああ。

——思い出したよ、クソオヤジ。

「待ちな、アリエルさん」

「ホァ？」

「貸してみ」

親方はアリエルが開きかけていたマイワシを受け取り、背骨に沿って丁寧に刃を滑らせる。

「魚はそれぞれ骨の形も違うし、失敗すりゃあ見映えも悪くなる。だから量を捌くときにゃ、厚切りにしたほうが確実なんだがな……」

微妙な凹凸を指先の感覚で馴染ませ、骨ぎしギリギリの身まで削ぎ取れば。

「ホォー」

マイワシの背骨が、くっきりと見えた。

「骨ぎしの身は旨めぇんだよ。だから本来、職人ってなぁギリギリを狙うモンなんだ」

「お魚は、オイシーのが、ウレシーのではありませんか？」

「そりゃな」

「ではみんな骨ぎしにしましょう、オヤカタ！」

「……そうだなぁ」

――そうなんだよなぁ。

◇◆◇◆◇◆◇

同日午後七時二分、中田忍邸。

来訪者が増えたことなどもあり、最近大きいものに買い替えたばかりのダイニングテーブルには、元々小ぶりなところをソテーされて更に小さくなった、加熱用の牡蠣が載った皿。

それに対峙するは、初バイトを終えたばかりの河合アリエル。

傍らにはいつもより険しい仏頂面の中田忍がおり、その膝の上に座った若月星愛姫は、特に意味もなく両脚をぱたつかせている。

「これは、なんですか？」

「牡蠣だ。現代社会では比較的高級な食材として重宝されている」

「へえー、これ、たべられるんですか？」

「俺はそうは思わん」

「しのぶおじちゃん、かきだめなタイプ？」

「食べられないわけではないが、内臓感の強い食味は、あまり進んで食べたいものではない」

「わかるー。わたしもだめだよ。なんかきもちわるいから」

「ふむ」

「でも、じぶんがいやなものをアリエルおねーちゃんにすすめるのは、どうなんでしょう」

「アリエルの健康を守る可食性テストだ。好き嫌いを問題にしていい次元の話ではない」

「しのぶおじちゃんはまなびがない。ためされるがわのモチベーションもたかめてあげないと、ちゃんとしたテストけっかはかんそくできないんだよ」

「一面の真理とは認めるが、あまりに学術的観点へ傾倒した意見であると指摘せざるを得ない。テストの結果如何に拘らず、同居人たる俺がアリエルからの信頼を損ねることもまた、真に憂慮すべき懸念のひとつだ。アリエルのモチベーションを高めるために、俺が虚飾や欺瞞に及ばないことそのものが、俺からアリエルに示すべき誠実だと認識している」

「しのぶおじちゃん、そういうのはロジカル・ハラスメントだって、お父さんがいってたよ」

「ならば、俺はどうすればいい」

「わたしにもわかることばとりくつで、ひょうげんしなおしてみてください」

「ふむ」

当事者たるアリエルを置き去りに論戦を争う、三十三歳成人男性と五歳の女児であった。

なお今日は、アリエルと環の初バイトお疲れ様慰労会に加え、週明けから大学の研究で山に籠りフィールドワークを始める直樹義光のがんばれ壮行会、さらにそれらへかこつけた対面式月例会議のため協力者が招集されている旨、ここで明らかにしておく。

いつものカウンターキッチンには、どんな気まぐれを起こしたのか一ノ瀬由奈がひとりで立っており、若干手持無沙汰な直樹義光、若月徹平、そして本当にお疲れの御原環は、中田忍たちの微笑ましい生態を眺めつつ、ローテーブルで談笑していた。

「じゃああの牡蠣は、御原さんが初めて陳列した商品なんだね」

「へえ、初日から品出し任されたのかよ。スゲぇじゃん」

「そんなすごい話じゃないですって。箱から出して、棚に並べただけなんで」

「冗談でも謙遜でもそんなこと言うもんじゃねぇぞ。バイヤーが気合入れて安値でいいモン仕入れたって、売り場で売れなきゃ台無しなんだからさ。たかが陳列なんて思わないで、いっこでも多く売れるように、気合入れて並べてくんなきゃ困るぜ」

「うっ……すみません、軽率でした」

「御原さん、気にしなくていいからね。これ単なる徹平のカッコ付けだから」

「人聞き悪りぃなオイ。若人が勤労に向かうモチベーションを上げてんだから善行だろ」

「徹平もオッサンになったんだねえ……」

「あ、ヨッシーてめえ、自分が老けねぇから調子に乗ってやがんな、この若年寄！」

「一応言っとくけど、若年寄って『見た目が若いけど案外歳取ってる人』って意味じゃないからね。江戸幕府の役職のひとつで、別に年齢は関係ないからね」

「そんなことないですー。ネットの辞書にそんな感じの意味が載ってましたー」

「また徹平は適当なことを……あ、ホントだ」

「はい勝った！　はい論破!!　ネットに弱い若年寄!!」

「そうだね、徹平（てっぺい）はオッサンになっても可愛（かわい）いね」

俄（にわ）かにじゃれつき始めたオッサン共の邪魔にならないよう、環（たまき）はダイニングテーブルへと移動し、これまた五歳児と本気で論戦を争う三十三歳、中田忍（なかたしのぶ）のフォローに回る。

「忍さん、ここはアーーの出番じゃないですか？」

「さすがですたまきおねーちゃん。わたしがさせたかったのはそういうはいりょなの」

「いや、可食性テストの際にアーーは禁忌だ」

「きんきとはなんですか、たまきおねーちゃん」

「詳しくは分かりませんけど、かなりダメってことだと思います」

「なぜダメなんですか？」

「謎（なぞ）です」

「しのぶおじちゃん！」

「有害事象が認められた際、アリエルとの関係に修復困難な亀裂が生じる可能性がある」

「たまきおねーちゃん！」

「忍さんに美味（おい）しいよーって勧められたご飯が超美味しくなかったら、アリエルさんが怒っちゃうかもしれないから、無理に勧めるのは嫌（いや）だなあ……みたいな？」

「なるほどー。それはいやかもしれない」

同時通訳の結果にご満悦の五歳児、若月星愛姫（わかつきティアラ）であった。

「あ、じゃあもしかして、嫌そうな顔してたのも敢えてですか？」

「いや。俺が苦手だからだ」

「……私は牡蠣好きなんで、良ければ代わりにやりますけど」

「君の厚意は有り難いが、観測結果は一元管理することで対照が容易になる。よって、これまでの可食性テストを行ってきた俺が、役割を放り出すわけにはいかんのだ。君たちの援助に頼るとしても、俺の信義ばかりは変えられない」

「ああもう、面倒臭いなぁ……」

「……すまない。君の批判を受け容れよう」

「……え、あ、私声に出してましたか⁉」

「独り言は癖になるからな。習慣化していたなら、そうしたミスも起こり得る。気にするな」

「なんでしのぶおじちゃんがえらそうなんですか……？」

星愛姫が首を傾げ、環は由奈がこの面倒臭さを避けるべく料理に逃げたのではないかと想像して戦慄し、その予想は複数ある正解のひとつではあるのだった。

そして。

「ンー……」

自分が食べないと話が進まないと悟ったのか、はたまた丸々としたイモムシっぽい異形に興味を惹かれ始めたのかは、一旦置いておくとして。

アリエルは周囲の騒ぎをよそに、牡蠣(かき)のソテーをフォークに突き刺し、口元へ運んでいた。

ぱくっ

もぎゅもぎゅ

かわいい。

「……あ、アリエルさん食べてる。ほら、美味(おい)しいですよね、アリエルさん?」

何故(なぜ)か環(たまき)が、ドンと誇らしげに胸を張る。

揺れた。

最近まで母乳のお世話になっていた、とはいえボリュームは若干寂しい若月早織(わかつきさおり)の胸元を見慣れて育った星愛姫(ティアラ)は、思わず視線を奪われてしまう。

だから、という訳ではないのだろうが。

そこからの各々(おのおの)の反応には、明確な速度差が生まれた。

「アワワワワワワ」

アリエルがかっと両目を見開き、虚空を見つめながら奇声を上げ始める。

「アワワワワワワ、アワワワワワワワ」

環は『ユニークな感情表現だなあ、流石異世界エルフ』と思っていたし、星愛姫は環のおっぱいと自分の遺伝的成長可能性を比べ、感情の処理方法を考え始めたところ。

そして義光は、流れるような動きで立ち上がり、アリエルの首根っこに飛びついて押さえ、喉奥まで躊躇なく指を突っ込んだ。

「ガッ、ゴボッ、ゴエッ!!」

星愛姫を安全に膝から降ろし、アリエルの口から飛び出た牡蠣の残骸を皿に受け止める忍。

そしてテーブル上のペットボトルを掴み、たっぷりの水をぶちまけて、口の中を洗い流す。

「どのくらい吐けてる?」

「ほぼ丸飲みだったのが幸いしたな。大部分を吐き出せたと見える」

忍はアリエルを床へと寝かせ、水を流しても呼吸が阻害されないよう、頭の下に自分の膝を挟み込み、上側の足を前に出し九十度曲げる、いわゆる回復体位を取らせた。

「ゴボッ、ガボッゴガッ」

アリエルが苦しげに呻こうが、床がびしゃびしゃになろうが。

その左手で、アリエルの背中を、優しく撫でてやりながら。

忍はアリエルの口元へ、水を流し込み続けた。

◇　◆　◇　◆　◇　◆　◇

十数分後。

「すまない、アリエル」

「カマワンヨ。さっきよりは全然ダイジョブなので、あまり心配しないでください」

「分かった。よく頑張ったな」

牡蠣を食べた影響もあるのだろうが、忍と義光の徹底的な対応に怯え切っているのかもしれないアリエルは、忍のお腹辺りにぎゅっと抱き付き、離れようとしない。

そして流石の中田忍も、これを振り解こうとはしていなかった。

「一応確認したいんだが、ただ牡蠣が喉に詰まった訳ではないのか」

「はい。カキを口の中に入れて、もぐりと噛んだ瞬間に、体の全部がビビビとなって、ガタガタガタガタとなってしまったのです。カキをペッとすればよかったのかもしれませんが、アリエルはあまりにもビックリしたので、結局何もできなかったのです」

「今まで、似たような症状になったことはないのか」

「アリエルの覚えている限りでは、なかったです。その前のことは分かりません」

「承知した。最後に確認するが、本当にもう大丈夫なのか」

「体はダイジョブです。でも、もうちょっとだけギュッとして貰えるとウレシーです」

「いいだろう」

短く答え、忍はアリエルの背に両手を置き、事務的に抱きしめた。

アリエルの吐瀉物と流し込んだ水でお互いにびしょびしょだったが、おかまいなしである。

「アリエルおねーちゃん、だいじょうぶですか……？」

星愛姫は自分が汚れるのも厭わず、アリエルの傍らに付き添っていた。

「おら、星愛姫はこっちな。逆にアリエルちゃんを心配させちまうぞ」

「あう」

星愛姫は徹平に抱き上げられ、アリエルと同じような姿勢で抱きしめられるのだった。

その様子を見届けた忍は、床の始末をしてくれている義光と環に視線を向ける。

「すまんな義光。また汚れ役を背負わせてしまった」

「忍が嫌われちゃうよりマシでしょ。結局余計凄いことやらせちゃったけど」

「必要なことだった。仕方あるまい」

「まあその様子なら、嫌われてはないみたいだから、いいけどさ」

「これで慰めになるならば、甘んじてその責を負うとしよう……それと、御原君」

「ひゃい!!」

這いつくばり、濡れ雑巾で床を拭いていた環が跳ねた。

もちろん胸元は凄く揺れたが、徹平に慰められている星愛姫からは見えない。

「……やっぱり、私のせい、です、よね」

「何が君のせいなものか。君のお陰で異世界エルフの禁忌食材が明らかになったんだ。感謝こそすれ、君を責める謂れなどない」

「……そう思ってもらえます？」

「ああ。そうでなければ、なんのための可食性テストだ」

「……えへへ」

アリエルが食べたのは市販品の牡蠣であり、環はそれを陳列しただけである。

ただ、自分に責任がないと理解していても、やはり不安はあったのだろう。

内心自らを責め続けていたのであろう環は、強張った表情を小さく崩した。

「それで忍センパイ、原因の見当は付いてるんですか？」

調理の手を止めてきた由奈が、ぬるま湯で絞ったタオルでアリエルの顔や身体を拭う。

アリエルも素直に目を閉じて、むずがゆそうに身をよじらせた。

「先ず思い当たるのは、異世界エルフの基本機構との干渉だ」

「……あぁ」

問い掛けた由奈自身は勿論、横で聞いていた義光と環もうんうんと頷き始めたが、あまりピンと来ていないであろう徹平、いやアリエル自身に聞かせてやるため、忍は話を続ける。

「牡蠣の水質浄化能力は、貝類の中でも群を抜いているという。一方、アリエルの話によれば、異世界エルフの〝本能〟は食糧の例外を『すべての知的生命体と、食糧とすることで生体活動に害を及ぼすもの、加えて、環境再生のため食糧とすべきでないものである』と定義していた。異世界に牡蠣がいたとは言わんが、牡蠣の持つなんらかの性質が異世界エルフの判定基準(チェックサム)に触れ、摂食を拒むよう拒絶反応を誘発したのだと推測する」

「濾過(ろか)摂食生物全部が引っかかるのか、牡蠣のずば抜けた浄化能力が引っかかるのかは分かんないけど、とりあえず貝類全般は避けたほうがいいかもね」

「……」

神妙な顔つきで黙りこくる徹平。

あまり分かっていないことが分かった大人の直樹(なおき)義光は、徹平に優しく語り掛ける。

「濾過摂食生物っていうのは、網とか触手とか、フィルター的なもので水中の栄養をひっかけて食べるタイプの生き物だね。貝以外にもクジラとか、フラミンゴなんかが有名かな」

「……あー、牡蠣が中(あた)り易いのは、そんとき水中の汚ねえモン一緒に溜(た)め込んじまうから？」

「お父さん、かきをすきなひともいるんですよ。ことばにきをつけてください」

「お、おう、ごめんなさい」

実は由奈が言いたかったことを、星愛姫(ティアラ)の手前これ以上尊厳を傷つけては悪いなと考え思いとどまったところ、当の星愛姫がブッ込んでくれたため、由奈の溜飲(りゅういん)が密(ひそ)かに下がった。

「アリエル。身体が動かせるようなら、一度風呂(ふろ)に入ってきたらどうだ」

「あ、それなら不肖わたくし、御原(みはら)環がお供いたします。着替えの準備もしてきましたし、由奈さんはお夕飯の準備があると思いますので」

「ん、じゃあそうしよっか。どうでしょう、忍センパイ」

「いいだろう。アリエル、御原君が風呂に付き合ってくれるぞ」

「ハフッ」

お風呂という単語を向けられたとたん、アリエルが敏速に顔を上げる。

「タマキとお風呂、よいのですか？」

「ああ。楽しんでくるといい」

「オフロー!!」

「あ、待ってください、アリエルさん!!」

俄然元気になったアリエルが浴室のほうに消え、環がそれを追いかけてゆく。

その様子を呆然と眺めていた、若月徹平は。

「……なあ、ヨッシー」

「なあに？」

「環ちゃん、なんでナチュラルに着替え用意してあんの？　完全にお泊まりの下準備完了しちゃってんじゃねえか」

「いや、それ僕に聞かれても……」

「まあ……うん、まあ、そうだよな。悪りぃ」

「わたしも！　わたしもしのぶおじちゃんちにおとまりするー!!」

「十年……いや十五年……いや十七年早ぇぇよ。あとノブん家は普通にやめとけ」

「なんで？」

「まかり間違って、ノブのお嫁さんになる羽目になったら大変だろうが」

「うげー。それはいやです」

「んだろ」

最低の情操教育を終え、すべての思考を放棄する、若月徹平であった。

第四十三話　エルフとドッグイヤー

八月七日火曜日、午後二時四十九分、駅前スーパー鮮魚売り場のバックヤード。

夏休み期間中かつ帰宅部、受験に向けた夏期講習にも特段興味がない環は、初バイトからの四連勤を勤め上げた結果、新たな業務〝白身魚の酒粕塗り〟を命ぜられるに至った。

尤も、作業は機材掃除などと同じバックヤードで行うので、環境は初日と変わらない。

周囲のご婦人の皆様からオモチャにされる状況も、引き続き変わらないのであった。

「親方ったら、ようやく落ち着いたのかと思ったら、またムシが騒ぎ出しちゃったのねえ」

「仕方ないわよぉ。環ちゃんもアリエルさんも、素直で可愛らしいものねぇ」

「親方のお眼鏡に適っちゃったのよぉ。ウフフフフフ」

「え、えと……昔はこういうことって、結構あったんですか？」

「うんうん」

「あったあった」

「親方がお店持ってた頃は、忙しい時期に近所の子供捕まえて、小遣い稼ぎさせてたわねえ」

「久々に顔馴染みが出来たから、嬉しくなっちゃったんじゃないの？」

「へえ……皆さん、尾谷さ……親方さんとは、昔からお知り合いなんですね」

「そりゃそうよ。前はこの辺、お店全然なかったんだから」

「便利になったわよねぇほんと」

「電車乗って、駅ビルのほうまで行かなきゃいけなかったのよねぇ」

「あの辺駐車場高いものねぇ」

『駅ビルのほう』とは、環が住むマンションの直近にあるターミナル駅付近のことである。

　直線距離で見れば歩けなくもない距離なのだが、途中の山坂が険し過ぎるので、行き来には電車を使うか、あるいは環が普段するように、バスに乗るのが常道であった。

「それにしても、アリエルさんの耳長いわねぇ」

「よくマスクあったわねぇ」

「私がゴム伸ばしたのよぉ」

「あらぁ凄(すご)い腕力」

「流石(さすが)ねぇ」

　ちなみにアリエルも初出勤からの四連勤を勤め上げているが、こちらはお魚捌(さば)きますコーナーの看板娘として早くも注目され始めたため、心ない客からのちょっかいを心配した親方により、客と直接対面しないよう配置換えされるなど、それなりに苦労しているのだった。

「ドイツの人はみんなあんなに耳長いのかしら」

「マスクするの大変そうねぇ」

「あれするんじゃないの。ドイツだから。顔全体にかぶる奴」

「それガスマスクじゃないの？」

「「「「ボッハッハッハッ！！！！」」」」

環にはちっともわからない笑いのツボで、大盛り上がりのご婦人の皆様。

耳に話が向いたときは焦ったものの、この調子ならエルフとの関連性は疑われないだろう。

緊張しながらも、ふと気を抜いてしまった、その一瞬。

「あれよねぇ、耳神様みたいに長いわよねぇ」

「ぶッッッッッッッッ！！！」

不意打ちを食らい噴き出した環だが、作業中は不織布マスクの装着が義務化されている。

ご婦人の皆様のボッハッハッハも、環のブッッッッも、商品には一切降りかかっていない。

まこと、衛生面が完璧な職場なのであった。

「え、え、環ちゃん、ガスマスクそんなに面白かった？」

「平成の子にも分かるのねぇ。おばちゃん感激だわぁ」

「息子に自慢しよっと」

「相手してくれるの？　いいわねぇ」

「あ、すみません、ガスマスクじゃなくて、なんで耳神さ——」

——なんで耳神様の名前が出てくるんですか。

すべてを口にする前に、環の中で逆の結論が導き出される。

――いや、そっか。

――むしろそっちのほうが、自然なんだ。

環が初めて耳神様の資料を発見した資料館、もとい地区センターは、忍の家から歩いていける位置に存在している。

ならば、この地に長く住むというご婦人の皆様の間に、耳神様伝説についての言い伝えが共有されていたとしても、何もおかしくはない。

もっと言えば。

今まではコミュ障で子供だったため、公開されている資料からしか調べられなかった環よりも、さらに詳細に伝えられた耳神様伝説を知っている可能性がある。

「御原さん、どうしたのボーっとして」

「恥ずかしがらなくてもいいのよ。ガスマスク面白いでしょ」

「あ、すみません、そうじゃなくて」

環のダテメガネが、きらりと光る。

はずだったが、仕事中にダテメガネはどうかと思い外していた、良い子の御原環である。

仕方ないので不織布のマスクをぱっつんして、研究者モードへ切り替えだ。

「耳神様のお話、大好きなんですよ。もし良かったら、色々教えて頂けると嬉しいんですが」

その一言を聞いて、ご婦人の皆様の雰囲気もまた、お話モードへと変貌する。

仕方あるまい。

若者に話を聞かせるのが何よりも楽しみな彼女らにとって、自分たちが気分よく話せるなら、話題などなんでもいいのだった。

というか今までは、お話モードではなかったのである。

業の深い話であった。

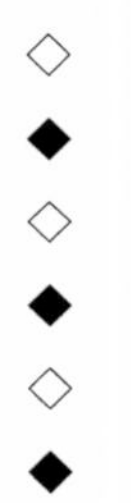

その翌日、八月八日水曜日、午後七時四分。

蒸し暑さは既に夏真っ盛り、とは言え、夜七時を過ぎれば流石に暗い。

人通りの少ない路地に佇む中田忍は、小さなＬＥＤ懐中電灯を取り出して、御社の中にちょこんと納められた、一体の古い地蔵を照らす。

頭の部分には比較的新しい感じの頬っ被りが被せられ、細かい造形は確認できない。

「アリエル、御原君、始めよう」

「はい！」

「分かりました！」

「声は落としてくれ。騒ぎになると面倒だ」

「あい」

「失礼しました」

ちょっとしょげた様子が可愛い異世界エルフは、手筈通り地蔵の頬っ被りを綺麗に剥がす。

環はスマホを動画モードで起動させ、明かりに沿って地蔵の全体を撮影してゆく。


環がパートのご婦人の皆様から仕入れた、耳神様に関する土着の伝承。

九割以上の無関係な四方山話を掻い潜り引き出した、耳神様の貴重な新情報である。

今回は情報のひとつ『町の各地の目立たない場所に、耳神様関係のお地蔵さんが今も残っている』というものを調査すべく、忍と環、そしてアリエルが動いていた。

この件について、徹平は仕事が終わっていないので来られず、義光は泊まり込みのフィールドワーク期間に入っており、そもそも市内近辺にいない。

由奈に至っては『そういうの恥ずかしいから予定がなくてもムリ』とわざわざ前置きした上で『最近結婚した友達の〝式に来れなかった人向けお披露目パーティー〟に出席する』とメッセージを残し定時で区役所を去ったので、絶対に来ることはないのであった。


「ひと通り撮影が済んだら教えてくれ。持ち上げて底も見よう」

「忍さん、ちょっと待ってください」

「どうした」

「それは流石に罰当たり過ぎませんか？」

「その考え方こそ罰当たりだろう、御原君」

「なんでですか」

「持ち上げた程度で腹を立てる神仏に、崇められる資格などあるものか。仮にも道祖神を気取るのであれば、むしろ信者たるヒトへ寛容となるのが、彼らのあるべき姿だろう」

撮影の手すら止め、呆れて絶句する環。

だがまあ、仕方あるまい。

この中田忍にとって自らの信条は、神仏よりよほど尊いのだ。

およそ二時間後。
精力的に調査を続ける忍たちは、五体目の地蔵の頬っ被りを剝がし、嘆息する。
「これもか」
「はい。これで五体のうち五体ともが、耳なしお地蔵さんだったことになります」

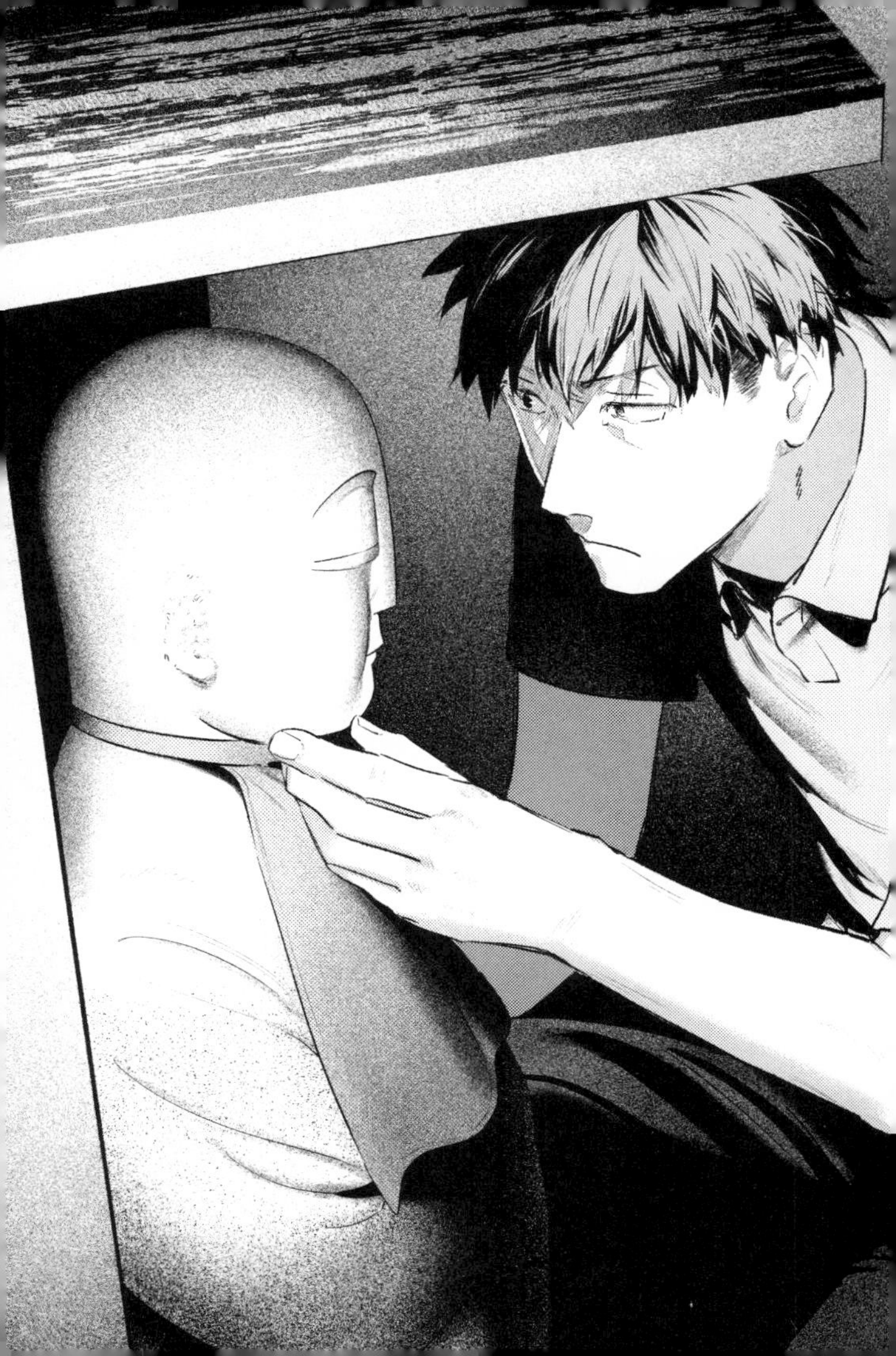

「オジゾウさんは、耳がない感じの生き物ですか？」

「生き物と言うより置き物だ。よく土木工事の障害となっているが、基本的にその本質は善とされる。簡素な作りのものならいざ知らず、御社を組むほど大切にされているものなら、耳まで造形されているのが自然だろうな」

「カナシーお耳ですか」

「そんなところだ。頬っ被りを戻してくれ、アリエル」

「はい。でも、ちょっと時間をください」

「ああ」

アリエルはこれまでの四体同様、地蔵を慈しむように撫でた。

地蔵の顔の側面に当たる部分には耳がついておらず、代わりに荒い凹凸が浮いている。

既に研究者モードの環は、難しい表情で忍へ振り向く。

「どう思いますか、忍さん」

「どうとは」

「もちろん、お地蔵さんの耳の話です。痕跡があるので、最初からなかったということはないはずなので……壊れちゃったのか、あるいは壊されちゃったのか、どうなんだろうって」

「苟も地域に根差した地蔵だ。予定外の破損ならば、ひとつくらい直されこそすれ、すべて頬っ被りで誤魔化されているのは腑に落ちん」

「最初は長い耳がついてたとしたら、折れやすそうなパーツですし、全部たまたま折れちゃっただけ……ってことも、ありませんかね？」

「ならば、ひとつくらい半ばで折れた地蔵があってもいいだろう。中途半端にパーツが残ったからといって、根元から改めて叩き折るのでは、それこそ不敬と言えるんじゃないか」

「……じゃあやっぱり、このお地蔵さんは耳神様を模したもので、耳は敢えて折られてる？」

「俺はそう考えた」

「……」

難しい表情でメモ帳へペンを走らせる環に、忍は懐中電灯の光を当ててやる。

暗い中なので、スマートフォンにメモするほうが効率的だし、今更情報保秘を論じても仕方ないのだが、手間なく採れる漏洩予防策なら別に採っても良いだろう。

「耳神様信仰は、いわゆる〝密教〟だったってことなんでしょうか」

「いや、耳神様を異世界エルフだと仮定するなら、仏教というよりも、耳神様自身に対する個人崇拝が行われていたと考えるべきだろう。仏教に連なる地蔵の形で造立されているのは、耳神様を仏の化身に見立てたというより、神道における御霊代的側面から偶像を遺したと俺は見ている。明治以前の仏教と神道は、今ほど明確に線引きされていなかったと聞くしな」

「待ってください忍さん」

「なんだ」

「私、仏教の話はしてないですよ。なんて言うか……その、耳神様は隠れキリシタン的に信仰されてたんじゃないかな？　って話がしたかったんですけど」

「ふむ」

懐中電灯の光を切り、忍は考え込む姿勢を見せる。

今の話を材料に何か考えているというより、環をどう諭したものかと考え込んでいる感じだと察し、環はとても憂鬱になるのだった。

「御原君」

「はい」

「信仰を秘密とする宗教のことを指したいのなら、〝秘教〟と表現すべきだ。〝密教〟はそれら秘教のうち、仏教のいち宗派である、いわゆる〝金剛乗〟を表す言葉になるんだが」

「ほらやっぱり」

「やっぱりとは」

「こちらの話です」

環がそっぽを向いたのは、知ったかぶりで難しい言葉を使った恥ずかしさからであり、忍の解説が鬱陶しかったからではない。

本当である。

「……それで、忍さんの考えてる、耳神様の個人崇拝っていうのは？」

「仏教や神道のように体系付けられた信仰とも、アイヌ民族やマタギに伝わる自然信仰とも違う、極端に言えば絶対君主制のような統治体制が敷かれていた可能性があるということだ」

「神の治める神の国、聖書で言う〝神の王国〟みたいな話ですか？」

「そんな表現があるのか。御原君は聖書に詳しいな」

「えへへ……」

〝歳相応〟の知識に貪欲だった頃、表面をざっくり浅掘りした、御原環十六歳であった。

「規模感は横に置くとして〝神の王国〟という表現は当を得ている。統治者が奇跡の体現者、即ち神であり、直に言葉を授ける立場にいるんだからな。十分な教育を受けておらず、作物収穫の良し悪しで生死の分かれた当時の日本人にとっては、耳神様がアリエルのような異世界エルフだったとすれば、何をおいても従うべき、絶対の存在にもなり得ただろう」

「教養が不十分な当時の日本人より、異世界エルフの耳神様が賢かったってことですか？」

「断言はしないが、少なくとも当時の耳神様は、当時の日本人から認められる善政を敷き、助けていたのだろう。あるいは、今もなお」

「今も……あ、そっか」

目の前にある五体目の地蔵を思い出し、御原環は小さく頷く。

少し歩き回るだけで次々に見つかった、耳をなくした五体の耳神様地蔵。

それぞれに被せられた頬っ被りは色落ちもほつれもしておらず、どれも綺麗なものだった。

近所の誰かが被せ、定期的に取り替えていると考えるのが自然だろう。

この頬っ被りが単なる景観保全の自治会活動だったとしても、忍たちは既に耳神様現存を示唆する手掛かりを認識している。

「ナシエル＝耳神様だって考えれば、色々と説明がつくんですよね」

「ああ。偶然か必然か、自らの影響力が及ぶこの地に転移したアリエルへ、なんらかの手段で仮初の身分を与えた。姿を現さず俺たちに接触を図らんのは、自らの存在を明るみに出し、研究や政争の道具として扱われないためだと仮定すれば、一応の整合は取れるだろう」

「なんだ、じゃあやっぱり悪者じゃないんですよ、ナシエルって」

「馬鹿なことを言うんじゃない。奴が説明ひとつ残さずにアリエルを俺の家に放り込んだのは、逃れ得ぬ奴の怠慢であり、あまりにも無責任な、唾棄すべき愚策と断ぜられる」

「でも、その……一応は上手く行ってるじゃないですか」

「幸運な偶然と、アリエル自身の努力と、君たちの協力が創り出した結果だ」

「はあ……まあ……うーん」

「例えば意思疎通が成立する前に、アリエルが何かを傷付けていたなら、俺は異世界エルフの保護を個人で完遂し切れなくなったと判断し、国家権力による強制処分へ委ねていただろう。埃魔法の戦闘力がどれほどかは知らんが、世界を敵に回せるほどではあるまい」

忍の意見は、まさしく正論であった。

アリエルが顕現してから今日まで、事象の歯車がひとつでもズレていれば、取り返しのつかない事態に発展していた場面が、何度あったろうか。

「俺たちが無力な個人でしかない事実は、常に頭へ置き続けねばならない。俺たちの目から見た〝やったほうがいいこと〟と〝できること〟の間には、大きな隔たりがある。異世界エルフに近しい俺たちだからと言って、異世界エルフに関するすべての謎を暴き切れるという考え方は、傲慢かつ無謀と表現するほかない。耳神様に関する調査についても〝未知に対する自衛のための情報収集〟と割り切り、深掘りし過ぎんよう心掛けるべきだ」

「……そう、ですね。気を付けます」

自身の密やかな願望を見抜かれたと察し、環は小さく頭を下げた。

人生の孤独を耳神様研究に救われた環からすれば、耳神様の実在がほぼ確定的となった今、その足跡を辿り、あわよくば出会ってみたいという心境に至るのは必然であろう。

だが、忍が述べたとおり、環や忍たちは無力な個人である。

その限られたリソースを異世界エルフに割くのだとすれば、それは傍にいるアリエルの幸福のためだけに費やさせねば到底足りず、他に回すだけの余剰はないのだ。

「アリエルとの関係を継続する中で、ナシエルや耳神様からなんらかのコンタクトがある可能性も捨てきれん。今は手の届く範囲で備えるとしよう」

「すみません。私が最初から頑張ってれば、もっと早く動けてたかもしれないのに」

「君が気に病むことではない。駅前のタワーマンション住まいでは、地域のイベントごとに関わるのも難しいだろう」

「まあ……そうですね。あの女が他の男と消えてからこっちに引っ越してきたので、ひとりでお留守番することが多いと、ご近所との交流とかぜんぜんなくって」

「ならば尚更だ。精力的な情報収集に感謝する。よくやってくれた、御原君」

「……えへへ」

むずがゆそうにする環。

環が自分の母親を〝あの女〟呼ばわりしたことについては、敢えて触れない忍である。

別に、不自然なことでもない。

忍も生活保護業務に携わる以上、親と微妙な関係にある子供のケアの必要性は認めていたし、忍自身も両親との折り合いは最悪だ。

少女のナイーブな心の傷から目を背け、肉親への不義を追及しない罪ぐらい、忍のほうで背負ってやってもいいだろう。


ただし。

今この場における忍と環の罪は、お互いの話へ夢中になるうち、まだまだ一般常識の足りていない異世界エルフを、長時間ひとりで放っておいた部分にある。

「ワンワンワンッ！　ワンワンワンッ!!」

「ペス、ペス、止めろ、止めんか」

「こんばんは。これは、なんですか？」

「……む」

「……あ」

　忍と環が、異変に気付いたときには。

　異世界エルフが、八十代くらいの高齢男性が連れている、大きめのコーギーに絡んでいた。

「グルルルルゥゥゥゥゥ、ワンッ！　ワンワンッ!!」

「ペス、止めろ。行くぞ、行くぞ」

「こんばんは。これは、なんですか？」

　我らがアリエルは、老人が連れている大きめのコーギーに興味津々であった。

　老人は必死にリードを引っ張りその場を離れようとしているが、足の短いコーギーの踏ん張り力は相当なもので、びくともしないまま物凄い勢いでアリエルに吠えまくっている。

　対してアリエルは、元いた世界のオオカミ的な生物より全然こわいことないですねぇなどと思っているのかどうかは判然としないが、とにかくコーギーを様々な角度から観察したがるものだから、余計にコーギーの怒りを買ってしまうようだった。

「あぁ……へへぇ、すみません、こいつはアケミが可愛（かわい）がっている犬でしてねぇ」

「へえー。これ、たべられるんですか？」

　訂正。

　コーギーのほうは生命の危険を感じ、必死に主人を守ろうとしているのかもしれなかった。

「忍（しのぶ）さん」

「どうした」

「あの大きめのコーギー、見覚えありませんか？」

「ある」

「ですよね」

「逆に確認したいが、ご老人のほうはどう見る」

「すみません、あのときは暗かったし必死だったんで、あんまり見れてなかったです」

「俺もだ」

　忍と環（たまき）が思い返しているのは、ふたりが初めて会った晩のこと。

　異世界エルフ顕現の魔法陣らしき光を偶然目撃した環が、夜中にエルフっぽいコスプレで徘徊（はいかい）し、それらしき魔法陣を地面に描（か）いて謎（なぞ）の儀式を行っていたところ、現場に駆け付けた忍が、エルフ文字のメモを掲げて奇声を上げながら環に迫ったときの話である。

　その際、トラブルの一部始終を見届けながらいつの間にか立ち去っていた、大きめのコーギーとその飼い主の老人がいた。

今アリエルが絡んでいる大きめのコーギーは、そのときのコーギーである可能性が極めて高いと、忍と環はそれぞれに認識したのである。

ちなみにコーギーと呼ばれる犬には、がっちり体型のカーディガン・コーギーと、印象が小柄なペンブローク・コーギーの二種類が存在するが、どちらも平均的な体長は30センチ強ぐらいとされている。

環が魔法陣の儀式をしていた際、辺りは相当暗かったし、当時は寒風吹きすさぶ十二月の末日、今は真夏もいいところの八月八日である。

十二月に出会った老人は、少なくとも今のような薄手の青色パジャマで歩き回ってはいなかったし、腰がほんのり曲がった、小柄で薄い白髪に深い皺の刻まれた表情からは性別すらも読み取れず、声色と衣服の色で辛うじて男性と推認できるくらいだ。

第二の異世界エルフと接近遭遇が疑われた非常事態の中、忍と環が一見して50センチ近いこの大きめコーギーぐらいしか印象に残せていなかったとしても、致し方ないと言えよう。

「耳神様のお食事になるなら、ペスも本望でしょうけどなぁ。娘が可愛がっとるもんなんです。今日のところは、ご勘弁願えませんか」

「アリエルはペスを食べません。シノブのご飯のほかは、口にしては危ないのです」

「ワウルルルゥゥゥ、ワンワンッ!!」

「はぁ、はぁ、ありがとうございます。すみませんねぇ、耳神様がお祭りの準備で大変な時に、邪魔しちゃならんと思ったんですが……このペスが、言うことを聞かんものですから」

「オマツリとはなんですか？　たべられるんですか？」

「へぇ、そうですねぇ」

「グルルルルゥウゥ」

呑気な老人と異世界エルフ、そして必死の大きめコーギー。

会話はキャッチボールというより、好きに球を投げ合うドッジボールの様相である。

ある意味微笑ましい光景ではあったが、忍と環は、いや少なくとも環は焦りまくっていた。

「忍さん、今あのお爺さん、アリエルさんのこと、耳神様って！」

「言ったな。それも二回」

「ですよね。じゃあなんでそんなに落ち着いてるんですか!!」

「耳神様を模した地蔵が伝わっていると教えてくれたのは、この辺りに長く住むパートタイマーの方々だろう。ならばご老人が耳神様伝説に詳しくても、特段不思議はないと考えるが」

既に、話のあった耳折れ感のある地蔵のほうは、環たち自身が五体も見つけている。

噂話が真実の一端を示していた以上、それを知る住民もまた、少なくはないのだろう。

「じゃあ、それもあれなんですけど、あの、ちょっとヤバいんじゃないですか。私はともかく、忍さんはあのとき、顔見られてませんでしたっけ」

「恐らく、そちらも大丈夫だ」

「えっ」

「見てみろ」

忍が老人の胸元へ懐中電灯の光を当てると、老人が首から提げた、はがき大の赤いカードが光を反射し、鈍く煌（きら）めいた。

「なんですか、あれ」

「〝みまもりドットネットカード〟だ」

「……はあ」

「各区役所が提供している、高齢者を抱（かか）える世帯向けの行政サービスと言えばいいか。赤色のカードは〝後期高齢者、かつ住所氏名が自分で言えないレベルの重篤（じゅうとく）認知症患者〟を示す」

「……ほんとだ。『ひとりで歩いていたら徘徊（はいかい）です。警察に通報してください』って書いてる」

「この位置から読めるのか」

「はい。昔から視力だけは良かったんで」

何もない鼻の上を、中指でくいっと上げる環。

暗がりに落とすと探せないので、ダテメガネは鞄（かばん）の中でお休み中だ。

「……あとなんだろ。その下にも何か書いてる。『犬を連れているときも徘徊中です、通報お願いします!!　犬の名前はショコラです』……」

「ショコラですか、タマキ」

「ショコラらしいですよ。ショコラちゃん、おすわり」

「アウッ」

吠えまくる様子から一転、完璧なお座りをキメる大きめのコーギー。

「ショコラですね」

「ショコラですか」

「あのときも今も、徘徊する主人のことを俺たちに報せていたのだろう。立派なものだ」

「すみません、うちの犬はペスなんですが」

「グルルルルゥゥ」

あるいは短気なだけかもしれない大きめのコーギー、ショコラであった。

そして、犬の名前がペスでもショコラでも気にならない中田忍は、老人に語り掛ける。

「ところでご老人。耳神様をご存じなのですね」

「当然でしょう。この辺りの人間で、知らんもんはいませんよ」

「ちょ、ちょ忍さん、待ってください」

「なんだ」

「重度の認知症のお爺さんなんですよね。話を聞くより、まずは通報しなくちゃ」

「最終的にはするつもりだが、必要な話をひと通り聞き取ってからでも遅くはあるまい」

「だーめーでーすよ重篤認知症患者さんで赤色カードなんでしょう!?　定期的に飲まなきゃいけない薬飲んでないとか、ホントにヤバい状況だったりしたらどうするんですか!!」

「その点は心配要らん」

「どうして!!」

「赤色は所詮目立たせるための措置であり、危急を知らせるサインではない。本当に一刻を争う危険なご老人には、七色に輝く加工の為された特殊なカードが配布されている」

『光を反射するので目立ちやすく、危険を低減する』という、実に安易な判断で導入された特殊カードだが、案の定『うちの母をＵＲ扱いする気か』『孫が欲しがるのでうちのカードもキラキラにしてくれ』『お爺ちゃんが他所のご老人と交換してしまった』『掛けて歩くのが恥ずかしいと言ってお婆ちゃんが付けたがらない』などと評判は散々であり、担当部署は相次ぐクレームの処理に苦労しているのであった。

「忍さん」

「どうした」

「役所の偉い方々は馬鹿なんですか？」

「すべての公務員に英知があるなどと傲慢を語るつもりはないが、その手綱を握っているのは議会と外郭協力団体だ。数式では解けん行政の仕組みを、どうか正しく理解して欲しい」

「……分かりました」

将来の夢はあやふやだが、公務員だけにはなるまいと心に誓う、御原環十六歳であった。

重度の認知症との触れ込みであったが、老人の受け答えはまあ、ハキハキとしたものだ。

尤も認知症の場合、あまり受け答えがハキハキしていると『あっ、このご老人は大丈夫なご老人なんだな』と思われ周りが助けてくれないので、却って危ないのだが。

「ご老人、率直に伺いたい。耳神様とはなんなのですか」

「耳神様は耳神様でしょう。今、私たちの目の前にいらっしゃるじゃないですか」

こともなげに言い、アリエルのほうへ視線を向け、老人は一礼する。

決して指をさしたりせず、恭しい姿勢を崩さない辺りに、本気の敬意が窺えた。

こう表現するとご老人の認知判断能力にはまるで問題がないかのように感じられるかもしれないが、そもそも〝認知症〟とは、その人の認知判断能力が失われたということではない。

アルツハイマー的症状や脳血管障害、その他加齢による物忘れなどにより、記憶や社会性へ分断が生まれることで精神が不安定になり、やがて感情の暴走や異常行動を起こし人格そのものが歪んでしまう状態などを、社会が一緒くたに〝認知症〟と表現しているに過ぎないのだ。

そうした意味でこの老人は、失われつつあるのであろう〝自らを構成する、最低限残しておかねばならない小さな領域〟に、耳神様への敬意を残していると言えた。

相手が耳神様か否かの判断基準は、相手の耳が長いか否かにしかないようだったが、そんなことは些細な問題である。

今重要なのは、異世界エルフの耳が長くて、老人は耳を見てアリエルを耳神様だと誤認していて、その状況は中田忍にとって都合が良いという事実、それのみであった。

「ではご老人、貴方は前にも耳神様に会ったことがあると？」

「会うだなんて恐れ多い。耳神様はお忙しい、やんごとなきお方ですから。遠巻きにお姿を拝見したことはあっても、直接お話ししたことなど、ほとんどありませんでした」

「アリエルとは、さっきからお話しししています」

「ああ、そうでしたねえ。最近だと、お祭りの準備をなさってるところをお見掛けしました」

やはり見られていたのかと、忍は小さく嘆息し、環は大きくよろめいた。

「……地面に魔法陣を描いて、夜空に向かって手を上下するやつ、ですか？」

「はあ。ありゃまほうじんと言うんですか」

「え、他にもご覧になったことがあるんですか？」

「ああ……いえ……すみません、私もよく知らんのです。祭りの準備も、耳神様とのお話しも、うちのおっとうとおっかぁがしてたもんでねぇ」

老人はペス、いやショコラの顎を撫でてやりながら、遠い目で語る。

ショコラのほうも忍たちがいることで安心しているのか、ペスと呼ばれていないせいかは知らないが、大人しいものだ。

「ご老人。祭りとは……例えば、豊作を願う祭りのようなものでしょうか」

「そうです。年に何度かやっとりましたが、夏の祭りが一番楽しみでした。耳神様（みみがみさま）を囲んで、みんなで一緒に踊って、その後はいっぱい白いマンマが食べられてねぇ」

忍（しのぶ）と環（たまき）が視線を交錯させ、頷（うなず）き合う。

アリエルも意味は分かっていないが、ふたりに合わせてコクンと頷く。

かわいい。

「不勉強で申し訳ありません。耳神様の祭りはいつまでやっていたのか、教えて頂けますか」

「はぁ、夏の祭りは、今年もそろそろですよ。でもねぇ……」

口を噤（つぐ）む老人。

環が訝（いぶか）しんで進み出ようとしたところを、忍が手で制す。

「……づうっ、うっ、うううううっ……」

やがて老人は唇（くちびる）を震わせながら、静かに涙を流し始める。

アリエルは気遣わしげに背中を撫（な）で、老人は静かに礼を返した。

「帰って来んのですよ。おっとうも、おっかぁも、帰って来んのです……」

「えっと、お祭りの話は——」

「少し待て、御原（みはら）君。記憶の混濁だ」

忍の見る限り、老人は極めて誠実に質問へ答えている。

ただし老人の記憶は、認知症により過去も未来もそれぞれの関連性もぐちゃぐちゃのごった煮状態で存在しているのか、喜怒哀楽のような分かり易いトリガーを引いてしまったことで、突拍子もない別の記憶が引っ張り出され、ひどい混乱状態に陥ったように見えた。

「ご老人にとっての夏祭りは、悲しみを呼ぶ何かを孕むのだろう。あまりここで追い詰めても、実のある話を聞き出せるとは考え難い」

「……じゃあ、そろそろお家に？」

「仕方あるまい」

苦々しげに言う忍の視線の先で、心細そうに縮こまる老人。

思考が戻って混乱していると言うよりは、精神が子供返りして落ち着かないのだろうと、忍は福祉生活課員としての経験から、環は見た目からの率直な感想で察した。

そして、分からないことを素直に質問できる、異世界エルフは。

「あなたは、サミシイですか？」

「とんでもない。耳神様が見守ってくださっているのに、寂しいことなどありませんよ」

「サミシイを隠すのは、よくないことです。サミシイを隠していると、あなたがサミシイことを、誰も気付けません。サミシイを隠していると、あなたをだいすきな人が、とてもカナシイ気持ちになるのです」

慈しむような、アリエルの眼差し。

かつて受け取った忍の言葉を、由奈の想いを、アリエルは正しく理解していた。

果たして老人は、アリエルの慰撫を受け、どこか照れくさそうな様子で顔を上げる。

「……この歳になって、おっとぅおっかぁってのも、ありませんやね。もう当時のおっとぅおっかぁより、随分歳食っちまったってぇのに」

その瞳に宿る、確かな正気。

忍は手応え半分、警戒半分の様子で、探るように老人へと語り掛ける。

「ご老人。今の状況をお分かりですか」

「またやってしまったようですな。ショコラも毎度連れまわしちまって、申し訳ないなぁ」

「ハッヘッヘッ、ハッヘッヘッ」

頭を撫でられ、尻尾をぶんぶん振り回して応えるショコラ。

老人は徘徊に陥っていたことと、ショコラを付き合わせたことまでは理解しているらしい。

「サミシイでは、なくなりましたか？」

「大丈夫ですよ、耳の長いお嬢さん」

「それは、よかったです」

ニコニコしているアリエル。

環はといえば、安心したような、状況に動転しているような、複雑な表情を浮かべていた。

やむを得まい。

思考力の戻った老人が、どこまで今までの話を覚えているか。

ことと次第によっては、大変危険な状況なのだ。

しかし中田忍はといえば、いつも通りの仏頂面で。

「先程まで彼女のことを、耳神様などと呼んでいらっしゃいましたが……耳神様とは、一体なんのことなのでしょうか」

全力でバックレにかかるのであった。

一応嘘はついていない形なので、中田忍的にはこれでアリらしい。

だが。

「江戸時代から私が子供の頃くらいまで、この辺りにいたという神様の話でしょう。どうしてそんな話をしてしまったのかは、私にもよく分かりませんな」

「分からない、って、さっきまでは色々お話しされてたのにっ」

「すみませんねぇ。近頃めっきり、ボケが入っとりまして。耳神様のことも、さっきまでのことも、ちっとも思い出せんのですわ」

老人はしわくちゃの顔を歪め、照れ笑いを浮かべて頭を掻く。

何かを隠したり、誤魔化そうとしているようには、とても見えない。

故に忍は高速で知恵を回転させ、どうにか今以上の情報を引き出せる質問を模索する。

「ご老人が子供の頃というと、いつ頃のお話になるんでしょうか」

「あぁ……そうですなぁ。今年私が、えーと」

「みまもりドットネットカードには、今年で八十五歳になられたと記載があるようです」

「どうでしたかねえ。私が物心つく頃には、もういなかったのかもしれません」

「耳神様とは、お会いになられたことがあったんでしょうか」

「いやぁ、申し訳ないんですが、本当に覚えがないんですよ……そうですね、サンタクロースやなまはげのような、大人が扮装した何かを見たことがあるのかもしれませんな」

「ふむ」

「昔からのことと言えば、夏祭りなんかは、今でも続いているんですがね。私は自治会の役員も、そう、六十年近くやっとったんですがね。耳神様の格好をして何かやるとか、そういうしきたりにも覚えがありませんでねぇ。どこかで止めてしまったんでしょうなぁ……」

老人の話は、かっちりと筋が通っていた。

世界の異常をフィクションと断じ、しっかりと現実を見て、合理的な推論を語っている。

この世界の大人たちが、当たり前にそうするように。

「ご両親のお話なども、されていたようですが」

「……父と母は、私が幼い頃に亡くなったと聞いとります。親戚筋は詳しいことを教えてくれませんでしたが、何せ戦争の最中でしょう。とても子供には聞かせられんようなことが、あったのかもしれませんなぁ」

達観した様子で、滔々と語る老人。

その表情に、先程までの心細い様子は、微塵も見て取れなかった。

小一時間後。

夜闇を切り裂く、赤く冷たい回転灯が、忍たちの下へと臨場していた。

「ご協力に感謝します」

「ありがとうございます」

どうやら上司らしき、酸いも甘いも知り尽くした感じのおじさん警察官と、目につく者みな不審者としてしょっ引きたい感じの若手警察官が、揃って忍に敬礼する。

「いえ。市民として当然の務めです」

無論、忍は恐縮などせず、さりとて勝ち誇ったりもせず、ただ必要なことだけを口にした。

「それよりも、未成年者の御原環をひとりで帰すわけにはいかず、やむなくこの時間まで連れ回してしまいました。この場合も条例違反や補導の刑責を負わねばならないのでしょうか」

「流石に融通を利かせますよ。なんなら彼女も、別の車でお家までお送りしましょう」

「い、いえ、有難いんですが、ご近所で噂になっても困るので……」

時刻は既に、午後十一時を回っている。

アリエルの推奨就寝時間も過ぎており、この辺りが限界なのであった。

「本当に、ご迷惑をおかけしました。ほれ、ショコラもお礼を言わんか」

「ヘッヘッヘッヘッ」

未だ正気を保っている老人と、正しい名前を呼ばれてご機嫌のショコラ。

だが、アリエルはどこか心配そうな表情で、環の上着の裾を引く。

「……タマキ」

「どうしたんですか、アリエルさん」

老人はともかく、知らない男性にあまり近づきたくない環は、これ幸いと後方へ下がった。

「タマキ。アリエルはあのひとと、もう少しお話がしたいのです」

「え、あのひとって……お爺さんですか？」

「多分それです。ペスかショコラか分かりませんが、犬と一緒にいるひとです」

「あー……私も気にはなるんですけど、お身体の具合とかもあるでしょうから、今は難しいかもですね。元々リスクがある中で情報を聞き出してたところですし、これ以上は……」

「いえ、そうではありません」

「そうではない、って？」

「あのひとはきっと、サミシイです。サミシイのに、またサミシイを隠してしまいました」

「……」

「タマキ、なんとかなりませんか、あのひとのサミシイは、まだなくなっていないのです」

「……アリエルさん」

「いいだろう。俺が機会を作ってやる」

「えっ」

見れば、警察官たちは老人を連れ、パトカーに乗せて立ち去らんとしている。

そして中田忍は赤色灯の光を背に、どこか決然とした意志を漂わせていた。

「シノブ!!」

「待ってください忍さん、どうして急にそんな――」

「決まっているだろう」

「夏が、目の前にあるからだ」

パトカーが去っておよそ一時間後、八月九日木曜日、午前〇時十四分。

母親はとうの昔に失踪し、父親も帰らぬ御原邸には、ぼやくような環の声が響いている。

「……で、急に『夏が、目の前にあるからだ』とか言って、それっきりです。もう夜遅いから帰って寝ろーって無理矢理タクシーに乗せられて、メッセージも返してくれないんですよ」

『うん、すごく忍らしいね。でもどうしてこの時間に、僕に電話してきてくれたのかな』

「もし暴走の前兆なら、すぐに対処しないとヤバいんじゃないかと思いまして。あと、徹平さんのおうちなんかは星愛姫ちゃん起こしちゃったら大変ですし、今の時間に由奈さんへ掛けたら、本気で眼球とか抉られそうだったので……」

『なるほど。教えてくれてありがとう』

繰り返すが、現在の時刻は午前〇時十四分。

県外でのフィールドワーク期間に入っており、実は今日も午前三時から活動の予定があるのだが、自身の都合は一切口にせずお礼を言える、大人の直樹義光なのであった。

『ただ、あくまで僕の考えだけど、心配は要らないんじゃないかな』

「なら、いいんですけど……」

『御原さんは去年の冬、異世界エルフへ呼びかけるために、偽エルフの格好でそこら中に魔法陣描いてたんだよね。結果、現れたのは異世界エルフというか、忍だった訳だけど』

「へ？　まあ、そうですね」

『だったら後は簡単な話だよ。御原さんが招き寄せたのは、忍だけじゃなかったってこと』

「……すみません、ちょっと分かりません。私が偽エルフやってたときは、忍さんくらいにしか見つかってなかった筈なんですけど」

『むしろ、忍より熱心な人を呼んじゃった形かな。今日も会ったんだよね、そのお爺さんと』

「えっ」

『前に、僕と忍と御原さんで行った資料スペース……地区センターの話、覚えてるかな』

「もちろんです。なんかすごく話好きの……おばさんの……コイワイマキエさんがいました」

『そう、小岩井さんが言ってたよね。展示されてる耳神様の資料、毎日のように見に来てたのなんて、御原さんか、散歩の休憩に来る近所のお爺ちゃんくらいだ、って』

かなりの間。

「あのお爺さんは、耳神様の痕跡があるところに現れる、ってことですか？」

『仮説だけどね。御原さん自身を付け回しているって考えるよりは、妥当だと思うよ』

「……でも、認知症で後期高齢者のお爺さんですよ？　確かに魔法陣のときは、エルフに見つけて貰えるように、そこそこ分かり易い痕跡残してはいましたけど」

『僕も詳しくは知らないんだけど、認知症って知性がなくなる病気じゃなくて、知性の連絡経路がぐちゃぐちゃになる病気らしいんだよね。それなら、経路が繋がってるときはちゃんと物事を考えられるし、そういうときは人生経験分、深い考えができるのかもしれない』

「……じゃあ、今回のお爺さんも？」

『忍はそう考えたんじゃないかな。例えばお地蔵さんの頬っ被りなんて、実はお爺さんが変えてたのかもしれない。魔法陣のときにも、何度かニアミスしてた可能性だってある』

「そういえば、犬の吠え声が怖くて、場所を変えたことが何度かあった、ような……」

『推論に推論を重ねるようだけど、お爺さんが本当に認知症なら、殆ど自由にならない行動のリソースを、耳神様の痕跡を追うために使ってるんだよね。だとしたら、この次は……』

「……かつて耳神様と踊ったっていう、地域の夏祭りでまた会える？」

『そういうこと。お爺さんの家に張り込むより平和的だし、仮説も補強できるしね。まあ、どうやって接触するのかとか、会って何しようとしてるのかまでは想像つかないけどさ』

「はぁー……」

少しの間。

『どうしたの？』

「直樹さんも、由奈さんに負けないくらい忍さん図鑑なんだなぁ、と思いまして」

『ははは……それ、褒めてくれてる？』

第四十四話　エルフと夜の陽炎

環から義光への電話から二日後、八月十一日土曜日、午後六時二十八分。

ここは例の雑木林からいくらも離れていない、野球にも使われるような大きな運動場。

既に日は地平線まで傾き、街を練り歩いた子供神輿はとっくに連合町内会の倉庫にしまわれ、祭りの昼の部は完全に終わっている。

今の運動場は本日のメインイベント、稼ぎどきのテキ屋と根強い頑張りを見せる地元住民屋台とが文字通りシノギを削り合う、夜の部の真っ只中に突入しているのだ。

その片隅で、両手に構えた二本のヘラを、サラダ油光る鉄板の上で舞わせる男がひとり。

「……ふう」

グレーの甚平の上から持参した三角巾とエプロンを纏った不気味な仏頂面男、福祉生活課支援第一係長、中田忍である。

シャーッ　ガガッ　カッ
豚肉、ニンジン、キャベツ、モヤシの順で投げ込まれた具材が油に絡んだ後は、熱湯でヌメりを落とした中華麺が登場する。

一気呵成に具材を混ぜ合わせるや、振り掛けるのはもちろん粉末ソース。

ジュウウウウ　ウ　ウ　ウ　ウ　ウ

余分な水気を残さぬよう鉄板全体に麺を広げ、仕上げの焼きを入れれば完成だ。

すべてネットで調べた一夜漬けのコツではあるが、周囲に素人と気付かれた様子はない。

雰囲気だけは一人前の鉄板奉行、中田忍であった。

「すみません、お待たせしてしまいました」

忍は三角巾とエプロンを外しながら、遅番のママさんチームへ慇懃に頭を下げる。

後は引き継ぎを済ませれば、忍の任務は一旦終了となるのだ。

「今日はホントに助かったわぁ、中田さぁん」

「とんでもない。飛び入りのような形になってしまい、むしろ申し訳ありません」

「そんなことないわよぉ」

「やっぱり焼きそばは、男の人に焼いてもらったほうがねぇ、あれよ、美味しいわよねぇ」

口々に投げかけられるママさんチームの賛辞を、仏頂面で受け流す忍。

ここまで愛想がないと煙たがられそうなものだが、ママさんチームにとっては『現場に来てくれる若い男手』という時点で品評は終わっているので、大した問題にはならなかった。

すっかり過去の話となっているものの、中田忍は異世界エルフが来訪する前から、現住居においての平穏確保を目的に、地域貢献へ様々な努力を重ねていた。

ご近所には役所勤めと知られているため、変な評判が立つと福祉生活課に苦情が入る。

そんなわけで、独身男性は忌避しがちな自治会のイベントや避難訓練にも積極的に顔を出していた忍は、そこそこ顔が売れている。

異世界エルフを囲い出して以後も、できる範囲でのロビー活動だけは欠かさずにいたので、生活不審者として通報されずに済んでいたし、こうして飛び込みで祭りを手伝いたいなどと言い始めても、存外あっさりと迎え入れて貰えるのだった。

自治会の仮設テントから出てくる忍の姿を認め、駆け寄って来たのは。

「あ、いたいた。由奈さん、アリエルさん、こっちですよー!!」

「シノブ、シノブ、こんばんはー!!」

「こら、浴衣で走っちゃダメだってば。帯解けたら大惨事って教えたでしょ」

ゆかいな中田忍の協力者、一ノ瀬由奈と御原環、そして河合アリエルであった。

ただ少し普段と違うのは、それぞれの纏っている浴衣。

アリエルの浴衣は薄桃色の生地に色とりどりの桜があしらわれており、アップにまとめられた髪から覗くうなじと合わせ、ものすごくかわいい。

環の浴衣は鳥の子色にアクセントの緑が映える若々しいデザインではあったが、胸元の成熟っぷりはいかんともしがたく、若干のミスマッチを誘っている点は無視できない。

そして由奈は紺色がベースのレトロモダンな変わり織りを纏い、オトナ女子としての面目を十分以上に保っているのであった。

「無理を言ってすまなかったな、一ノ瀬君」

「カマワンヨ」

「別にいいですよ。持ってる浴衣だけで事足りたから、実費も掛かりませんでしたし」

「クリーニング代くらいは支払おう。後で領収書を回してくれ」

「ありがとうございます」

『お祭りに潜入するなら、甚平か浴衣がいいんじゃないですか?』という安直かつ的を射た環の提案により、完璧な準備を済ませた中田忍ご一行である。

「遠征中の義光サンはともかく、徹平サンたちも来れなくなったんですよね?」

「ああ、先程出掛けに連絡が来た。詳しい理由は聞いていないが――」

「シノブ、シノブ、シノブ、シノブ、シノブ!!」

全身から謎の気体改め、浄化された綺麗な空気をぷひゅぷひゅ漏らしてしまっている、大興奮状態の異世界エルフであった。

仕方あるまい。

日中も出歩くようになり、パートも始めたとはいえ、これまでアリエルが同時に観測したことのある〝大勢の人々〟など、新江ノ島水族館のイルカショーくらいがいいところ。

それを遥かに超える老若男女の大群衆に加え、祭り特有の浮ついた空気感は、百年単位のぼっちザ異世界を生き抜いたアリエルに、とてつもない興奮を誘っていたのだ。

髪をセットするどころか帯を締める段階から気体の噴出に困らされていた由奈は、そんなアリエルを見て、呆れたような溜息を漏らす。

「もう……しょうがないなぁ。環ちゃん」

「え、わ、私ですか?」

『生まれて初めて着た浴衣姿を男性の前で披露する』というシチュエーションを自覚して密かにテンパりつつあった環が、突然名前を呼ばれて更に慌てる。

「ここで二手に分かれましょう。調べものは進めとくから、暫くアリエルのお守りをお願い」

「えっ」

「ホァ」

突然の提案に面食らうアリエルと環、そして仏頂面の中田忍。

「一ノ瀬君、それは不適切というものだ。興奮し我を忘れたアリエルがスーパーボール掬いに埃魔法を行使する可能性、あるいは勢い余って屋台の食品類を口にしてしまう可能性を考慮すれば、複数人数での同伴が必要不可欠と言える。そのリスクを度外視してまでアリエルをこの場に連れ出した理由は、ヒトだけでは認知し切れない、異世界エルフ特有の痕跡を発見した際の備えだ。よってあらゆる観点から、戦力の分断は不適切と考えるが――」

「忍センパイ」

「なんだろうか」

「うるさい」

「……」

　黙らされる忍であった。

「忍センパイが一緒じゃ、アリエルも環ちゃんもお祭り楽しめないでしょ。ね？」

　帯を締めるどころか、浴衣を身体に合わせる段階からドキドキニコニコで祭りを楽しみにする環を見ていた由奈は、大人の配慮で異物を排除した。

　無事中田忍の支配を逃れたアリエルと環は、思う存分祭りを満喫していた。

　まだアルバイト代の振り込まれていないアリエルと、忍の家へ入り浸る交通費のためお小遣いは常にギリギリな環の組み合わせなので、ウィンドウショッピングというか祭りの場を徘徊している感じになったが、それでもふたりは満足気である。

「これ！　これはなんですか、タマキ!!」

「えーと……指輪ですね。指に嵌めて使うアクセサリです」

「アクセサリとは、ご飯を作るものという理解で合っていますか？」

「全然違いますね。むしろどうしてそんな理解になっちゃったんですか」

「あれを指につけてジャガイモを洗えば、いつの間にやら皮が剝けるに違いありません」

「いやまあ……確かに剝けるかもですけど、アクセサリはそういうのじゃないんです」

「しかし、丈夫そうな突起もついています。あれで芽をえぐるのではありませんか」

「あれは宝石と言って……いやプラスチックかな……綺麗な……すごい飾りです」

「そう言えばアリエルも昔、石を使って腕や首に着ける装身具を作ったことがあります。アクセサリとは、飾りを指す言葉なのですね」

「そうそう、そんな感じです。アリエルさんみたいに原型からキラキラしてる女性のキラキラを倍に、そうでない女性のキラキラをそれなりに補うのが、アクセサリの役割なんですよ」

おもちゃの指輪を売っていたテキ屋のおじさんと、祭りを楽しんでいた罪なき妙齢の女性数名が物凄い形相で振り返ったが、環に気にした様子はない。

当然であろう。

御原環のデリカシーレベルは、どちらかと言えば一般人よりも中田忍寄りなのだ。

「もっと切れ味が鋭くて、ちゃんと芽を取る突起もあって、おまけに持ちやすくて洗いやすいピーラーって調理器具もありますから、ジャガイモを剝くのはそっちでやりましょうね」

「そんなイケテルグッズがあるのですか。人類の英知は偉大ですね」

「いえ、まあ、そう褒められるほどのことでは……」

ピーラーの開発者には申し訳ないが、人類を代表して謙遜しておく、御原環であった。

ちなみに本物のピーラーの発明者は当時スイス在住のアルフレド・ネヴェックツェルツァル氏であったが、当然御原環はそんな事実を知らないし、今後知ることもないだろう。

失礼な話である。

「でも忍さんなら、ピーラーくらい知ってるでしょうし、使ってそうな気もするんですが」

「シノブはアリエルが料理を覚えやすいように、少ない道具で全部ができるよう教えていると言っていました。本のお手本や動画のお手本で、うまくできるよう教えてくれるのです」

「あぁ、なるほど」

「シノブはジャガイモを切るとき『芽に毒があるので注意せねばならない』と言って、いつも丁寧なのですが、とても丁寧にジャガイモを切るのです。けっこうムズカシー感じなのを乗り越えて、綺麗に芽が取り除けると、ちょっとウレシーになるのです」

「……忍さん、アリエルさんの前だと、嬉しい顔を見せたりするんですね」

「いえ。たいていの場合は、何をしてもずーっと、シノブッポイ顔をしたままです。でもふとした瞬間に、ほんのちょっとだけ、ウレシーな感じが垣間見えることがあるのです」

「ほんのちょっとが、アリエルさんには分かるんですね」

「シノブはずーっとシノブッポイので、最初はチンプンカンプンでした。だけどちょっとずつ、ほんのちょっとずつ、日に日に分かるようになってきました」

「……そうですか」

何故（なぜ）か落ち込んだ様子の環。

それを指摘しようかしまいか、アリエルが考えようとした、ところで。

「あの、アリエルさん」

「どうしましたか、タマキ」

「アリエルさんは忍さんのこと、どう思って――」

「だいすきです!!」

食い気味、かつ全力笑顔のアリエルであった。

環は目をぱちくりさせ、驚きでずれたダテメガネをちょいと戻す。

「……あ、あはは、そんなの聞かなくても当たり前、って言うか分かり切ってますよね。なんとも思ってないんなら、じゃあなんで同居続けたのって話で、いやなんとも思ってないわけなんて最初からないんだから、やだもう、私何考えてんだろ……」

「タマキは、シノブがだいすきではありませんか?」

「ふへっ!?」

奇妙な悲鳴を上げ、環が硬直する。

先程までの落ち込んだ様子と合わせ、アリエルは驚くよりも、環が何か悪いものでも食べてしまったのではないかと心配しきりだ。

故（ゆえ）にアリエルは、自らの持つ語彙（ごい）を総動員して、環の心を気遣う言葉を差し出した。

「タマキ、頭は大丈夫ですか？」

「……ダメかもしれません」

「アウゥ……」

予感は的中、と言うかとどめを刺したアリエルの蛮勇により、撃滅される御原環であった。

「あ、待ってください。アリエルさんのせいじゃないんです」

「そうでもありません。アリエルは今まで、タマキからたくさんのタノシーを貰ってきました。でもアリエルはタマキに、あんまりタノシーをあげられていないのではないでしょうか」

「そんなこと――」

「これは応益負担原則に反すると、アリエルは考えているのです」

アリエルの勘違いに反論しようとした環が、『な』の口で固まった。

「な……え……おう……？」

「応益負担原則です。より益を享受する者こそ、その対価を多く負担する必要があるという、税制を敷く上で基盤となる考え方のひとつです」

「……へぇー」

応益負担原則は『各人の能力差は問題とせず、受けた利益に相応の見返りを支払うこと』であり、その対義語として『各人の能力差に応じて、負担が同程度となるよう、相対的に見返りの支払額を調整する』応能負担原則が存在する。

日本語を体得したアリエルは、忍の使う無駄に難解な単語をもモリモリ吸収していたのだ。どこかで歯止めを掛けねば、大変なことになってしまうのであった。

「それで……その、おう……なんでしたっけ、なんなんでしたっけ」

「応益負担原則です。アリエルはタマキにいっぱいタノシーを貰ったので、タマキにいっぱいタノシーをお返ししたいのです」

「あぁ、なるほど」

使う言葉はえげつなくても、中身は元々優しいアリエル。

脳内を掻き乱された御原環は、少しだけ肩の力が抜けた。

差し当たってふたりは、会場の外縁へ雑多に置かれた、休憩所代わりの丸椅子に腰掛けた。

周囲は人波で騒々しくごった返していたが、それゆえ逆に聞き耳を立てられることもない。

それでも辺りを見回して、環は打ち明けるように呟いた。

「私、やっぱり勘違いしてたんです」

「なにをですか?」

「強いて言うなら、全部でしょうか」

「フムー?」

「私は多分、このまま身を任せているだけで、アリエルさんと、忍さんと、由奈さんと皆さんと、ずっと楽しいままで過ごせるんじゃないかって、心のどこかで思ってたんです」

「違うのですか」

「ええ」

環は、困ったように微笑む。

「アリエルさんがひとり暮らしするって聞いたとき、私もうほんっっと驚いたんですから」

「でも結局、なしになりました」

「〝なしになった〟んじゃなくて〝なしにした〟んですよ。アリエルさんの頑張りと、由奈さんの手助けのおかげで、忍さんの考えが変わったんです」

「タマキが心配してくれなければ、アリエルは頑張れませんでしたが」

「それは嬉しいですけど、心配はただの私の心の動きで、何かを叶えるための具体的な行動じゃありません。アリエルさんと会えない間、私が何もできずにいる間に、アリエルさんも徹平さんも由奈さんも、敢えて関わらないことを決めた直樹さんだって、変わっていく関係の中でも、みんなが楽しいままの気持ちでいられるように、それぞれの考えで、ちゃんと行動していたんです。そのままにしがみつこうとしていた、私と違って」

環はアリエルに向き合うことなく、俯いたままで訥々と言葉を紡ぐ。

これがアリエルにとっても、環にとっても、ある意味で幸いであった。

何故なら。

——やっぱり、タマキはかしこいです。

——アリエルにはもう、タマキが何を言いたいのだか、さっぱり分かりません。

ヒトの心情の機微に未だ疎いアリエルは、環の思春期らしい繊細な悩みの本質を、いまいち拾いきれていなかったのである。

「忍さんたちは私のこと、いっぱい甘やかしてくれました。だから、私も変わりたいんです」

「タマキも応益負担原則に基づいて、忍たちにアリガトーを返したいということですか？」

「ちょっと違うかもしれません。私が忍さんたちに頂いたものは、同じだけ返すことはできないくらい、大きくてあったかくて、大切なものなので……だったらもっと頑張って、忍さんたちの隣まで追いつけるぐらいに成長するのが、私にできる恩返しなのかな、って」

「なるほどですね。それでは応能負担原則に基づいて、より多くの負担を課されたいと」

「ああ……うん……そう、かな……？」

「負担は、あればあるほどキビシーものだと聞いています。負担のお返しをしたいと思うアリエルと、負担を多くして欲しいというタマキの考え方は、複雑に絡み合うのでしょうか」

「そんなに難しい話じゃないですよ。好きになった人のために、もっとたくさん頑張りたい、って感じることは、特別でも珍しくもないと思います」

「ホォー」

アリエルの両耳がぴんと立つ。

かわいい。

「やっぱり、タマキはシノブがだいすきですね!!」

「へ……?」

一瞬あっけにとられる環だったが、自らの言葉を反芻し、徐々にアリエルの言葉のヤバさと、この状況のヤバさが沁み込んでくる。

アリエルはといえば、自らの納得できる形で状況を認識できた喜びと、ようやく環の心情を理解できたと感じる喜びから、もう耳をぶんぶか上下に動かしながら大興奮であった。

「アリエルはシノブがだいすき。タマキはシノブがだいすき。これは、素敵なことです!!」

「だっ、まっ、大好きとまでは言ってませんけど!?!?!?」

「タマキはシノブがだいすきだけど、シノブがタマキをだいすきにならないから、ずっと困った感じだったのですね。アリエルといっしょ、アリエルとおそろいです!!」

「言ってませんから!　そこまで!!」

「では、違うのですか?」

「えうっ」

耳の動きを止め、真顔になるアリエル。

テンションの急な変化に付いていけず、環は軽く身を縮こまらせる。

「……違うのですか?」

アリエルの、不安げで真剣で、真摯な問いかけ。

憤怒と怒号で詰め寄られるよりタチが悪い、心の奥を覗く透き通った碧眼。

中田忍の心すら覗いたその双眸を、どうして環が躱し切れようか。

「……違わない、です、けど」

「違わない、というのは？」

「……大好きです」

「誰が、誰をですか」


「私が、忍さんを、大好きなんですよ。

由奈さんの前では、恋愛対象として見れないかもなんて言いましたけど、嘘です。

私のこと、初めてちゃんと見てくれて、真剣に向き合ってくれて。

優しくてかっこよくて、不器用な忍さんのこと。

大好きなんですよ！

これでいいですかっ!!!!!!」


「タマキー!!」

むぎゅむぎゅ

ぱいんぱいん

　ポロッ　ポトッ　コト

「わっぷ」

アリエルの乳暴走に飲み込まれる環（たまき）。

元々格好を付けるために掛けていたダテメガネは草むらの向こうまで転がり、もう髪から頬（ほほ）から頭から、むぎゅむぎゅのぱいんぱいんなのであった。

こんな事態を想定していたわけではないのだろうが、由奈（ゆな）がキッチリ着付けてくれた、ふたりの浴衣が乱れなかったのは僥倖（ぎょうこう）だったと言えよう。

「おそろい！　おそろいです!!　タマキー!!!!!!」

「だっ、わっ、ひみっ、秘密ですからねっ！　ひーみーつ、絶対にひみつー!!!!!!」

「ナンデ？」

「なんだっていいじゃないですか!!　私がばらされたくないんですよ!!　もぉー!!!!!!」

──バレバレの秘密は、隠し続けてもしょうがないのだと。

──自分から話したほうがよいこともあると、シノブが言っていましたが。

──やっぱりタマキは、とってもかしこいので。

──きっとアリエルには分からない、のっぴきならない理由があるのでしょう。

豊乳の狭間（はざま）に揺れる純情女子高生（みはらたまき）の抵抗をいなしながら、アリエルは未（いま）だ底知れぬヒトの心の不思議に思いを馳せるのだった。

同じ頃、祭り会場の反対側。

「見れば見るほど、単なる大きめの地域のイベントって感じなんですけど」

「同感だ」

忍が焼きそばの焼き手として参加したことによる成果のひとつ、それぞれの出店の出店者連絡先が記載されたスタッフ用マップを片手に持つ忍と由奈は、祭りを丹念に見回っていた。

なお、忍の逆側の手にはたこ焼きがひと舟握られていたが、これは『忍センパイの馬鹿零余子。愚劣なヤマイモ。擂った自然薯で全身の穴という穴を塞いでやりたい。お祭りを見て回る大人に飲食物持たせないとか本気で潜伏する気あるんですか？』と由奈に叱責されたため、由奈にたこ焼きと牛串と生ビールを奢った結果だと、忍の名誉の為に付け加えておく。

「次はじゃがバターとチョコバナナ、どっちがいいと思います？」

訂正。

まだ奢らされ続ける予定であった。

「……」

忍は道の端で立ち止まり、小物が入った巾着を開き、マップをしまって残金を確認する。

店に釣銭を出させないよう棒金で用意された百円硬貨の束は、実に忍らしい配慮と言えた。

そして傍らの由奈は、どこか寂しそうな笑みを浮かべ、手元の生ビールを傾けて。

「すっかり変わっちゃいましたね、忍センパイ」

「なんの話だ」

「異世界エルフの同居を許して、やるべき調査の最中にお祭りへ遊びに行かせて、生意気な部下の言うがままに奢らされて。去年の忍センパイからじゃ、とても考えられません」

「昔の俺ならば、どうしていたと考える」

「そうですね……同居継続を願うアリエルと環ちゃんの前で、労働経済白書のNEET特集だの厚生労働省の社会的孤立に関する調査報告だのの根拠資料を泣いて謝られるまで読み聞かせて、形式上円滑な納得に導いた上で自立を強行したんじゃないでしょうか。お祭りの屋台なんて行かせるどころか『食品衛生責任者の実在すらも疑わしい路上販売の異物を、よくも口に入れようなどと考えるものだ』とか言って、鼻で笑ってる姿が目に見えるようです」

「まるで加虐愛好者の所業だな」

「今までの忍センパイなら、これくらい言いました。確実に」

「ふむ」

一ノ瀬由奈がそうまで言うのだから、確かな話なのだろう。

だが今の忍には、そんな自分の姿を、どうしても想像できなかった。

「君の言う通りだ。どれだけ嘯いたところで、俺は変化する自分を制御し切れていない。彼女らに、あるいは君に対しても、そうあるべきでない不義を働き続けている」

「いけないことだと、お考えですか？」

「無論だ」

それきり、忍は黙り込む。

祭りの喧騒が耳に溶け、却って静寂の中に在るような、不思議な寂寥感が忍を包んで。


由奈の言葉が、忍に届いた。


「『精神的に向上心のないものは、馬鹿だ』」

もちろん忍も知っている、有名な小説の有名な一節。

〝K〟を殺した〝先生〟の言葉が、由奈の口から紡がれる。

「……俺は、自殺すべき人間だと？」

「昔はそうだったかもしれませんね。でも、今はダメです」

「今の俺のほうが、よほど堕落しているように感じるが」

「いいえ。自分の身の回りにしか興味がなかった昔より、誰かとの関係に思い悩む今の忍センパイのほうが、どう考えても精神的向上心に溢れてます」

「原典の解釈と真逆じゃないか」

「だから私、『こころ』って大っ嫌いなんです」

「実に君らしいな」

「ええ」

由奈の声色は、語る言葉ほどに愉しげではなかった。

目線を向けなくとも、つまらなそうにしているのが雰囲気で伝わる。

忍は由奈の意図を汲み切れないまま、改めて自身の〝こころ〟と向かい合う。

「敵意や悪意には、散々晒されて来たんだがな。慕われることには、未だ慣れそうもない」

「慕われてる自覚は、流石にあるんですね」

「まあな。そして慕わせてしまった以上、応えねばならんことも承知しているつもりだ」

「別に、言い訳しなくたっていいですよ。それまでだってアリエルとも環ちゃんとも、随分楽しそうに遊んでたじゃないですか」

「……そうだな」

それきり、由奈は応えない。

忍もまた、答えを求めない。

喧騒（けんそう）がふたりを世界と分かち、時が止まったかのような錯覚を誘う。

そして。

「もう、私だけの忍センパイじゃ、なくなっちゃったんですね」

「……」


背の高い忍からは、俯（うつむ）いた由奈の表情が見えない。

仮に見られたとしても、忍に由奈の意図が汲み取れるとは、到底考えられない。

中田忍（なかたしのぶ）にとっての一ノ瀬（いちのせ）由奈は、そういう女性なのだ。

「冗談ですよ。驚きましたか？」

忍を見上げた由奈は、先程までと打って変わって、明るい笑（え）みを浮かべている。

気の利いた台詞（せりふ）など言えるはずもなく、忍は頭に浮かんだ通りの言葉を口にした。

「驚いたよ。君らしからぬ冗談だ」

「ええ。私らしくない冗談です」

「そう」

「ほんの、冗談です」

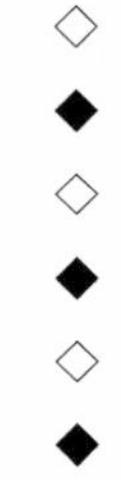

午後七時四十八分。

あくまで調査を完遂したい忍（しのぶ）と、まだまだ食べ足りない遊び足りない由奈（ゆな）の意見が拮抗（きっこう）した結果、調査要員としてアリエルが忍に、遊撃要員として由奈が環（たまき）に付き添う形となり、祭り後半の調査が継続される運びとなった。

「シノブ、あの踊りなんですが」

「ああ」

「とても不思議な動きをしますね。面白いです」

「……ちびっこ盆踊りだ。少なくとも、流れている曲に地域性はない」

「ホォー」

広場中央のやぐらでは、ふた昔くらい前の特撮ヒーローが盆踊りをする際のテーマソングを流しており、地域の子供たちが輪になって、ちょっとヒップな感じで踊りまくっていた。

踊っている子供の誰もが原作未視聴であるはずだが、地域の祭りでは何故かそういう懐かしソングが『新しいの用意するお金ないし面倒だし、とりあえずアニメ？　流しときゃ子供は喜ぶでしょ。知らないけど』精神のもと、現役で流され続けているのだ。

「では、あちらのステージですが」

「ああ」

「キラキラした何かから、すごい音が流れていて、おどろきです」

「……サックスだ」

「サックス!!」

会場の端寄りに設営された特設ステージ上では、地元民のジャズバンドが小粋なバーミュージックをまぁまぁの腕前で演奏していた。

こうした地域のお祭りは、コミュニティの貴重な練習成果披露の場となるので、次のハワイアンダンス同好会の皆様の為にも、早めに終わらせてやって欲しいところだ。

「それでは……」

「アリエル」

「はい」

「祭りが珍しいのは分かったが、耳神様の痕跡を知る調査、忘れた訳ではあるまいな」

「……覚えていましたが、あまり気にしていませんでした」

耳をてろんと垂らし、うつむくアリエル。

この長い耳については、元々無意識に動かしている様子はあったが、最近忍に指摘されて随意に動かせると気付いたためか、やにわに喜怒哀楽と連動させ始めた感がある。

マイブームなのかもしれない。

かわいい。

「しょげる必要まではない。お前の社会勉強の一環であることも、また確かな話だ」

「そうなんですか」

「ああ。口を挟んで悪かった」

アリエルはすぐに立ち直ったようで、またあれは何これは何攻撃を再開するのであった。

とはいえ、このまま祭りを楽しませるのも、実はなかなか難しい。

由奈が想像した忍の台詞ではないが、レトルト食品すら許していないアリエルへ、どこの誰がどんな材料を使っているか分からないような屋台の食べ物など到底与えられない。

かと言って、先程危惧したとおり、射的やヨーヨー釣りなどの遊びをさせるのも、熱中したアリエルが埃魔法をお漏らしするおそれに鑑みると、やや時期尚早な判断と言えよう。

繰り出される質問を捌きながら、忍が辺りを見回すと。

「アリエル、あれは気にならんか」

「なんでしょう……」

ふたりの視線の先には、大きなたらいのような謎の機械。

周囲がオレンジ色とも茶色ともつかないプラスチックで覆われ、その回りには色とりどりのアニメキャラが描かれた綺麗なビニール袋が、パンパンになっていくつも飾られていた。

「……なんでしょう？」

「綿菓子、或いはわたあめとも呼ばれる食べ物を売る屋台だ」

「アリエルは、シノブがよいとしたご飯以外は、食べてはならないのではないのですか」

「その通りだが、綿菓子は材料が単一で、つくりも明快であることから、リスクの生じる隙があまりない。初めての外食とするには、まあ妥当なところだろう」

「食べてもダイジョブなのですか？」

「俺はそう考える」

「フムー」

アリエルが思案顔なのは、鎮座するわたあめ製造機と、飾られているパンパンビニールのどちらが〝綿菓子〟なのか理解できていないためであった。

なお、どちらだったとしても、忍が本気で勧めたらアリエル頑張って食べます、とも思っているので、アリエルの忍に対する信頼は義光並み、つまり危険な領域に突入し始めている。

そうこうするうち、見るからにテキ屋らしき綿菓子屋の兄ちゃんが忍たちへ気付いた。

「へいらっしゃい。いくつお出ししやしょう」

「……どこからどこまでが、わたあめですか？」

「えっ」

「えっ」

綿菓子屋の兄ちゃんと異世界エルフ（アリエル）の間に生ずる、謎（なぞ）の緊迫感。

「すみません。彼女は日本に来たばかりで、綿菓子そのものを知らないのです」

「あぁなるほどっスね。じゃあ、せっかくだから作ってみます？」

「ヨロシーのですか？」

「初めてのお客さんに作り置き食わせちゃ、俺ぁ日本の恥晒（さら）しっスよ。さあさあ、兄さんも姉さんも作った作った」

威勢よく割り箸を割って、忍とアリエルに一本ずつ差し出す、ちゃっかり者の兄ちゃん。

突き返しかける忍（しのぶ）だったが、アリエルの体験料と割り切ることで、辛（から）くも自制に成功した。

「色はどうしやすか。ピンク？　黄色？　それとも緑？　青もありやすが」

「着色料を口にさせたくありません。一般的なザラメ糖を使って頂けますか」

「あぁ、そういう感じっすね。大丈夫っすよ、用意してますんで」

「箸が片方しかありません。わたあめは、シノブとふたりで挟む食べ物ですか？」

「いやいやいやいや、バラエティ番組のトンチキ企画じゃねんスから。じゃあね、これ。これ普通のザラメね。砂糖、イッツシュガーっス。これをね。ジャーッとすっとね」

ジャーッ

わたあめ機の中央に流し込まれるザラメ。

「さあ姉さん、その箸でクルックルして。このまぁるいとこで、クルックル、クルックル」

「箸は二本で使います。食器で遊ぶのはいけないことです」

「かまわん、やれ」

「でもシノブ」

「気にするな。言わばこれは応用動作（アドヴァンスト）だ」

「アドバ……?」

「姉さん急いで、ザラメなくなっちまうよ！」

「さあ、アリエル」

「アゥ……うう……最後は気持ちの問題です!!」

どうしようもなくなったときに自分を励ますための言葉を叫び、ついにアリエルは箸をクルックル、クルックルし始める。

すると。

「……これは、どうしたことでしょう」

箸の先にまとわりつく、白くてふわふわした塊。

箸が動くたび、塊は少しずつ大きさを増してゆく。

「先程のザラメを高温で溶かして液体に変え、回転させて遠心力を加え、放出しているんだ。外気で急速に冷えたザラメは細い糸状の固体となり、あたかも繊維のように箸へ絡み付く。後は潰さぬよう塊を作れば、世に言うところの綿菓子、あるいはわたあめが完成する」

「お兄さん、詳しっスね」

「いいえ。ネットの一夜漬けです」

「へぇ」

ついでの知識をドヤ顔で語る、中田忍であった。

一方のアリエルは、まだまだクルックルを続けながら。

「……ヨロリョシベッのようです」

何か不穏なことを呟いていた。


そんな忍とアリエルを、少し離れたところから見守るふたり。

あくまで遊びを貫こうとする一ノ瀬由奈と、そろそろ仕事をしたい御原環であった。

「……忍さんたちも遊んでる」

「言った通りでしょ。なんだかんだ言って、結局アリエル構っちゃうに決まってるんだから」

「でも、もうすぐお祭り終わっちゃいますよ？　忍さんたちまであの様子じゃ、どうやってお爺さん捜すんでしょうか。特に私なんて、お祭り楽しんじゃっただけなんですけど」

「それも平気だって。多分ね」

ちょうど由奈が言った瞬間、会場内に広報用アナウンスのチャイムが鳴り響く。

ピンポンパンポーン

『運営本部からお知らせしまーす。津川定吉さん、津川定吉さんと、お連れのペスちゃん……あ、あ、そうなんですか……訂正しまーす。津川さんちのお爺ちゃんとショコラちゃん、運営本部で保護してまーす。ご家族の方、恐れ入りますが本部テントまでお越しくださーい』

パンポンピンポーン

アナウンスを耳にするや、忍は未だわたあめ機が心残りな様子のアリエルを引きずり、本部テントの方向へと歩き始めた。

「……あ、忍さんたちが動いた」

「その耳神様好きそうなお爺ちゃんって、みまもりドットネット登録してるんでしょ?」

「えあっ……名前はちょっとあやふやですけど、そんな感じらしいです」

「こう何度も徘徊させてるようじゃ、家族はもう捜しに出るの諦めてる。だったら運営側で待ち構えていれば、向こうから保護されにやってくる。後は役所職員だからとか車あるからとか言って、お爺ちゃん送りながらシメの飲み会もブッチ。忍センパイらしい組み立てかな」

忍から予め代金をせしめてあった四杯目の生ビールを傾け、訳知り顔で頷く由奈。

そんな由奈を傍らで見つめる、環は。

「……」

「……どしたの？」

「やっぱり由奈さんが、一番の忍さん図鑑――」

「やめて」

余計なことを口に出し、由奈の機嫌を損ねるのであった。

◇◆◇◆◇◆◇

それから暫く後、午後九時三十三分。

ほぼ由奈が予想した通りの作戦を遂行中の忍は、電話で環と情報共有を図っていた。

『じゃあ、車は使わないってことですか？』

「ああ。ペス……いや、ショコラが暴れては敵わんので、徒歩で送ることにした。御原君と一ノ瀬君は、遅くならないよう引き揚げてくれ」

『わかりました、由奈さんにも伝えます』

「ところで、そちらの進捗はどうだ」

『一応、ひと通り見て回ってはきましたが……耳神様のみの字も見つかりませんでしたけど』

「まあ、そうだろうな。想定通りではあるが、それ故厄介でもある」

『由奈さんは『忍センパイ的にも本命はお爺ちゃんで、お祭りの調査はオマケでしょ。パッと見て分かんないなら、探してもしょうがないんじゃない？』って言ってましたけど』

「君はどう考える」

『……なんだかんだ恥かいたり面倒臭そうだから、とりあえず忍さんに投げとこう、的な？』

「酷いな。彼女の言にも一理はあるぞ」

『はぁ』

「この辺りにも神社や寺はいくつかあり、それぞれ夏やら秋やらに祭りだの神輿だのをやっているようだが、今日の祭りとは比べ物にならんほど規模が小さい。この地域で〝夏祭り〟と言えば、間違いなく今日の祭りを指す」

『……はい』

「そしてご老人の言葉通りなら、この祭りは耳神様が実在した頃、例えば明治以前から連綿と続く、由緒ある祭りのはずだ。連合町内会が中心となり、運動場を借り切って大々的に催されている部分からも、地域にしっかり根付いたものだと窺える」

『はい』

「にもかかわらず、耳神様を祀っている気配はどこにもないし、祭りの中核となるような儀式も行われていない。フラットな視点で考察した時、この祭りは『誰がいつから、なんのためにやっているのかは分からないが、とにかく凄く規模の大きい地域ふれあいイベント』と分析せざるを得ない。祭事はともかく、発祥の意義すら見えんのは、どうにも解せん」

『昼間に子供御輿はやってたみたいですけど、あれは違うんですか？』

「役員に確認したところ、盛り上がるネタがなさ過ぎるので、十年ほど前に連合町内会で購入したらしい。由緒も歴史もない、単なる賑やかしだ」

『じゃあ、由奈さんの言う『パッと見て分かんないなら、探してもしょうがない』って言葉は、『誰かが隠してしまったのなら、探しても見つかりっこない』って意味なんですか？』

「彼女の意図は分からんが、少なくとも俺はそう考えている。ただ、この地で大きな祭りが興り、今も続いている以上、原点にはやはり耳神様があるのだろう。なんらかの理由によりそれは隠され、今は惰性で続く形になったと考えるのが、現時点では妥当だ」

『……どうして、隠されちゃったんですかね？』

「それをこれから確認したい。一ノ瀬君にも宜しく伝えてくれ。加えて、俺も風呂を使いたいので、湯は張り直しておいて欲しいと」

『泊まりに行く話、されてたんですか?』

「いや。彼女なら遅い時間に帰宅するより、俺の家での早寝を取ると見ただけだが」

『……由奈図鑑』

「何か言ったか」

『あ、いえ何も言ってないです。由奈さん戻ってきたなあって』

「そうか。では宜しく頼む」

『はいー』

ツーッ　ツーッ　ツーッ

「……ふむ」

忍は巾着にスマートフォンを収めつつ、中のICレコーダーの動作を再確認する。

会話の漏れるリスクを背負い、敢えて電話を使ったのは、アリエルと謎のご老人と大きめコーギーのペス改め、津川定吉とショコラから、可能な限り視線を切らさないためであった。

「アウッ!　ワウワウワウッ!!」

「よーせ、止さんかペス。耳神様の御前だぞ」

津川はベージュのパジャマを纏い、両脚にはそれぞれ形の異なるサンダルを履いている。

首からは個人情報満載のみまもりドットネットカードをぶら下げており、ご老人の氏名住所電話番号はおろか、緊急連絡先として記載のある娘夫婦の情報までまる分かりであった。

「ペス。あなたはショコラではないのですか？」

「ハフッ」

正しい名前を呼ばれた刹那、大きめコーギーが動きを止め、今度は機嫌良さそうに、ぶんぶか尻尾をふりふり、アリエルへ飛びつこうとする。

「ハッヘッヘッ、ハッヘッヘッ」

「やめ、止めんかペス、興奮するなと言うとろうに」

「ガウルルルルゥウ」

切り替えの忙しい、大きめコーギーであった。

「耳神様、面目次第もございません。しつけのなっとらん犬でして、本当にもうまあ……」

「ショコラはあなたが心配なのです。この前みたいに、喉をクリクリ撫でるのがヨロシー」

「恐れながら耳神様、この犬はペスというんですよ。私が古本屋で買ってやった、真っ白な犬と女の子が日本を旅する漫画を読んで、娘がどうしても飼いたい飼いたいと泣くものですから、私も絆されてしまってねぇ」

「ショコラはショコラですし、パンケーキの色をしています。真っ白ではありませんが」

「いえ、いえ、耳神様。間違いありません。娘がどうしても漫画の犬を欲しいと言うので、私は何軒もペットショップを駆けずり回って、真っ白なスピッツを探してやったんですよ」

アリエルのちょっと困った視線を受け、忍は仏頂面で一歩踏み出す。

「横から失礼します。この面構えといい、短い足といい、この犬はどう見てもコーギーでしょう。もしや、別の犬も飼われているのではありませんか」

「アウッ！　アウッ!!」

「はぁ、そう言われましてもねぇ。お前はペスだろう、ペス」

「グルルルルル」

唸(うな)るショコラと、動揺する津川(つがわ)。

認知症患者と話を合わせるためには、決して真っ向からの否定はせず、ゆるやかに現実へ戻すことが肝要なのだが、この調子では随分と先行き不安であった。

――やむを得ん。

――大した効果があるとは、とても思えんが。

中田忍(なかたしのぶ)が中田忍らしく、正論と勢いでブッ飛ばすいつもの構えに入ろうとしたところで。

「ちゃんとショコラを見てあげてください、ツガワ」

津川と目線の高さを合わせ、窘(たしな)めるように語り掛ける異世界エルフ(アリエル)。

当年取って八十五歳のご老人相手を呼び捨てるようだが、アリエルは推定年齢百五十歳以上の年上異世界エルフなので、むしろ子供扱いで丁度良いくらいだ。

「……ペス、なんですけどねぇ」

「アリエルはペスを知りません。ショコラはショコラです。ショコラはツガワに、ショコラと呼ばれて、クリクリされるのがウレシー。ショコラをペスの代わりにするのは、ショコラもカナシーですし、本当のペスもカナシーです」

「……」

足元に視線を移す津川。

ショコラは尻尾(しっぽ)をだらんと垂らし、気遣わしげに津川を見上げている。

「クゥーン」

「ツガワ、一緒にわたあめを食べましょう。甘くてふかふかですが、全然お腹いっぱいにならないので、ご飯の後でも安心です」

アリエルは抱(かか)えていたビニール袋から、先程作ったわたあめをひとかけら取り出す。

忍とふたり分作ったわたあめだが、アリエル自身の分はすでにモリモリ食べ切ったし、忍に貰(もら)ったもうひと袋のわたあめも、移動中にモリモリ食べまくっていたので、このひとかけらしか残っていないのだった。

「ぁ……」

「心配無用です。ヨロリョシベッのようですが、ほんとはとってもオイシー」

「ヨロリョシベッとはなんだ、アリエル」

「アリエルのエルフ服を作るときに糸を取った、植物のようなものです。もさもさしていてすごくギチギチしていて、とても食べられたものではありません」

「綿花のようなものか」

「メンカとは、なんでしょう?」

「紬糸が採れる、一風変わった植物のことですな。この辺りではなかなか育たんものなんですが、耳神様のいらっしゃった頃は、ようよう育てて頂いとったもんです」

突然の津川。

忍は目を見開き、アリエルは微笑み、ショコラは安心とばかりにぐぐっと身体を伸ばす。

「またやってしまったようですな。ご迷惑をおかけしたのでしょう。申し訳ありません」

津川は忍とアリエルに向け、深々と頭を下げる。

「ご老人。お会いするのはこれで二度目ですが、覚えておいでですか」

「失礼な話で恐縮ですが、まったく覚えておらんのです。貴方がたのことどころか……そうですなぁ。孫の成人式ぐらいからの記憶が、飛び飛びでしか思い出せません」

「アリエルのことは、いかがですか?」

「……いや、とても耳の長いお嬢さんですな。これではまるで、耳神様のようだ」

「……ンー?」

知恵を回転させ、状況を分析する忍。

今の会話から察するに、この津川は魔法陣事件の津川とも、地蔵事件の津川とも、先程まで話していた津川とも違う。

幼少時の耳神様の記憶を残しながら壮年期の正気を保っている、これまで忍たちが相対した中で最も知性が優れた状態の津川だ。

たまたまシナプスがいい感じに繋がったのか、敬愛する耳神様のイメージを想起させる、異世界エルフの言葉が津川の知性を揺らしたのかは、定かではない。

どのみちこうなれば、中田忍の選ぶ手段はひとつ。

「ご家族の情報を押さえました。誠実に対応頂ける限り、危害は加えないと約束しましょう」

全力で脅しをかけ、会話の主導権を握りに掛かるのであった。

状況が分かっているのかいないのか、ショコラが唖然としている。

当の津川はと言えば、存外涼しい表情のまま、ちらりと忍に視線を返す。

「はて、どういう意味ですかな」

「今の貴方に、分からないとは言わせません」

「ボケの進んだ徘徊老人ですよ。貴方のようにしっかりした方が、何を怖がりますか」

「口が動けば、人は殺せます」

「恐いことを仰る」

台詞とは裏腹に、どこか嬉しそうな津川。

認知症患者は極端な子供扱いや周囲の無理解により、しばしば尊厳を傷つけられている。

その点、認知症どころか女性、子供、果ては後期高齢者であろうと必要次第でボッコボコの中田忍(なかたしのぶ)的スタイルは、却(かえ)って津川(つがわ)に好印象を与えた。

もちろん忍の行動はいやらしい計算に基づいたものではなく、単に普段通りだっただけであることを、忍の名誉の為(ため)に明らかにしておく。

「知りたいのは、耳神様(みみがみさま)の話ですか」

「ええ」

「話したくないんです。私のためというより、貴方(あなた)がたのために」

「お為ごかしは結構」

「いえいえ、本心ですよ。何しろ私の生まれた村は、耳神様に関わったが故(ゆえ)に、地図の上から消えてしまったのでね」

「……」

「……チーズ?」

仏頂面(ぶっちょうづら)を崩さない忍と、ちょっとよく解っていないアリエルであった。

「驚きませんか」

「想定の範囲内です」

「どうやら、些末(さまつ)ごとはご存じのようですな。ならばそちらのお嬢さんは、貴方のもとにいらした、新しい耳神様なんでしょうか」

「耳神様は、複数存在すると？」

「私も子供でしたから、よくは知りません。『十五になったらお前も耳神様に仕えるのだから、しっかりせい』と、おっとぅからよく言われていましたが」

「話が見えませんな。村が地図から消えたと言う割に、住民だったであろう貴方はご健在。耳神様の実在を示唆しながら、詳しいことは知らないと仰る」

「駆け引きではなく、本当に教わっとらんのですよ」

津川は少しよろめきながら、近くにあったバス停のベンチへと腰掛ける。

忍とアリエルは津川を囲うように立ち、ショコラは津川の足元に伏せて丸まった。

「ほら、子供の口は軽いでしょう。作物を実らせ空を舞う御前を崇めているなどと余所に知れたら、村も耳神様も無事では済まんと、おっかぁは何度も何度も……」

言葉に詰まった津川の表情が、悲痛に歪む。

想い出を懐かしんでいるからなのか。

求める想い出が、自分の中から失われたことを悟ったか。

……あるいは。

「耳神様は私らに異能の恵みを与え、村の大人は耳神様をよく崇め、よく仕えました。どこから来て、どうして我々を助けてくださるのかは知りませんし、少なくとも私には知る必要がなかった。村で生きる者にとって、耳神様は絶対の存在だったのです」

「ならば、何故今は――」

「……戦争のせいにできたなら、どれほど楽だと思ったことか」

「……」

『戦争』の単語が何を示すか、忍とて理解している。

太平洋戦争。

第二次世界大戦とも呼ばれる、未だ癒えぬ傷の記憶。

「耳神様が、おっとぅがおっかぁが、村の大人の殆どがいなくなって、残された者らの生きる道はさまざまでした。いなくなった皆の足跡を探し旅立った者、やむなくどこかへ移り住んだ者、すべて忘れると決めた者。そして、待ち続けると決めた者」

「あなたは、何を選んだのですか」

「私は、何もできなかったんですよ」

皺だらけの顔をくしゃりと歪め、津川は自嘲気味に微笑んだ。

縋るような、訴えるような、それでいて怯えたような、澱み切った眼差しに見上げられて。

忍の知恵の歯車は、静かに回転を止めた。

「流されるままこの地に残り、耳神様の痕跡を隠しながらも密かに残し、ずっと帰りを待っていました。長い長い時間が過ぎ、仲間もひとり減り、ふたり減り、何も知らない人々が、次々と流れ込んできて。いつしか私もすべてを忘れたかのように、人々の間に紛れ――」

「貴方は生の終焉を前に、逃げ切れないことを悟った。自らの犯した、醜い悪徳から」

確信に満ちた、中田忍の宣告。

「……」

「……ツガワ?」

アリエルの言葉も耳に入らない様子で、津川は自らの身体を抱き、かたかたと震え始めた。

忍はその様子を、厳しい渋面で見下している。

やむを得まい。

中田忍の知恵の歯車は、既に回転を止めているのだ。

「貴方の両親が耳神様と共に喪われたと言うなら、貴方はただの被害者でいればいいはずだ。戦争のせいにして悲嘆に暮れても、待つことを捨てたかつての仲間を憎んでも良い。七十余年を過ぎ未だ帰らぬ耳神様に義理立てなどせず、孤独を強いたと恨んでも良い」

「……」

「想い出が時の彼方に失せようと、犯した罪は棄てられない。貴方は、老いさらばえ病んでなお、忘れることができなかった」

「……う、う、う、ぅぅぅぅ」

「……ツガワ」


「答えて貰おう、津川定吉。この地から耳神様を喪わせたのは、貴方の罪ではないのか」


「ぐ、う、うううぅっ」

「ツガワ……シノブ!!」

「構うな。自業自得だ」

「……仰る通りです」

俯いたまま、怨嗟とも、苦悶ともつかない声を絞り出す津川。

「私は、ただ無知だったのです。御国のために戦う、兵隊さんたちの力になりたかった。耳神様耳神様とグチグチのたまうおっとうとおっかぁが、心のどこかで疎ましかった」

「……」

「いけませんかね。

格好良い兵隊さんと、格好良い司令官殿が、折り目正しく私をもてなして。

甘いお菓子と素敵なおもちゃを渡されて、君は学徒の鑑（かがみ）だなどと持ち上げられて。

少しだけ耳神様の話を聞きたいな、などと言われたら。

少しぐらい、話してしまうでしょう。

いけませんか。

私のしたことは、そんなにいけないことですか」

縋（すが）るような、津川の声色（こわいろ）。

だが、中田忍（なかたしのぶ）は答えない。

自らの悪徳を自覚している者を、追い詰める必要はどこにもない。

「今でも時々夢に見ます。あの日の夕方、突然何人もの兵隊さんが家にやってきて。菓子とおもちゃを貰ったのがばれると思い、私はとっさにか、か、隠れて……」

津川は空を見上げ、かっと目を見開き、体を激しく震わせ。

絞り出すように、叫ぶ。

「津川平造、津川トミ!!

臨時召集を令せらる!!

依って、此の令状執せられること、直ちに!!

東京第二陸軍造兵廠、忠海製造所へ参着せしめるべし!!」

津川は涙を流し、ベンチから地面へと崩れ落ちる。

膝をつき抱き起こそうとするアリエルを制し、忍は津川を真正面から見下す。

「耳神様と村の大人は、軍に徴発されたのですね。貴方が神の存在を示唆した故に」

「……ずっと、誰にも言えずにいました。そうしていたら、誰も私を責めなかった。私を責める前に、みんな、いなくなってしまった」

血を吐くような津川の懺悔。

もし彼が、異世界エルフへ一言でも赦しを乞えば、彼女はなんの躊躇もなく、微塵も彼を責めることなく、温かな赦しを与えたことだろう。

だが。

異世界エルフの干渉を排し、彼の懺悔を受けたのは、あの中田忍であった。

「赦しを得ようなどと、考えないことだ。

貴方の迂闊な振る舞いさえなければ、この地には今も神が御座した。

あるいは彼女も、この地で幸せな邂逅を迎えられただろう。

歳月が貴方を赦そうと、現実は貴方を逃さない。

貴方の罪は、今なお生き続けている。

もう一度言う。

赦しを得ようなどと、考えないことだ。

その罪の重さ、地獄に落ちても忘れるな」


同情や憐憫など、毛の先ほどもありはしない。

正に先程、中田忍が述べた通りに。

口さえ動けば、人は殺せるのだ。


しかし。


「シノブ」

「なんだ」

「ゴメンナサイしているヒトを、メッしてはなりません。ツガワは、たくさんゴメンナサイしています。だから、ツガワをカマワンヨしましょう、シノブ」

「断る」

「シノブ!!」

「……大丈夫です。私はずっと、こうなりたかったんです」

「……ツガワ」

必死だったアリエルが、思わず言葉を失うほどに。

アリエルを見上げる津川の表情は、晴れやかであった。

「ナンデ?」

「お前が理解する必要はない」

あくまで異世界エルフの介入を許さない忍。

それが自分の為の心遣いであると、津川は正しく認識していた。

「……もし私が、あなたのような人間だったなら、耳神様や両親を、あるいは耳神様の帰る場所を、守れていたかもしれませんな」

「買い被りです。私とて、過ちを繰り返さぬべく足掻いただけの、貴方と同じ種類のヒトだ」

「そう、ですか」

津川はベンチに手を突いて立ち上がり、忍とアリエルに向き直る。

少し曲がった腰へ鞭打ち、可能な限りにぴんと背筋を伸ばして。

「年寄りの拙い話を聞いて下さり、ありがとうございました」

「元はこちらから求めた話です。貴方から礼を言われる謂れはない」

「……そうでしたな」

「それに貴方を捜していたのは、俺ではなく彼女だ」

「彼女が、私を？」

水を向けられたものの、アリエルは言葉を見付けられず、むずむずもじもじとしている。

それでも忍の陰に回ることはせず、小さく津川に言葉を返した。

「ツガワが、サミシーを隠していたから……」

「ありがとうございます、可愛らしい耳神様」

「彼女は耳神様などではない。河合アリエルの名を持つ、ひとりの日本人だ」

「では……アリエルさん、ありがとうございます。貴女の温かな気遣いと、貴女が結んでくれた縁が、私の寂しさを消し去ってくれました」

「どういたしまして、ツガワ!!」

所々よく分からない話があったものの、最終的に津川が満足しているならば良いと、アリエルは柔らかな笑みを浮かべる。

津川はアリエルに微笑み返し、小さく息を吐いた後、再び忍を見上げた。

「シノブさん、とお呼びしては失礼でしょうな。お名前を伺っても宜しいですか」

「区役所福祉生活課、支援第一係長を奉職しております、中田忍と申します」

「ああ、お役所の方でしたか。ならば安心して、後をお任せできますな」

「後、と仰いますと」

「……こう言っては不謹慎でしょうが、心残りが失せましたので。そろそろのようです」

「ソロソロ？」

言葉の意味を理解できず、首を捻る異世界エルフ。

しかし、おぼろげにそれを読み取った忍は、普段通りの仏頂面で津川に応じた。

「ご家族には引き渡します。無論、ここで見聞きしたことは、一切お伝えしませんが」

「そうしてください。宜しくお願いいたします」

「ええ、必ず――」

忍の答えを最後まで聞かず、津川は天に目を向ける。

星の見えない、薄曇りの夜空。

下弦の月は頼りなく、どれだけ目を凝らそうと何も見えない。

それでも津川は、何かを懐かしむように、小さく微笑んで。

ぽつりと、一言。

「ありがとうございます。最後に会えたのが、貴方がたで良かった」

忍は、応(こた)えなかった。


当然だろう。

中田(なかた)忍は意味のない無駄なことが、嫌いで嫌いで仕方ない。

だから。


「私の……わた……し、の？　あ……ぇぐ……づ……ふぇぉ……ばぁー」

もう二度と届かない返事を、投げ返すような真似(まね)はしないのだ。


「アウゥ……ワウワウワウ、ワウゥ……」

「だぉ……おぉ、ペス、ペス。散歩だな。散歩、散歩、サンポ……」

「……ツガワ？」

「おぉ、アケミ。明美、ペスを散歩に連れて行きなさい」

「アリエルはアケミではありません、アリエルです」

「明美……アケミ。アケミをどこへやった、どこへやった、明美……」

「シ、シノブ、ツガワがヘンです。ツガワは、どうしてしまったのですか⁉」

「さあな」

「シノブ‼」

「少なくとも、寂しい思いをすることはないだろう。もう、二度と」

「……それは、良いことなのですか？」

「津川(つがわ)氏の問題だ。俺たちに決める権利はない」

「……」

「ペス、ペス、アケミがいない。明美はどこにいったんだ。明美、アケミ……」

「……クゥーン」

ショコラの悲しげな鳴き声が、夜の住宅街に響いた。

第四十五話　エルフと日陰の芽

祭りの翌日、八月十二日日曜日、午前七時三十二分、中田忍(なかたしのぶ)邸のリビングダイニング。

「タマキ、これはなんですか？」

「タブブラウザです」

「タブとはなんですか？」

「インターネットを見る……えっタブのほう？　……うーんと……多分プルタブのタブです」

「プルタブとはなんでしょう」

「あっ……えと……その……あ、ほらここ、上にぴょこんとしてるのがあるじゃないですか」

「はい」

「多分これが〝タブ〟ですよ。タブが付いてるからタブブラウザなんですよきっと」

「おおー」

豹変(ひょうへん)した津川について、アリエルがどのような考えを抱いたのかは定かでないが、表面上はさしたる動揺もなく、普段通り楽しそうにニコニコしている。

そして、昨夜の出来事を検証するため寝室から移動させてきたパソコンディスプレイのタブブラウザには、いかにもエンタメ感溢(あふ)れるＷｅｂページが表示されていた。

《【毒ガス】と【うさぎ】でいっぱい!! 国民休暇村指定、大久野島》
《日本のヒミツが眠る（?）島、大久野島へレッツ・アクセス！》
《広島県観光ランキング上位常連、大久野島にはフェリーでいこう》
《うさぎ島（大久野島）のここがスゴい!!》
《野生のウサギに〝危機〟迫る!? 実は危険なエサやり問題》

「忍センパイ」

最初は真剣に調査へ参加していたものの、何故か途中からソファへ移動し虚空を見つめていた由奈が、アリエルと環の背後に立つ忍へ水を向ける。

「どうした」

「何か言うことあります?」

「実に平和そうだな。うさぎがいるのも悪くない」

「意外と小動物、お好きなんですね」

「自覚はなかったが、そのようだ」

「そうですか……」

津川を家まで送り届けた忍とアリエルが帰宅したのは、夜中の一時過ぎ。

ふたりを寝ずに待っていた寝不足気味の由奈は、疲れた表情でローテーブルに突っ伏した。

特に年齢は関係ないのだが、由奈と同じだけ夜更かしした、戸籍上は二十歳の異世界エルフ、アリエルと、素直に帰宅したものの、色々あった興奮で眠れるわけもなく、朝七時には中田忍邸に飛び込んできた十六歳の御原環は、ムーフォーきゃいきゃいはしゃぎながら、パソコンのディスプレイ越しに見る野生のうさぎたちに夢中であった。

その事実に思い至ったのか、再びむくりと顔を上げる一ノ瀬由奈、二十七歳。

「もう一度確認なんですが、本当に対象はこのうさぎがいっぱい島で合ってます？」

「会話の録音を確認した。前後の文脈から推認しても、津川氏は両親の召集先として『東京第二陸軍造兵廠、忠海製造所』と発言した。耳神様も同じ場所に行ったと見るべきだろう」

「うーん……」

いまいち納得のいかない様子で、由奈は小さく唸った。

とはいえ〝東京第二陸軍造兵廠忠海製造所〟の名が、かつて広島県竹原市忠海町大久野島に存在した旧日本軍の毒ガス兵器製造施設のものだ、と特定したのは由奈自身である。

間違いないと信じる半面、自身の意見が他者をとんでもない方向へ動かしてしまうのではないかと不安を抱く程度の良心と人間性は、一ノ瀬由奈にも備わっていたらしい。

「不謹慎を承知で言いますけど、認知症からくる作話の可能性は検討しないんですか？」

〝作話〟とは、認知症患者にもよく見られる『当人が真実と信じている虚偽』である。

ある事実と事実の間の記憶が欠落したときに、自覚なく適切妥当なストーリーを創り出して自分自身を納得させているため、真に迫った態度で語られることがとても多い。

「耳神様の存在自体は、パートの方々のお話やお地蔵さんのことで信じるにしても、いきなり広島の毒ガス製造所は突飛です。小さい頃にご両親と死別なされているなら、そのショッキングな記憶を整合するのに、戦時を絡めた作話が生じてもおかしくないと考えます」

「作話の可能性がないとは言わんが、その線は切った」

「何故でしょう」

「氏の一生を縛り続け、最後の正気を保たせていた記憶だ。確かなものと信じたい」

「……でも、秘匿だった毒ガス研究所の存在が公開されてから四十年近く経ってますし、今じゃ国民休暇村でうさぎ島ですよ。もう何も残ってないだろう、っていうのは横に置いても、場所が分かってたなら、自分で確かめに行くんじゃないですか？」

「一ノ瀬君は辛辣だな。誰にも明かせない自らの罪を暴くため、見知らぬ土地へ踏み込もうとする勇気など、誰もが持てるものではあるまい」

普段通りの仏頂面で語る忍に、由奈はますます渋面を深める。

「忍センパイって、時々ほんと酷いですよね。最悪。もうほんと嫌なんですけど」

「すまんな。何か間違ったか」

「いえ。倫理や人間性みたいな分野で忍センパイに諭されると、自分という人格が否定された気分になって不快なんです」

「俺に非はないようだ。謝罪は撤回する」

「どうぞご自由に。それで、どうなさるんですか」

「あ、待ってください。私もその話、入れて欲しいです」

「アリエルもです！」

不毛な論争の切れ目に気付いたのか、環(たまき)とアリエルが口を挟む。

ふたりは返事を待たず由奈の座るソファへと移動し、アリエルはいつものように豊かなお胸を環の頭へ載(の)せ、ダテメガネはちょっとずれた。

「ヒロシマは、スーパーより遠いですか？」

「スーパーと言うか、ハイパー遠いですね」

「環ちゃん、真面目(まじめ)にやってくれる？」

「いや、御原(みはら)君の指摘は当を得ているのではないか。超(スーパー)よりも極超(ハイパー)遠いという表現は、日本語が規定する訳語表現として正しさを孕(はら)む」

「スーパーでもハイパーでもデラックスでもなんでもいいんですよ。忍センパイはこれから大(おお)久野(くの)島まで行って、耳神様探しをやる気が有るのか無いのかって話をしてるんです」

「無いが」

「えっ」

「えっ」

「エッ」

異口同音に驚く、人類女性ふたりと異世界エルフひとり。

アリエルは別に驚いたというより、楽しそうなので真似してしまっただけなのだが。

かわいい。

「課題甲34『〝天舞降臨耳神之図〟〝荒熊討耳神之図屏風〟等、郷土資料館資料に連なる存在（耳神様）と異世界エルフの関係性についての考察』、御原君の聞き込みにより発生した課題甲51『周辺地域に存在の疑われる秘教信仰（耳神様）の危険性評価』、課題甲52『課題甲51〝信仰〟との関与が疑われる老人とコーギーの危険性評価』については、秘教信仰そのものは存在したものの、その痕跡は隠蔽されており、最後の墓守とみられる津川氏の自我が事実上失われたことで一応の決着を見た。手が及ぶ範囲での調査は続けるにしても、今すぐ大久野島を訪れるほどの緊急性は認めていない」

いつ息継ぎを挟んだのかも分からない忍の長尺台詞を聞き、環はがっくりと肩を落とした。

「そっか。私、またお役に立てなかった感じですね」

「いや。君の情報は有益そのものだったし、可能ならば俺も調査を続けたいところだ。だが、それを許さないだけの事情が横たわっていることもまた、動かしようのない現実だと言える」

「事情……って、なんですか？」

「決まっているだろう。仕事だ」

絶句する環、さもありなんと頷く由奈。

そしてアリエルは、シノブはお仕事大変ですねぇとばかり、気遣わしげに微笑むのだった。

「忍センパイ、今年も自分が夏休み取らない前提で月間予定表組んでましたもんね」

「ああ。今年は例年以上に厄介な案件を処理せねばならん。到底休んでなどいられない」

「それって、聞いても大丈夫な奴ですか？」

「いや、まだ俺の口から説明できる段階にない。来週以降、君たちの耳にも入るだろう」

「……承知しました」

忍たち区役所職員の夏休みについては、『当該休暇年度において六月一日から九月三十日までの期間内のうち五日間』を夏季休暇の名目で申告し特別休暇を取得できる、つまり夏休みを五日間取れるよ、と条例でかっちり決まっている。

だからと言って仕事の総量が減るわけではないし、保護受給者も不正受給者も何を待ってくれるわけではないので、実際にはそう簡単に休みなど取れはしない。

その不均衡を解決するためかどうかは定かでないが、区役所の誇る機械生命体的地方公務員、中田忍は、福祉生活課支援第一係長を拝命してから今まで、ただの一度として特別休暇を取得したことがなかった。

権利なので行使する義務はないとの解釈もできなくはないし、忍自身は他の職員に同じ態度を強要しないため害はないのだが、正直みんなちょっと引いている。

特に、福利厚生実績達成目標を完遂したい総務関係の部署と、ただでさえブラック感が濃過ぎて人が集まらない福祉生活課のブラック感を加速させるような真似(まね)をして欲しくない人事関係の部署の面々は困り果てており、大変はた迷惑な話なのであった。

「だ、だけど忍(しのぶ)さん、ナシエルと耳神様(みみがみさま)って同一存在かもしれない、って話になったじゃないですか。ナシエルに辿(たど)り着く可能性のある手掛かり、放しちゃっていいんですか?」

「可能ならば俺も調査を続けたい、と言ったはずだ。観光地化が進み、まず耳神様が隠棲(いんせい)しているとは思えん大久野(おおくの)島だが、当時を偲(しの)ぶ史跡や毒ガス資料館があるという。例えばエルフ文字のような、異世界エルフ関係者が見ねば解らん手掛かりなどを発見する可能性は十全に認められる。大久野島の調査には、一定の意義が存在すると言えるだろう」

「だったら!!」

「しかし優先されるべきは仕事だ。俺個人の私的かつ突発的な我儘(わがまま)で業務に穴を空け、一度決まった月間予定を反故(ほご)にするわけにはいかん」

「仕事と私、どっちが大事なのよ!!」

誰(だれ)にどう教わったのか、場違いなようで場違いでない厄介な文句を口に出す異世界エルフ(アリエル)。

上手(うま)いこと言ってやった、とばかりの笑(え)みを見ると意味はあまり分かっていないのだろうが、なまじイントネーションが良いので性質(タチ)は悪かった。

そのニュアンスを理解したのか、忍も本気ではありつつムキにはならず、淡々と応じる。

「〝仕事〟はどんな無価値な人間性に対しても、一般化された対価としての賃金と、一定の社会的繋がりを与えてくれる。言い換えれば、仕事にさえ就いていれば社会から零れ落ちることもなく、俺のような人間でもお前を保護できるだけの立場と財力を得られた。仕事に殺されるつもりはないが、俺は俺の信義において、仕事を軽んじるつもりはない」

アリエルは元々教わったことを言っただけなので反論する気もないし、やっぱりシノブはお仕事大変なのですねぇとばかり、物憂げな表情でゆらゆらしている。

そして、ややとばっちりを食らった形の環は、忍の言葉にまったく反論できなかった。

育児放棄気味に放置されている御原環でも、日常生活を送るために必要な金銭的保障、労働や義務に縛られない自由な時間の保障を、父親からしっかりと受け取っている。

ひとりの社会人として、自分自身の裁量と選択で生活を形作らねばならない忍の労苦に対し、被扶養者たる環はどうこう文句をつけられる立場にない。

あるいは環が立場を弁えず、年齢相応に言いたいことを好きに言うだけの青臭い子供なら話は違ったろうが、そうでない証を立てたからこそ、環はここにいることを許されている。

結局、忸怩たる思いを飲み込むことしかできない、御原環なのであった。

しかし、この場にはもうひとり、自身の生活を自身で支える社会人が存在した。

「じゃあ忍センパイは、時間の都合がついたら調査に行きたいって考えてるんですね？」

「ああ。だが課の状況によっては、来年の春以降までずれ込む可能性も視野に入れている。七十余年遅れで向かう以上、半年や一年程度は誤差の範囲に収まるだろう。事前の調査やアリエルへの教育を施す準備期間と見れば、間隙も無駄にならんと見積もっているが」

「ふーむ」

言って、由奈は自身のバッグからスマートフォンと手帳を取り出し、見比べ始める。

「えっと、今日って何日でしたっけ」

「八月十二日、日曜日だが」

「ありがとうございます。環ちゃん、学校いつから？」

「へ？　えっと……二十七日の月曜日からですけど」

「ん、了解。アリエル、パートのシフトはいつ決まるの？」

「今月の二十日から来月の十九日までのシフトを、今月十五日までに提出するよう言われています。アリエルはヒマジンオブザピーポーなので、平日は毎日働くのがタダシー」

「そ。じゃあ、今月十八日の土曜日から二十六日日曜日までは、予定空けといてくれる？」

「ナンデ？」

「私と環ちゃんとアリエルで、大久野島に行くから」

由奈の言葉の意味を、誰もが理解できなかった。

「一ノ瀬君」

「ちょっと黙ってて頂けますか。今からホテルの予約押さえるんで」

「ならば尚更、まだ動かないで貰いたい」

「うるさいなあもう。なんなんですか」

「君がアリエルと御原君を連れて大久野島に行くなどと、いつ決まって誰が認めた」

「今決まりました。認めたのは私。もういいですか？」

「俺が認めていない」

「じゃあ認めてくださいよ。忍センパイは、大久野島に異世界エルフのためになる何かがあるかもしれない、と思ってるんですよね？」

「その通りだが」

「だから私が代わりに引率するって言ってるんです。むしろお礼言って欲しいんですけど」

「認められる訳がないだろう」

「なんでですか」

「耳神様の足跡を追う旅など、君に任せる義理はない。広島に伝手などないだろうに、女三人、しかも未成年者と異世界エルフ連れで旅などさせられるか」

「私はアリエルと環ちゃんの友達ですから、義理なんてそれだけで十分でしょう」

「トモダチです!!」

「……由奈さん」

特に計算した訳ではないが、まったく関係ないところでアリエルと環の心を掴む由奈。

明らかに忍が形勢不利である。

「それに忍センパイ、考えてみてください」

「何をだ」

「大人で一般常識に強くて、お金も一応持ってる私。エルフ文字が読めるし、戦えば熊より強いアリエル。異世界エルフ研究の第一人者で、資料にも詳しい環ちゃん」

「……」

「別に忍センパイがいなくても、ぶっちゃけ困らないんですよね。むしろ男ひとり混じると余分に部屋取ったりしないといけなくなるんで、いないほうがスムーズな面もあります」

ぐうの音も出ないほどのド正論。

『忍センパイぶっちゃけ要らない』と言い切らない分、むしろ優しく映るほどであった。

「ご納得頂けました?」

「ああ。すべて君の言う通りだ。君さえ請けてくれるのなら、この件の一切を君に任せることが、俺に示せるせめてもの誠実だと理解した」

普通の社会人男性ならみっともなく逆切れするか愛想笑いでその場を凌ぐところだろうが、この男は区役所の誇る機械生命体、中田忍である。

相手の論理に筋が通っていれば、素直に頭を下げて道を譲る度量を持ち合わせていた。

「結構です。じゃ、急な予定変更で申し訳ありませんが、私の特別休暇、二十日月曜日から二十四日金曜日までの五日間にズラしといてください」

「承知した。それと、ひとつ要望したいんだが」

「聞くだけ聞いて差し上げます。なんですか？」

「宿賃と交通費くらいは、俺から支払わせてくれないか」

「嫌ですよ。他人のお金で旅行に来てると思ったら、素直に楽しめないじゃないですか。アリエルと環ちゃんだってアルバイトやってるんだし、ちょっとぐらい自分で出せるでしょ？」

「お給料は月締めなので、九月二十五日までは貰えないと聞いています、アリエルです！」

「えと……国内線って何十万円くらいかかるんですか？」

「……お金は立て替えてあげるから、とりあえず計画立てよっか」

「タマキ、コクナイセンとはなんでしょう」

「日本の空港から日本の空港に行く飛行機のことです……多分」

「クウコウとは」

「もう、いいからこっち来なさい。分かんないことはまずググるの」

やいのやいの言いながら、テーブル上のディスプレイに群がる三人。

遠慮もへったくれも、あったものではないのであった。

「……」

ブーッ　ブーッ　ブーッ　ブーッ
気付けば忍のスマートフォンが振動し、発信元として〝若月徹平〟の名が表示されている。

恐らくは祭りのドタキャンを謝罪すべく、メッセージを使わず直接連絡してきたのだろう。

この空間における己の存在価値がないことを悟った忍は、無言で寝室へと移動した。


『……へぇ。流石一ノ瀬さん。相変わらずイカれてんな』

「彼女なりに気を遣ってくれたのだろうし、俺としても有り難い部分はあるが、準備不足の懸念は看過できない。後刻一ノ瀬君とも話し合い、調整を図ろうと考えている」

『あぁ、まあ、飛び込みでその島行ったらハイ手掛かり見つかりました、ってのはちょっと都合良過ぎだもんなぁ。下調べマジ重要だわ』

「それもあるが、必要なら二度行けば良い話だ。俺の懸念はもう少し別のところにある」

『おん……？』

「……いや、今は止そう。俺の中でもまだ考えがまとまっていない」

『そっか。でもそんな心配なら、無理くりにでも付いてったほうがいいんじゃね？』

「そうだな。万一の責任を負う意味でも、俺が動くべきと考えてはいるんだが……」

『仕事は休めねぇって？』

「そうなる」

『ノブらしくねぇ……いや、逆にすげぇノブらしいのかな』

「なんの話だ」

『アリエルちゃんの優先順位が低いんじゃなくて、仕事の優先順位が高けぇんだな、って話』

「ふむ」

『……ヨッシーもまだ帰って来ねぇし、俺が代わりに行ってやればいいんだけどさ』

「それこそお前を煩わせる話ではない。色々と忙しいのだろう」

『あぁ……まあ……その……いいや。ノブにゃ説明しといたほうがいいか』

「無理に聞くつもりはないが、どうした」

『……』

「……」

『……できてたっぽくてさ』

「何が」

『星愛姫（ティアラ）の……弟か妹かはまだ分からねえけど……そういうヤツ』

「……ほう」

『……ほう、って、なんか他にねえのかよ』

「俺の配慮が足らんリアクションで、慶事に水を差したくなかった」

『じゃ、最大級に喜んでくれたって受け取っとく。ありがとな』

「うむ」

『俺も昨日聞かされたばっかなんだけどよ。まだ三か月だから何があるってワケじゃねぇし、安定期に入るまでは他所（よそ）に話すなって念押しされてる。ただ、星愛姫（ティアラ）んときになんもしなかった分、今回はなるべく寄り添ってやって、色々気に掛けてやりたいと思ってんだ』

「こちらのことは気にせず、早織（さおり）を助けてやってくれ。それこそが俺たちへの助けにもなる」

『……おう。サンキュな』

◇◆◇◆◇◆◇

次の日、つまり八月十三日月曜日、午後二時二十六分、区役所福祉生活課。

秘匿（ひとく）面談用の個室で、福祉生活課長と中田忍（なかたしのぶ）はこぢんまりと向き合っていた。

毎度毎度同じような状況で向き合うふたりだが、致し方あるまい。

余剰の会議室など基本的に存在せず、庁舎の何処（どこ）で何を話しても聞き耳が立つような環境下において、本当に秘匿の話をしようと考えたら、こんな場所を使うほか手段がないのだ。ましてや今回のような、絶対に漏らせない話をするときは。

「本人に承諾を得て、面談状況を録音しています。該当部分をお聞かせしても宜しいですか」

「ああ」

机上に置かれているのは、津川定吉の件でも利用した、忍の私物であるICレコーダー。当然SDカードは替えてあるし、取扱説明書を三度熟読した忍が操作しているので、うっかり別のデータを再生してしまう事故など万にひとつもないことを、念のため強調しておく。


【data0813093349 22.mp3を再生します】


『単刀直入に言おう。北村神檎君、君の業務に関するネガティブな情報提供を認知している』

『はあ』

『心当たりはあるだろうか』

『まあ……ないことはないっスよね。謂れなき因縁なら毎日のように付けられてますし』

『説明してくれるか』

『係長ぉー、カンベンしてくださいよ。保護費チョロまかしてるだの、病院行かせてくんねぇだの、簡易宿泊所の便所が汚ねぇだの管理人がウゼェだの、いつものことじゃないっスか』

『そういった苦情の類いではなく、地方公務員法等の法令に触れる話はないかと訊いている』

（無音。四秒）

『……お見込みの通りっスよ。マジメにやってるつもりですけど』

『ならば、これを確認して貰いたい』

（書類の動く音、のち無音、九十秒）

『俺が独自に纏めた資料だ。君が担当する保護受給者のうち四名に聞き取り調査を行ったところ、短期の就労などにより得た数万円前後の所得につき、その収入を役所に秘匿するようケースワーカーから指示された旨申し立てを受けた』

（無音。三十秒）

『北村君、説明してくれるか』

『説明も何も、カンベンしてくださいよ。なんで俺がそんな指示しないといけないんスか』

『保護受給者のひとりは『あぁいいよいいよ、どーせ定収入じゃないんでしょ？　こっちも処理かったるいから秘密でヨロシク。分かってるとは思うけど、俺からそーしろって言われたとかヨソで言わんといてね』との指示を受けたと話していたが』

（無音。三秒）

『ひでぇデマっスね。俺、そんなに恨まれるようなことした覚えないんスけど』

『それでは、君が事務処理の煩雑化を避ける目的で、担当する保護受給者に対し敢えて収入の事実を秘匿するよう、その手段まで含めて指示を行っていたという情報は、すべて事実無根である……と主張する理解でいいんだな』

『……構いませんけど、録音の件といい、まるで犯罪者扱いっスね』

『無実の際の抗弁の材料としても、適切な記録化は重要だ。どうか理解して欲しい』

『そんなお為ごかし――』

『もうひとつ訊いておきたい。堀内君の主導していた、不正受給者摘発案件についてだ』

『……はあ』

『摘発が予定されていた五人の不正受給者のうち、突如行方を晦ました一名が、他県で薬物使用の容疑により逮捕された。確認できる最後の公的な経歴が当区役所での生活保護受給事実だったことから、当係が身上記録及び生活実態の捜査照会を受けることとなった』

『……』

『当然捜査には協力したが、こちらも聞くべきことを聞かねばならない。照会元の刑事に、「生活保護受給の打ち切り手続きもせず、何故突然行方を晦ましたのか、当人に確認して欲しい」と求めたところ、『キタなんとかっていう若い男のケースワーカーに、お前そろそろ逮捕されるから逃げたほうがいいぞと教えられたから』と答えたらしい』

（無音。六十秒）

『北村君。説明してくれるか』

『説明も何もないっしょ。薬物中毒の被害妄想にマジになっちゃってどうすんスか』

『君の言う通りだ。これらの話はすべて、現時点ではなんの支えもない、不確定の疑惑に過ぎない。だが今日いまこの場で、俺が君を信ずるに足る説明をしてくれないと言うなら、俺は真偽を明かす証拠を揃えるべく行動を開始する』

（無音。九十秒）

『北村君——』

『……うっぜぇ』

『……』

『うっぜぇんだよ。回りくどい追い詰め方しやがって、楽しんでんのかよアンタ』

『楽しい話をしたつもりはない。俺は疑惑の真偽を見極めたいと考えている』

（無音。二十六秒）

『何がいけないんスか？』

『何がとは』

『真面目な保護受給者は生活が楽になって嬉しいし、クソ保護受給者は俺が教えなくたってどっかから裏技教わってくるでしょ。だったら真面目に処理するほうがバカでしょ。手間が省けた俺は他の仕事真面目にやれるじゃないスか。実際アンタだって今まで気付いてなかったワケでしょ。アンタさえ余計なことしなきゃ、誰も困らなかった話じゃないんスか』

『……』

『意味分かんねんだよ。誰にも相手されねえで陰口叩(たた)かれながらセコセコ他人の残務片付けてご機嫌伺いしてる使えねえ上司が、こっちで面倒見てやってる使えねえ堀内(後輩)転がして、わざわざやんなくてもいい思い出作りの余計な不正受給者摘発(しごと)増やしやがって、当のアンタはいきなり定時退庁始めやがってよ。そんなんじゃ現場(おれら)だって裏技のひとつも使わなきゃ仕事回らねえんだよ。綺麗(きれい)ごとばっかり偉そうに並べやがって、おかしいのはどっちだよ、オイ!!』

（無音。三十秒）

『説明は終わりか』

『あ?』

『ならば順に答えよう。まず君の『誰も困らなかった』という認識は大きな誤りだ。区民は、『自分たちの知らぬところで、絶対の秩序が正しく保たれている』ことを信じて税金を納めている。法令の定めや物理的な限界で、それらが完全に実現されないことがあっても、君の言う〝裏技〟を許さぬために存在する福祉生活課員がそれらを甘受し、剰(あまつさ)え奨励するなどと、悪質な職権乱用行為に他ならない。君は『困らされている』という自覚すら与えず、法令に従う者、国家を頂点とするすべての行政を愚弄し〝困らせた〟と言える』

（無音。十秒）

『加えて言えば、君からの評価はどうだか知らないが、俺は福祉生活課支援第一係長として求められる責務を果たした上で定時に退庁しているし、堀内君も俺の管理指導の下、果たすべき責務を果たした上で不正受給者摘発を計画していた。敢えて言い切るが、君の〝妨害〟にも挫けず計画を組み直し、改めて行われた摘発の結果、不正受給者の不正稼働を助長していた法人を俎上に上げ、当課は所轄の警察署から感謝状を受けることとなり、地方紙にもその顛末が報道された。議会の本年度予算請求においても、小さくない影響があることだろう。彼女の仕事は〝思い出作り〟ではなく〝成果〟だ』

（無音。二十七秒）

『そうですね。終わってんのは俺のほうだ。全部俺の責任。いい加減腹くくりますよ』
『すべてが君の責任とまでは言わん。これは俺の罪でもある』
『意味分かんねぇよ。じゃアンタが代わりに処分食らってくれんのかよ』
『責任が君にあるとしても、君を不正に走らせた本質的な罪の所在は上司の俺にある』
『止めろ。ざけんな。イラつくんだよ』
『事実を述べている。止める必要を感じられない』
『テメエになんざ庇われたくねえっつってんだよ!!』
『気に入らんなら、責任も負えない立場の分際で罪を犯した己の軽率さを呪え』
『……』
『君の説明は理解した。あともうひとつ、確認させて貰えるか』

『……なんスか』

『今回の件は、地方公務員法第三十三条違反を始めとした、各種法令違反の刑責を問われる可能性がある。だが一方で、君の言うように、今すぐ罪としての追及が行えるほど証拠の揃った案件でないことも確かだ。このまま証拠が見つからなければ、君は懲戒免職を免れ、職員として働き続けられる可能性もある』

『……』

『君が望むなら、俺も組織人として、常識の範囲でバックアップすると約束するが』

『……それは、大丈夫っス』

『大丈夫とは』

『辞めますよ。アンタに助けられてまで、しがみつきたい仕事じゃありませんから』

『……分かった』

【音声停止】

ＩＣレコーダーを操作する忍は、いつも通りの仏頂面。

そして課長は天井を仰ぎ、深く溜息を吐いた。

「午前中の概況報告でご指示いただいた通り、北村君には午後以降、暫く年休を取らせる予定です。庶務課と市にも一報済みですので、追及は監査ベースで進められるでしょう」

「……」

「詳細はまだ伏せるにしても、北村君が担当していた保護受給者などについては、早急に後任を選定する必要があります。既に外回りの者も含め、全係員を呼び戻しておりますので、この後のミーティングで調整を掛け、体制の再編成を図ることとします」

「それは構わないが、特別休暇期間中だろう。急な仕事を振れる余地はあるのかな」

「問題ありません。必要ならば、私個人でカバーリングできる範囲の業務量です」

「……呑めないね、それは」

課長はつまらなそうに、手元へ揃えていた、もうひとつの資料を机上に示す。

福祉生活課全体の特別休暇取得状況を記録した、月間予定カレンダーであった。

忍は課長の思惑を読み取れず、小さく眉根を寄せる。

「一ノ瀬君の休暇を移動させた件ならば、本件に影響ないものと考えますが」

「私が気にしているのは君のことだよ、中田君」

「分かりかねます」

課長は忍に答えず、月間予定カレンダーの《中田忍》と書かれた列を指さした。

その横列には、特別休暇取得予定を示す【夏】の字が、ひとつも並んでいない。

忍は理解も納得も及ばぬとばかり、課長へと視線を移す。

「休暇は義務でなく、行使を許された権利でしょう。自身に与えられた職責を全うするため、権利を行使しない自由を行使することも、ひとつの選択だと考えていますが」

中田忍は、いつも通りの仏頂面。

こうまで煩く言われるのなら、せめて体裁上は特別休暇を取得したうえで勝手に出勤したり、平日は言われた通りに休んで週末のこっそり出勤を増やすなどすれば揉めずに済むはずなのだが、忍はあくまで正面から自らの主張をブチ当てに行く。

そんな忍を嫌いではないはずだった課長が、渋面を深めつつ忍と視線を合わせた。

「中田君、私の話を聞いてくれないか」

「ご下命とあらば、従いましょう」

「これは上司としての命令というより、君より長く役所に勤め、君より幾分か歳を取った私からの忠告と考えて欲しい。それでも聞いて貰えるかな」

「いいでしょう。手短にお願いします」

業務上の命令ではないと知るや、態度が尊大になる忍であった。

課長は低い声で笑い、改めて忍に向き直る。

「中田君。君は福祉生活課の筆頭係である支援第一係の長としてよく係を率いてくれているし、実際私も助けられている。区役所全体を見渡しても、人格面や素行面に陰口を叩く輩こそあれど、その働きと職務に尽力する姿勢については、誰もが認めるところだろう」

「恐縮です」

「そう、君は優秀なんだ。いち区役所職員としては、だけどね」

「どういう意味でしょうか」

「そのままの意味だよ。福祉生活課長としてではなく、私個人として言わせて貰えれば、君は自らの為すべき義務と役割を、あまりにサボり過ぎている」

「……穏やかではありませんね」

忍の声が低くなり、一気に不機嫌の気迫を纏った。

そのままの勢いで噛み付かないのは、未だ課長の真意を測りかねているからであろう。

「手前味噌ではありますが、係は年間業績目標を定数達成し、係員が欠けた分の業務についても実績で埋めている。北村君の件然り、そうでなくても離職率の高いこの部署において、私の指導力不足を論うならば受け入れますが、サボりとまで表現されるのは心外です」

「いいや、君はサボっているよ。福祉生活課支援第一係が年間業績目標を達成し続けているのは、君個人が幹部や部下に隠れて、積もり積もった雑務を処理し続けていたからだろう」

「係の業務です。誰が片付けようと、生まれる数字は同じでしょう」

「……中田君」

「はい」

「〝がんばる〟だけで評価される時期を、君はとうに過ぎているんだよ」

しばし、言葉を失う忍。

課長は忍の目を見据えたまま、淡々と続ける。

「ものごとを理解できていない若手は、目の前の仕事をがむしゃらに消化し続ければそれでいい。成功しようと失敗しようと、『がんばっている』点、ただそれだけで評価がマイナスには落ちず、プラスで留まる」

「はい」

「だが、時が過ぎれば若手も後輩を持ち、やがて係の中堅どころ、あるいは君のように、初級幹部へと駒を進める。このころ彼らに求められる素養は、浅はかで単純な〝がんばる〟ではなくなる。不測の事態や難題へ柔軟に対応できる〝安定感〟と、頑張ることしか知らない者たちに方向性を示し、足場を固めてやる〝安心感〟に変わってゆく。自身が前に出るのではなく、一歩引いて全体を俯瞰し、的確な知見からの適切な判断を下すよう求められる」

「私が北村君の尻拭いでなく、幹部として彼を正しく教育し、支えてやれさえすれば、今回のような問題は未然に防げただろう、ということですか」

「私もひとりの大人だよ。子供騙しの理想論、後出しの綺麗ごとで、君の果たしてきた職務を否定するつもりはない。だが、君に部下を使いこなさんとする姿勢が欠けているのもまた事実だ。極端な話、君は本来席を立つどころか、指ひとつ動かさずに物事を解決せねばならない。君自身という優秀な二本の手を封じたまま、代わりに頭と目を動かし、思い通りに動かせない数多の手を操って、与えられた年間業績目標を果たさねばならない」

「……私には、余程難しい話です」

「だが本来、管理職に求められているのはそれだ。まさか不得手なことだからと言って、役割を放棄するつもりではあるまいね」

「意地の悪い話です。理解のある風を装って、内心私の仕事ぶりが不服だったのですか」

「そんなことはないさ。いち福祉生活課長としては、係員からの憎悪を一身に集め、常に足りない〝ヒト・モノ・カネ〟へ文句ひとつ漏らさず、自ら業務の不足を補う君の自腹営業に、随分助けられていた。今後も勘違いを続けてくれるなら、そのほうが有難いところだった」

「では何故、私にこんな話を聞かせたのですか」

「それが必要だと考えた。何か異論があるかね」

「……私には今のやり方を捨ててなお、人を率いられる人望や能力の持ち合わせがない。すべきとあらば努めはしますが、既に結果は出ているようなものです。福祉生活課長としての貴方は、支援第一係が機能不全に陥る結果を甘受してなお、私に引くことを望むのですか」

「……うん、そうだね。もう既に、結果は出始めているんだ。あるいは、ようやくと言ったほうが正しいのかもしれないが」

「ようやく、とは――」

「そろそろ時間だろう。ミーティングの後、もう一度時間を貰えるかな」

「……承知しました」

腹芸の不得手な忍には、課長の本心を覗けない。

今はただ、用は済んだとばかりに席を立つ課長へ追従し、立ち上がるほかなかった。

午後三時三十分、会議室。

福祉生活課支援第一係員らの前に立った係長、中田忍は、厳かに宣言した。

「北村神檎君が潰れた」

しん、と静まり返る会議室。

福祉生活課において、職員が〝潰れた〟と言えば、自主的な離職、心身の健康上の理由における退職、なんらかの理由で業務を継続できなくなった状況などすべてを包括して示す。

そしてこの単語が用いられる際、当該職員の〝潰れた〟理由はさして重要ではない。

福祉生活課の、そして支援第一係の業務を支える人員が〝潰れた〟ことにより、他の職員の負荷が増えることまでを示す言葉として、忌まれつつも便利に使われているのだった。

「詳細は上の調査待ちだが、当人の処分は免れんだろう。俺の監督責任だ。すまなかった」

慇懃に頭を垂れる忍に、誰もなんの反応も示さない。

忍もまた、それを当然のものと捉え、すぐに顔を上げる。

仕方あるまい。

彼らが忍を庇おうとも、あるいは責めようとも、周囲と語り合おうともしないのは。

暗に北村の働きぶりを知っており、そのうち潰れると想定していたから、ではなく。

光の速さで駆け抜ける噂話から、その事実をとうに知っていたから、でもなく。

責任の所在を忍に感じているが、忍を責め立てるのが怖くて口を出せないから、ではなく。

責任の所在を自分たちに感じて、真摯に反省しているから、でもない。


単純に、関わりたくないのだ。


ここは公務所、福祉生活課支援第一係である。

営利を目的とする民間企業が持つ、プラスを生み出すための前向きな営業目標が存在しない代わりに、保護支給件数を自立により削減させる、後ろ向きな年間業績目標が存在する。

逆に言えば、年間業績目標にさえ貢献できているなら、簡単で安全な保護受給者ばかりを相手にしつつ皆と同じ給料を受け取るのが、最も賢いケースワーカーの働き方と言える。

そうなれば多くの職員の間で、目を逸(そ)らし耳を塞(ふさ)ぎ、自らの職務のみへ忠実に没頭し、自らの問題は自分で解決するのが暗黙の了解となるのは、無理からぬことであろう。

「本件に関し人員補充の見込みはない。よって、彼の担当していた保護受給者(ケース)及び不正受給者(ナンバー)案件に関し、早急に後任を立てる必要がある」

いよいよ係員たちが、それぞれ気配を薄め始めた。

目立たないように、さりとて、目立っていないことを悟られないように。

忍の顔の横や中空辺りに視線を向け、余計なことを考えず、真剣な表情を浮かべる。

「継続的な訪問などが必要ない案件はこちらで管理する。しかし保護受給者(ケース)六件、不正受給者(ナンバー)一件に関しては、個別の担当者を立てたい。幸いと言ってはおかしな話だが、北村君にはそう複雑な案件を担当させていなかったので、そこまで大きな負担にはならないだろう」

忍は傍(かたわ)らに準備していた七つのファイルを手に取り、会議室内を見渡す。

「職権を使い、強制的に押し付けるような真似(まね)はしたくない。負荷が増える分、他の業務負担については分散させるし、俺個人からも最大限のバックアップを約束しよう。一件でも、最も簡単な物だけでも構わん。誰か立候補する者はいないか」

知らぬ者には分かるべくもないが、これはお馴染(なじ)みの流れである。

〝潰れた〟係員が抱(かか)えていた仕事を、忍が誰か別の係員に割り振ろうとする。

係員の殆(ほとん)どはそ知らぬ顔で息を潜(ひそ)め、そっと目を逸らし続ける。

係員にとっては苦しい時間ではあるものの、そう長くは続かない。

「……分かった。これら案件もすべて、俺が預かろう」

少しの間黙っていれば、このように。

〝潰（つぶ）れた〟係員を助けられなかった支援第一係長が、勝手に責任を取ってくれるのだ。

元を辿（たど）れば、係員をうまく管理できなかった係長のせいで生じた〝余分な業務〟である。

自分で責任を取ると言うのだから、係員がわざわざ背負ってやる必要など何処（どこ）にもない。

そんな体（てい）のいい大義名分を心の中で繰り返しながら、北村（きたむら）のことなど一度として助けてやらなかった係員たちは、嵐が過ぎるのを身を潜（ひそ）めて待つばかり。

もう少しですべてが終わり、自分たちは自分たちのするべき仕事を済ませて、最近何かの気の迷いで定時退庁を始めていた、本当は残業が大好きな係長を横目に、とっとと帰宅する。

ほとんどの係員と、支援第一係長（なかたしのぶ）にとっての日常が、再び戻ってくる。

そのはず、だったのに。

「保護受給者（ケース）六件、一ノ瀬（いちのせ）が預かります」

「な、不正受給者（ナンバー）一件、堀内（ほりうち）にやらせて貰（もら）えませんか!?」

出るはずのなかった言葉。

変わるはずのなかった会議室の空気は、静かに張り詰めた。

「ふむ」

係員たちの視線の先は、大きくふたつに分かれていた。

堂々と手を上げ、平然とした様子の一ノ瀬由奈と。

どえらいことをやってしまったとばかり、今更膝を震わせている、堀内茜のふたりに。

「有難いが、大丈夫なのか。特に一ノ瀬君は、既に相当数案件を抱えているだろう」

「中田係長にサポート頂けるのであれば、対応可能と考えています。突発的な引継ぎの経験もありませんので、良い勉強の機会とも考えます」

少なからず、忍は驚いていた。

これまで、他人の目がある業務中の一ノ瀬由奈は『偏屈上司に困らされる、可哀想な若手の筆頭』を完璧に演じ続けていたのだ。

表面上は皆と同じように忍へすべてを押し付け、皆のいなくなった終業後、ひょっこり戻ってきて残務整理に手を貸しつつ、気の済むまで鬱陶しい絡みを忍に強要し、飽きたら勝手に帰っていくのが、今までの一ノ瀬由奈のスタイルであった。

その由奈が皆の前で、係の負債を背負うという。

忍が驚くのも、無理からぬことであった。

とはいえ今の忍は、由奈のことばかりを考えてもいられない。

「堀内君も、大規模摘発の後始末を終え、新たな保護受給者(ケース)を割り振られたばかりだろう」

「え、あの……いえ。だからこそ、と申しますか。前回の経験を覚えているうちに、似た新しい経験をさせて頂ければ、経験がより深く身に付くかと考えました」

「不正受給者(ナンバー)案件だからと言って、似たものと決めつけるのは早計だ。君は——」

「把握していますっ!!」

茜は手元に備えていた業務用のノートを急ぎ捲(めく)り、再び忍に視線を向ける。

「北村(きたむら)さんが扱われていた不正受給者(ナンバー)は、表層だけ見れば日雇い仕事と生活保護の二重取りですが、受給者自身は外国籍の永住者で、自宅に不法残留者(オーバーステイ)の外国籍人を匿(かくま)っているかもしれないという前情報があったものです。私が今回扱った不正稼働を助長する法人の摘発に加え、警察や入国管理局との連携を固める形になるので、言わば応用編として捉(とら)えることで、前回の経験を活(い)かした成長の機会にできるものと考えています」

忍の目が、僅(わず)かに見開かれる。

手元にある忍のファイルには、茜が説明した通りの不正受給者(ナンバー)案件が収められている。

「よく調べているな。理由を訊(き)いても構わないか」

「あの……中田係長にも一ノ瀬さんにも『他の人の案件は生きた教材だから、担当者の許しが得られたら、時間を見つけて資料を読み込んでおくといい』と教えられていたので……」

「……」

「あ、あ、あ、中田（なかた）係長!!」

言葉を失い眉根（まゆね）を寄せる忍（しのぶ）を尻目（しりめ）に、ままよとばかりに立ち上がる、ひとりの女性職員。

モノマネ上手の茜（あかね）の先輩にして由奈（ゆな）の同期生、初見小夜子（はつみさよこ）である。

「そしたら私、茜ちゃんのサポートに就きます。私も不正受給者（ナンバー）扱い勉強したいですし、茜ちゃん助けてあげたいし、ふたりでひとつなら、まあ手が回るかなと思いまして!!」

「どうした、初見君」

「……そうか」

ここは区役所の会議室、係全体のミーティング中で、皆が前に立つ中田忍に注目している。

そんな中だろうと、真剣に考え始めた忍は、いつでも熟考モードに入れてしまうのである。

外部からの干渉を一切遮断する構えの忍を前に、最後まで傍観者を貫いてしまった他の係員たちは、とても居心地の悪い思いをさせられて。

最後方に掛けていた菱沼真理（おつぼね）と福祉生活課長は、それぞれ小さく微笑（ほほえ）むのであった。

ミーティング終了後、秘匿（ひとく）面談用の個室。

課長に遅れてやってきた忍は、怒りとも困惑ともつかない表情で、後ろ手に扉を閉めた。

そんな忍の様子すら可笑しいかのように、福祉生活課長はにやりと微笑んだ。

「良かったじゃないか、中田君」

「自分の尻拭いを係員にさせただけです。恥ずかしいばかりだ」

「それを言われると耳が痛い。同じ場所で働いている以上、私にも気付けた不正の筈だよ」

「……失礼しました。発言に他意はありません」

「分かっているさ」

「ありがとうございます」

課長が小さく頷いたのを確認して、忍は机を挟んだ課長の正面に腰掛ける。

「北村君の処分がどうなろうと、君の処分は厳重注意に留まる。引き続き奉職願うよ」

「……そう、ですか」

「不満かな？」

「いえ」

「常に激務を負わされ、離職者が後を絶たない福祉生活課支援第一係を率いる君に、組織からできるせめてもの力添えだと考えてくれ」

「お話は理解できますが、私は組織の不条理を訴え続けた結果、厄介払いで今の部署に流されました。その私が不条理に助けられ奉職し続ける矛盾に、少しばかり嫌気が差しただけです」

「……普通の職員は『助けられている』などと考えはしないよ。『非違事案を起こしてなお、抜け出せないように縛り付けられている』と考えるものだ」

「それを私に話しますか」

「ああ。黙っているほうが嫌われそうだからね」

「その通りです」

「はは。今後ともよろしく頼むよ」

愛想笑いもそこそこに、課長は特別休暇の月間予定カレンダーを再度忍(しのぶ)に差し出した。

「君の蒔(ま)いた種が、ようやく芽吹き始めたところだ。助長するかい、中田(なかた)君」

「……いえ」

「だったら夏の休暇くらい、普通に取ってもいいんじゃないか。〝同じ場所で働いている〟以上、私もある程度は君の業務を把握している。君が職場を顧みず休める程度には、君の代わりを務められると、福祉生活課長の職責に懸けて保証しようじゃないか」

福祉生活課長は饒舌(じょうぜつ)で、普段ならば見せないような、油断した満面の笑(え)みを浮かべている。

その理由が、普段から愛想の欠片(かけら)も見せず、少しでも道理から外れた指示にはまるで従わない中田忍支援第一係長のしおらしい姿を見たことと関係しているのかは、定かでない。

同様に、これから行われる中田忍の行為がささやかな意趣返しなのかも、定かでなかった。

「課長の金言、承りました。謹んで甘えさせていただきます」

忍は着席したまま課長に一礼し、懐から必殺の赤色マジックペンを取り出して。

「よろしくお願いします、課長」

「う……ん？」

課長の手元に戻された月間予定カレンダーに躍る、【夏】【夏】【夏】【夏】【夏】の文字。

「急ではありますが、一ノ瀬君と同じ八月二十日から二十四日までの間、休暇を頂きます」

「なッ」

虚を突かれ、思わず立ち上がる福祉生活課長。

無理もないことだろう。

由奈と忍が同時に休むということは、忍と由奈抜きで支援第一係の全業務を運用せねばならないということであり、考えることすら馬鹿らしいほどに厳しい状況が明らかである。

だと言うのに。

「明日までに、期間中の特別勤務に関する引き継ぎ事項を纏めておきます。大きいところでは北村君が積み残し、堀内君と初見君が受け持ってくれた、外国籍不正受給者に関する警察と入国管理局の連携会議の取りまとめ。二〇一八年六月末より開始された、保護世帯へのエアコン購入費支給状況についても、議会報告に係る調査が迫っています。さらに八月二十四日は第一回〝なくそう振り込め詐欺被害、キャッシュカードは渡しちゃダメよ!!　悪質商法もぶっ飛ばして住宅用火災報知器を取り付けよう、沖縄からわたしたちの駅へ・子供たちとつながるグリーンカーテン植樹祭〟で植樹したゴーヤを調理する〝◆いじめをなくそうみんなの輪◆生活保護不正受給撲滅、食べ残しゼロで笑顔を広げよう!! おいしいゴーヤで叩かない子育てを考えるきらめきレセプション・沖縄への想い〟が開催されます。手配済みの応援対応はもとより、式典後の外郭協力団体への慰労会の取りまとめは私が担当していましたので、これも課長にお願いする形となります。お手を煩わせてしまい、申し訳ございません」

座して課長を見上げたまま、深々と頭を下げる忍。

既に課長の逃げ場はない。

課長は先程、自ら口に出してしまったばかりなのだ。

——君が職場を省みず休める程度には、君の代わりを務められると。

——福祉生活課長の職責に懸けて、保証しようじゃないか。

ICレコーダーを起動させていたとまでは、流石に考えていない課長だったが。

電磁記録よりタチの悪い執念深さで、中田忍は自分の発言を覚えていると、確信していた。

「それでは、業務に戻らせていただきます。お気遣い頂き、本当にありがとうございました」

立ち上がって、もう一度だけ頭を下げ、のそのそと秘匿面談室を出る中田忍支援第一係長。

課長は何も言えないまま、その背中を呆然と見送るほかない。

あまりに呆然としていたので、忍と由奈(ゆな)がまったく同じ期間に特別休暇を取ることの意味については、何ひとつ考えが及ばないのであった。

いや、及んだところで、理由など絶対に分からなかっただろうが。

第四十六話　エルフとオークの島

それから五日後、八月十八日土曜日、朝六時三十分。

中田忍が住む賃貸マンション敷地内の駐車場に、早朝から騒がしい一団の姿があった。

ゆかいな中田忍とその仲間の一部、具体的には一ノ瀬由奈と御原環である。

「これで全部？」

「あ、待ってください。忍さんの荷物がまだです」

「俺は最初に積んだが」

「え、あの小っちゃいボストンバッグで全部ですか!?」

「最長でも土曜日から翌日曜日、八泊九日の行程だ。ホテル利用と洗濯を前提に着替えを準備し、現金類と本当に必要なものだけ詰めれば、あの程度で十分だと考える」

「え、うそ、由奈さんもキャリーケース、あんまり大っきくない……」

「旅先だと物がなくて困るより、荷物が鬱陶しいことのほうが多いからね。私も忍センパイほどじゃないけど、それなりに絞ってきたつもり」

「うぅ……すみません、私ばっかり大荷物で」

「この車は存外収納も大きい。積めるのならば構わんだろう」

「でも環ちゃん、確かに荷物多いね。何詰めたらこんなになるの？」

「……みんなでやるゲームとか、お菓子とか……」

「ほう」

「へえ」

「……や、なんか、浮かれちゃってすみません、恥ずかしい……」

「いや、有難い気遣いだと考える。アリエルにも旅先の夜を楽しませてやってくれ。菓子も万一があれば非常食になる。適宜買い換えながら進むとしよう」

「非常食が要るような事態は断固お断りだけど、あくまで旅行っていう精神を忘れないのは、いい心掛けなんじゃない？　車出して貰（もら）えたんだし、少しくらい荷物多くてもいいでしょ」

「そ、そうですかね？」

　クソ真面目（まじめ）にクソ真面目なことをのたまうクソ真面目な中田忍と、気遣い半分、冗談半分の一ノ瀬由奈に翻弄された環の下（もと）へ、支度を終えた異世界エルフ（アリエル）が現れる。

「お待たせしました、アリエルです」

「遅かったじゃない……って、その怪しげな馬鹿（ばか）デカい包みは何？」

「アリエルのお荷物です!!」

「あんたの着替えは私が持ったって言ったでしょ」

「けれどユナ、これはとても大事なものなのです」

「あ、由奈(ゆな)さん待ってください。この包み、エルフの羽衣(はごろも)ですよ」

「なおさら持ってっちゃダメでしょそんな大事なモン。また失くしたらどうするの」

「これはあるとウレシーものです。お出掛けに必須のマストアイテムなのです」

「アリエル」

「はい」

「必須とマストは同じ意味だ。重複表現は避けろ」

「はい。それでは、マストアイテムを採用します」

「加えて言えば、流石(さすが)にその容積は積みきれん。中身を絞ることはできないか」

「では、キュッとします」

キュッ

〝絞る〟の意味を取り違えたアリエルが物理的に絞った結果、かなり縮む謎(なぞ)の荷物であった。

「うわ、めっちゃ縮んだ」

「逆に大丈夫なの、中身」

「まあ、その大きさなら収まるだろう。俺は最後の戸締まりを確認してくるので、アリエルは運転前の点検を始めてくれ。一ノ瀬(いちのせ)君はアリエルにエンジンを掛けさせ、エアコンをつけるよう勧めてやってくれ。御原(みはら)君は車内が冷えるまで日陰にいるといい」

「はい！」

「はい」

「え、私そんなんでいいんですか？」

困惑しつつも、汗の匂いが気になるお年頃の御原環、十六歳。

恐らくはデリカシーでなく体調管理のため勧められた日陰へ、そっと歩み入るのであった。

盆休みが明けたとはいえ、世間は未だ夏季繁忙期の最中である。

各種予約の取りづらさや金銭面、異世界エルフを航空機などへ乗せた際に発生する未知のトラブルに対する警戒、現地での取り回しなどを総合的に検討した結果、中田忍の自家用車で広島を目指すこととなった一行は、土曜日朝の東名高速道路を順調に下っていた。

一番手としてハンドルを握るメインドライバーは、ご存じ我らが中田忍。

交代要員としてのサブドライバーは、高速道路初体験の異世界エルフ、河合アリエル。

以上二名が、本旅程の運転担当者である。

無免許以前にまだ十六歳の御原環と、ペーパードライバーの中でも一番の小物であり面汚しの一ノ瀬由奈は、自然と実働要員から外されていた。

流石の由奈も若干申し訳なさそうな様子であったが、こればかりは仕方がない。

やはり皆、命は惜しいのだ。

そんな皆の心の機微を知ってか知らずか、後部座席でご機嫌のアリエルは、隣に座る由奈へ幼子の如き無邪気さでガンガン疑問をぶつけてゆく。

「アリエルたちの車が時速100キロで走行しているとき、歩くくらいの速度で追い越してゆく車の速度は、おおむね時速105キロほどということでよろしいですか？」

「多分そうだけど、あんたはその結論から何を求めるつもりなの？」

「またひとつ、この世界の仕組みを知りました！」

「そっか。良かったね」

「はい！」

後部座席の控えメンバーが高尚な暇潰しに勤しむ中、運転組は真剣そのものだ。

高速道路を走行中の忍は前方、側方、後方へきめ細やかに注意を配り、特にやることのない助手席の環は特にやることがないので、ただただ真剣に暇を持て余し続けていた。

「忍さん」

「どうした」

「何かお手伝いさせてください」

「特にさせたいことはない。有事に備えて休んでいてくれ」

「えっ。助手の席なのに」

「忙しなく働くばかりが助手の職責ではあるまい。朝も早かったし、寝ていても構わんが」

「嫌ですよ、そんなの勿体ないです」

「ふむ」

何が勿体ないのか忍には分からなかったが、やる気のある人間の要望を無下に突っぱねるのも落ち着かないところだ。

どうでもいいところでもどうでもよくないところでも常々生真面目な忍は、どうにか退屈な御原環へ妥当な責務を与えようと、安全確認の片手間に知恵の歯車を回転させる。

「……では、俺の暇潰しに付き合って貰おうか」

「あ、はい。眠くならないように、って感じですね。分かりました!!」

「……」

「……」

話題を振ろうと知恵の歯車を回転させまくる忍と、今か今かと話題を待ち構える環。

どちらも口を開かないので、必然的に会話も始まらない。

「……」

「……」

「……どうだ、学校のほうは」

さんざん回転させた結果が、この有様であった。

だが環のほうは、どうやら満更でもないらしい。

「うーん、まぁまぁです。夏休み前にクラスのトークルームへ誘ってもらったんですけど、まだ全然、上手く話に入れなくって」

「今の学生は進んでいるな。連絡網の類いとは違うのだろう」

「そうですね……明るい四、五人が毎日どうでもいい話してて、時々大事な連絡が流れる感じかな。教室とあんまり変わんない雰囲気っていうか、よく分かんないです」

「君の高校は共学だろう。男女混合でやっているのか」

「あ、女子グループのトークルームはそれと別に、中くらいのが何個かあるみたいです。そっちもこの前、陸部の子に誘ってもらっちゃって」

「リクブとは」

「陸上部の……短距離走ってる子なんですけど、掃除当番代わってあげたりしてるうちに声掛けて貰うようになって。秋の大会、応援しに行くって約束してるんです」

「結構なことじゃないか」

「えへへ……ちなみに忍さんの高校時代って、どんな感じだったんですか？」

「学校にも家にも居場所がなかった。アルバイトに精を出すか、図書室や図書館で時間を潰して帰ることが多かったな」

「へぇー。忍さんらしいですね」

「そうだろうか」

「はい。そんじょそこらの高校生風情じゃ、忍さんのリズムについてけなさそうですし」

「俺が劣っていたのか、周囲が遅れていたのかは知らんが、少なくとも大学のサークルに所属する前後までは、まともな友人付き合いに縁がなかったように思う」

「え、待ってください。直樹さんとは、もっともっと前からのお友達じゃないんですか？」

「いや、奴とは大学の講義で知り合った。当時から面倒見のいい奴で、俺のような者の相手もよくしてくれたのを覚えている」

「まぁ、忍さんの良さって、ちょっと大人の人じゃないと分かんない感じですもんねぇ」

したり顔で頷く環。

忍以外なら心を抉られて死にそうな発言ばかり並べているが、相手は中田忍だったので、環に悪びれた様子が一切なくても特に問題はなかった。

仕方あるまい。

彼女は感性が忍寄りの女子高生、御原環十六歳なのである。

他人への細やかな気遣いどころか、自分自身の心も整理できない未成年な彼女に、デリカシー不足を責めるのは酷というものだ。

そんな環の幼さに思い至ったのか否かは、定かでないが。

目線を動かさないままで、忍がふと呟く。

「御原君」

「はい？」

「親御さんへの連絡はどうなっている」

誤解のないよう明らかにしておくが、忍もこのことを忘れていたわけではない。

ただ忍から見て、今の忍と環を結びつけている論拠は『互いに対する計算のない誠実さ』、あるいは『信頼と呼ばれる、証のない約束ごと』である。

この旅行へ発つ前に、忍が環へ『他所の大人と長期外泊するのだから、必ず保護者に話を通し、許可を得た上で参加しろ』と指示している以上、忍は環を信じねばならないし、環も忍に応えねばならない。

故にこの振りは、忍にとって探りでもなんでもなく、純粋な世間話の延長でしかないのだ。

それを知ってか知らずか、環は特に狼狽えることもなく、快活に応じる。

「もちろん、ちゃんと連絡しましたよ」

「父親は今年、一度も帰ってきていないのだろう。急な報せに驚かれなかったか」

「ええ。帰ってはきませんけど、毎日ペースでお父さんとメッセージやりとりしてますから」

「ふむ」

「もし疑うなら、後でちゃんとお見せしますよ。ちゃんといいって書いてくれてます」

「疑義を呈すること自体が君への不義だ。君が正しく申告を行い、承諾を得たと言うならば、それを信じて疑わぬことこそ、俺から示せる君への誠実だと考える」

「子供の言うこと、簡単に信じちゃっていいんですか？」

「子供の言葉ではない。御原環の言葉だろう」

「……えへへ」

祭りの夜、忍への想いをアリエルに明かした解放感と、思わぬ好感触に調子付いた環は、我知らず油断した笑みを浮かべつつ、少しだけ積極的に忍へと踏み込む。

「まあ一応、私もそろそろ十七歳ですからね。子供は卒業しなきゃです」

「ほう。誕生日が近いのか」

「ひえっ!?　……あ、まあ、九月一日、なん、ですけどっ」

狙い通りのリアクションを引き出したのに、狙い通りのリアクションが来たので動揺してしまい声を裏返らせる純情女子高生、御原環であった。

果たしてそんな環に気付くことなく、忍は進行方向を見つめたまま歯噛みする。

「……すまない、俺の失態だ。日頃皆には世話になっている上、今年は俺の誕生日まで祝って貰ったというのに、君の誕生日の確認を失念していた」

「え、いやあの、別に何かして欲しかった訳ではっ!!」

「いや、そんな無礼な話はあるまい。長期的な準備の要る事物は難しいが、俺の力が及ぶ範囲で君の誕生日を祝わせて欲しい。何か希望があれば教えてくれ」

「じゃあ」

「ああ」

「……ぴーらー」

「……」

忍(しのぶ)は運転に向ける最低限のリソースを確保しつつ、環(たまき)の発した〝ぴーらー〟という言葉の意味を全力で解読し始め、突然のチャンスタイムに動揺し切っていた環はようやく自らの失言の意味するところに気付き、夏の青空よりも青ざめていた。

「……すまない御原(みはら)君。流行に疎(うと)く浅薄な俺の知識からは、〝ぴーらー〟の名を冠する事物を野菜類の皮などを剝(む)く調理器具以外に想起できなかった」

「あ、あーっ、そうですよねー!! 忍さんくらいの大人じゃぴーらー知りませんよねそりゃそうですよねーっ! じゃあ別の何かにしますから大丈夫です! 大丈夫!!」

「しかし――」

「ほんとに!!!! 本当に大丈夫ですからっ!!!!!!」

制御不能の勢いでスルスル話が進んでしまう状況に恐怖を覚えた環は、暫(しばら)く妙な真似(まね)を控えようと後ろ向きに決意するのだった。

そして旅程四日目、八月二十一日火曜日、午前九時五十七分。

内海らしく、透き通る青というよりは、深い翡翠の緑を映す水面。

点在する島々は果てなき水平線の大半を隠し、それ以前に送電線が隣の島と繋がっているので、印象は海というよりも、大河を挟んだ向こう岸に近い。

そう。

ここは旧広島県豊田郡忠海町、現広島県竹原市忠海町、大久野島の船着き場なのである。

ちなみに大久野島までは、忠海港から平日でも平均小一時間ペースで観光客船やフェリーが出ており、渡航にはなんら特別な手段が必要なかった。

「タマキの言う通り、大久野島はハイパー遠かったのです」

「由奈さんのご実家、凄かったですねぇ」

「実家の話止めてって言わなかった？」

「すみません」

中田忍邸から忠海港までの距離は、実走行距離換算で約８００キロ。

土曜日の内に広島へ到達することも物理的に不可能ではなかったが、道中で生じたいくつかのイベントやトラブルの影響で旅程は遅れに遅れ、最終的に由奈のわがままで寄る必要のない四国にまで上陸し、夕暮れのしまなみ海道を駆け抜けた結果、丸三日掛けての大久野島上陸となったことを、ここで明らかにしておく。

そんな状況をどう考えているのかは知らないが、我らが中田忍は普段どおりの仏頂面で、ひとり自身のスマートフォンをじっと見て、フリック操作を繰り返していた。

「ところで忍さん、何をしてるんですか?」

「義光と徹平にメッセージを送信していた。心配を掛けているからな」

スマートフォンには『大久野島に到着した。現地の天候は晴れ』とだけ表示されている。

これを見た義光や徹平は『なんか飛行機降りるときの機内アナウンスっぽい』と感想を抱くのだろうが、生まれてから一度も飛行機に乗ったことのない環にはピンと来なかった。

改めて確認しておくが、今日は八月二十一日。

残暑と言いつつ普通に暑い、最高気温は三十五度を超える予報、文句なしの炎天下である。

徒歩の移動は時間的にも体力的にも一考を要するため、差し当たり船着き場のシャトルバスに乗り込んだ忍たちは、島唯一の宿泊施設〝休暇村大久野島〟前の広場まで移動していた。

「あ、ほらほらアリエルさん。うさぎがあんなにいっぱいいますよ」

「はい。とても美味しそうです」

「……えと、〝美味しそう〟は間違いですね。こういうときは〝可愛い〟って言うんです」

「いえ。アリエルの考えていることは〝美味しそう〟で間違いありません」

「アリエルさん、うさぎは食べ物じゃ――」

「江戸の時代には、四足獣を食すことが禁忌とされた時期があったらしい。その際町人の間で〝兎(うさぎ)〟を〝鵜鷺(うさぎ)〟とし『四足獣ではなく鳥』とみなして食べ続けたという俗説がある。有名なイギリスウサギの父親もウサギパイにされたと聞くし、そこそこに美味なのではないか」

「……皆さん、うさぎから離れてください。うさぎは私が守ります」

悲壮な覚悟でクソ大人と肉食系異世界エルフを追い払う、孤高の女子高生であった。

なお、その騒ぎと関係あるのかは不明だが、由奈(ゆな)はひとり離れた場所でうさぎを見ていた。

原因は諸説入り乱れてはっきりしないが、現在この大久野島には、元々存在しなかった筈(はず)のアナウサギが数百羽以上生息している。

元々存在しなかったうさぎなので、その食性は島の自然だけで支え切れるものでは到底なく、今うさぎたちを生かしているのは、観光客らをはじめとした人の手による給餌(きゅうじ)であった。

例えば人が集まりやすいこの芝生広場には、ヒトに慣れて慣れて慣れ切り過ぎたため、最早(もはや)餌(えさ)をチラつかせても近寄って来ず、歩み寄って差し出さないと食べてもくれない傲慢(ごうまん)なうさぎたちがそこここへ集(つど)っている。

よって、うさぎたちは人畜無害の地方公務員や女子高生だけでなく、ナチュラルボーン狩猟民族の異世界(アリエル)エルフの前ですらどっしり構え、鼻をふがふがさせるばかりなのであった。

「ほらアリエルさん、撫(な)でてあげてください。首元から背中まで、そうっと」

「フムー」

アリエルが指を這わすと、うさぎは鼻先をふがふがさせつつ身を任せ、ぐっと伸びをする。

すると、隣のうさぎもアリエルの手元に鼻を近づけ、ふがふが、ふがふが。

「すっっごい人馴れしてるでしょう。可愛くないですか、うさぎ！」

「このままアリエルがチョイとすれば、すぐにウサギが食べられます。アリエルの経験上、とれたてが一番オイシーのです」

「だから食べるの止めてくださいってばぁ！」

「御原君、分かってやれ」

「何をですか⁉」

「今でこそ衣食住を保証されているアリエルだが、その前に暮らしていた世界では、数日食えんことも珍しくなかったはずだ。食糧の確保には思うところがあるのだろう」

忍は既にチョイとしかけているアリエルの手を取り、代わりにうさぎの背を撫でる。

「アリエル」

「はい」

「少なくともこの島において、ヒトがうさぎに求める恩恵は食ではなく心の安寧だ。疼くお前の狩猟本能をどうにか抑え、うさぎを見逃してはやれないか」

「もったいなくはありませんか？」

「俺たちには潤沢な備えがある。うさぎを狩るのはそれが尽きてからにすべきだ」

「……狩るのは、ダメなのでしょうか」

「ああ」

野生のうさぎを無許可で狩るのは普通に鳥獣保護法違反なので、忍も流石に譲らない。

アリエルは名残惜しそうに、本当に名残惜しそうに立ちかけたりしゃがんだりしていたが、やがてがっくりと肩を落として立ち上がり、環へ振り返る。

「すみません、タマキ。ウサギのおにくは、また別のときにメシアガレしますので」

「あ、ありがとうございます」

「本当に残念です。アリエルはテャベロワナッとやるのが、とっても上手なのです」

「テャベロワナッとはなんだ」

「頭の下の部分をピャッとして、レルォアーとするのです」

「ふむ」

血抜きに自信の異世界エルフ、河合アリエルであった。

「……ともかく、そろそろ調査を始めましょう」

「もういいのか」

「勿論です」

「分かった」

忍はまだ名残惜しそうな異世界エルフの手を取って、少し先にある資料館への歩みを促す。

芝生広場の血の惨劇は、ひとりの女子高生の奮闘によって回避されたのかもしれなかった。

どっと疲れた環だが、気を取り直してもうひとりの同行者へ歩み寄る。

「由奈さん、そろそろ移動みたいですよ」

しかし、由奈はうさぎの傍らにしゃがんだまま、環に顔すら向けず、ぽつりと呟く。

「あぁ……うん、私はいいわ。この辺でうさぎ見たり、休暇村の温泉入ったりしてるから」

「え、ここ温泉あるんですか?」

「受付時間はもうちょっと後だけどね。まあ、こっちはこっちで調べとくから、放っといて」

「相変わらず自由ですねぇ」

「そう?」

とても意外そうな表情の由奈。

当然であろう。

一ノ瀬由奈は、本気でそう思っているのだ。

「でも、せっかくみんなで一緒に来たんですから、調査もみんなでやりましょうよ」

「やだ。忍センパイ来ちゃったんだもん」

「え、なんでですか?」

「当然でしょ」

「分かんないです」

「何が？」

「由奈さんは忍さんのこと、とっても頼りにしてるじゃないですか。ここまでの……その、観光だって、いつも以上に楽しそうでしたし。ご実家のとき以外は」

「実家の話はしないでって言ったでしょ。あと、今までとこれからは別だから」

「別、ですか？」

「そ。忍センパイが来たらもう、ただの調査じゃ終わらないの」

「え……？」

由奈はうさぎの額（ひたい）へ指を伸ばし、やわやわとくすぐる。

されるがままのうさぎは、感情のない眼差（まなざ）しで、ぼうっと由奈を見つめていた。

「どういうことですか、由奈さん」

「アリエルと環ちゃんには、悪いと思うんだけどね。大人には、いくら近しい相手同士でも、したくない話ってのがいくつかあるから」

「だから分かりません。今回は、大久野島（おおくのしま）に耳神様（みみがみさま）の痕跡（こんせき）を探しに来たんじゃ――」

「いいから環ちゃんは忍センパイとアリエルのトコに行ってらっしゃい。ひと通り済んで次の動きが決まったら、スマホに連絡くれればいいから」

「あ、由奈さん！」

環の呼びかけには答えず、由奈はうさぎから指を離し、ひとりどこかへ立ち去った。

《大久野島毒ガス資料館》。

温かなレンガ地の外壁へ、無機質なフォントの浮き文字看板がシュールに映える。

周囲では額の汗を拭いながら森林浴を楽しむ老夫婦やら、レンタサイクルで走り回る外国人やら、木陰で寛ぐうさぎやら、必要以上にのどかな風景が広がっていた。

「由奈さん、放っといていいんですか？」

「俺が彼女の自由意志を制御できたことなど、今までに一度でもあったか」

「無いですね」

「では、仕方あるまい」

「はい」

中田忍は、無駄の嫌いな人間である。

努力や工夫でどうにかならない事物に対しての見切りは、普通の大人よりはるかに速い。

そして自らの分を弁えている御原環もまた、一ノ瀬由奈への言及を打ち切るのであった。

しかし。

「シノブ、シノブ」

「どうした」

「ユナがまだです」

なんでも気になる異世界エルフ（アリエル）は、気になる疑問を気になっただけ全方位にブン投げる。

「一ノ瀬君は来ない」

「ナンデ？」

「これからお前に聞かせる話は、誰（だれ）もが聞いて楽しい話ではないし、同じ感想を抱くものでもない。不快な気分に陥ったり、無用な衝突を招く前に目を逸（そ）らすのも、ひとつの選択だ」

「え、ちょ、待ってください」

「どうした、御原君」

「私たちはこれから、大久野島の歴史とか資料とか、島そのものとかを調べるんですよね。耳（みみ）神様（がみさま）の痕跡（こんせき）とか、異世界エルフに関する情報とかが残ってないか、確認しに来たんですよね」

「ああ。そしてアリエルはこの調査を通じ、世界の真実をひとつ垣間見（かいまみ）ることになる」

「……真実？」

「一ノ瀬君はともかくとして、君には是非同席して貰（もら）いたいんだが」

「いや、私は行きますよ。行きます、けど……」

忍と知り合って八か月、思考ルーチンが忍に近いと自覚しつつも、人生経験は未（いま）だ十七年に満たない環に、忍の思惑（おもわく）を掴（つか）むことはできなかった。

だが。

だからこそ、環には理解できる。

由奈が道理を曲げてまで、この場を離脱した理由は。

〝あの〟中田忍が仕事を休んでまで大久野島へ同行した、本当の理由は。


——また、傷付けるつもりなんだ。

——アリエルさんと、忍さん自身を。


「なあ、アリエル」

「はい、なんでしょう」

「ヒトを愚かだと思うか」

「……チンプンカンプンです」

突如大魔王のような物言いを始めた忍に、アリエルはもちろんついていけない。

それを予想できなかったという意味で、この場で最も愚かなのは中田忍自身であった。

「ならば、ヒトは優れていると思うか」

「優れるという概念は、アリエルには少し難しいですが、賢いのではないでしょうか」

「それは認識の誤りだ。ヒトはこの地球上で最も愚かな、動植物にも劣る破壊の権化、決して地球に赦されないクズと断ずる」

いよいよ大魔王の風格を備える忍の言動であったが、環はどうしても口を挟めなかった。仕方のないことだろう。

忍が浮かべていたのは、いつもの仏頂面(ぶっちょうづら)ではなくて。

どこか申し訳なさそうで悲しげな、憂(うれ)い顔だったから。

「覚悟しておけ。これから目にする事物こそが、ヒトの飾らない真実だ」

◇◆◇◆◇◆◇

忍はゆっくりと歩みを進め、毒ガス資料館の扉を開く。

異世界エルフ(アリエル)と御原(みはら)環は、足取り重く付き従う。

外気の熱量と館内のクーラーで冷やされた空気が混じり合い、三人を奥へと招き入れた。

「アリエル。お前も狩りをしていた以上、生命が他の生命を奪うことにより成り立つ仕組みは理解していると考えていいな」

「オイシーおにくを食べるために動物を殺す、という仕組みであれば、分かります」

「先程の、うさぎのような動物をか」

「はい。きっとオイシーはずだと、インターネットで見たときから思っていました」

「ふむ」

綿密に計画された犯行であったと知り、環が若干引いていた。

「ではアリエル。是非そのものは横に置くとして、何かを得たり成し遂げたりする際、一から自分で作り上げるより、他のヒトから奪ったほうが効率の良い理屈は理解できるか」

「奪うのではなく、協力して成し遂げるのでは、ダメな場合ですか？」

「ああ」

「……では、理解できます」

「結構」

忍たちは券売機で入場券を購入し、展示室へと踏み入る。

幅5メートル強、奥行き20メートル弱程度の展示室にも、忍たちの他に人影はなかった。

「ヒトが助け合いの心や共存共栄の小綺麗な倫理観を崇め始めたのは、ごく最近の話だ。それ以前の数千年間、ヒトを統べるのは奪うか奪われるかの暴力、戦争、弱肉強食の理だった」

「……」

表情を強張らせたまま、小さく首肯するアリエル。

忍はその様子をちらと見た上で、言葉を切らず話を続ける。

「ヒトを殺すのは簡単だ。刃物で刺せばすぐに死ぬ。だが、ひとりずつ殺すのでは効率が悪いから、刃物より鋭く扱い易い銃弾を浴びせることで、より効率的に殺す。そして相手の抵抗力を削ぎ切り、価値ある何かを奪う。これが戦争の基本構造だ。理解できるか、アリエル」

「理解できます。でも、あまり好きな話ではありません」

「だろうな。だが聞け」

「……はい」

日差しに晒される外とは違い、毒ガス資料館の中は冷房が効いており、大変快適であった。それでも建物の中には観光客がいないし、新たに入ってくる者も皆無である。

環はその理由を、おぼろげながら理解し始めていた。

「銃弾でヒトを殺すデメリットは、自分も相手の銃弾で殺されるリスクを負うことだ。銃の製造コストも輸送の手間も、それを撃つ者の確保も容易ではないし、そもそも当たらねば殺せない。もっと楽に殺し、奪う方法はないものかな、アリエル」

「分かりません」

「何故だ」

「考えたいと思えないので、あまり良いアイデアが浮かばないのです」

「ならば、これを見て貰おうか」

忍たちが歩み寄ったショーケースには、片手に持てるぐらいの大きさの、全体が錆び朽ちたボウリングのピンのようなものがいくつか展示されていた。

醸し出す不気味な雰囲気は、吹き付けるクーラーの風よりも、よほど冷たく背筋をなぞる。

「シノブ、タマキ、これは、なんですか?」

「……砲弾って書いてあります。この中に……毒ガスを詰めるんだと思います」

「吸った者を侵し行動不能に陥らせる〝嘔吐剤〟を詰めた、通称〝あか弾〟。ヒトの肉体を構成する素材、即ちタンパク質を爛れさせ苦しめる〝糜爛剤〟を詰めた、通称〝きい弾〟。どちらも旧日本軍が秘密裏に研究、生産し、実際の戦争に投入した化学兵器だ。これを敵方の中心に打ち込み、苦しみ抵抗できない負傷者を作る。ただ殺すよりも、ぎりぎりで生かしておくのが肝だな。最小限の弾薬で、救護に追われ混乱する敵陣を悠々と蹂躙できるわけだ」

「シノブ、それはいけないことではありませんか」

「ことはそう簡単ではない、一九二五年、日本は化学兵器の戦争利用を禁ずるジュネーヴ議定書に署名はしていたが、批准には至っていなかった。旧日本軍は秘密裏に毒ガス兵器の研究施設を運用し、戦略的衝突をより優位に進めるために――」

「アリエルが言いたいのは、そういうことではありません」

「ほう」

「死んだあとでは、ゴメンナサイができませんし、カマワンヨもできません。奪わなくても、分けてもらうこともできるはずです。クルシーを作って殺すのは、いけないことです」

「ならばどうする」

「ホァ」

「ならばどうすると訊いている。お前のすべきことは否定で終わりか」

「……ダメなことは、ダメなのです。ダメということでは、ダメでしょうか」

「ダメですよ、アリエルさん」

静かな横やりに、アリエルの表情が悲痛で歪む。

仕方あるまい。

この場で唯一自分を庇ってくれそうな環が、冷たい言葉でアリエルを窘めたのだから。

だが同時に、アリエルは気付く。

環の表情はアリエルと同じくらい、あるいはそれ以上に、悲痛で歪んでいた。

「アリエルさんは……ううん、私たちは、忍さんの反対を押し切って、アリエルさんと忍さんの同居を続けさせたじゃないですか。だったら逆もしなきゃダメです。いけないことがどうしていけないのか、考えた上で否定しなきゃダメなんです。多分この資料館は、そういうことのために存在する場所なんです」

環の言葉から逃げるように、アリエルは展示品へと視線を移す。

当時の工員から〝大苦之島〟と揶揄された過酷な労働環境を遺す、数々の資料。

太平洋戦争どころか日中戦争よりも前から、十五年余り続いた負の歴史である。

各種毒ガス兵器の原料となるイペリットやルイサイトの精製過程では、防毒服や装面越しに毒素へ暴露するため、皮膚や内臓へ癒えぬ後遺症を負う従事者が後を絶たなかったという。

戦局が激化するにつれ、一般の工員だけでは手が足りなくなり、学徒動員された未熟な養成工員や女学生が逐次現場に投入された。

無論、毒ガスの製造に携わっているなどと余所に漏れれば軍事機密的にも風評的にもよろしくないので、『君たちが作っているのは発煙筒だ』などという陳腐な建前と、憲兵の監視を伴う堅固な箝口令を敷くことで、島の秘密は守られ続けていたのである。

「アリエル。先程お前は『クルシーを作って殺すのは、いけないこと』と言ったな」

「……言いました」

「お前がそう考えるなら、それもいいだろう。だが当時の人々は、倫理を押し退けてなお戦争に勝たねばならんと考えたのだろう。戦争というショックが技術の革新を促し、今日の人類発展の礎となった、と言う者もいる。立場と見識の数だけ、異なる意見があるはずだ」

「……」

「その上で俺は、戦争の罪を『殺すこと』とは考えない。戦場に送られる兵士たちは言うに及ばず、銃後に暮らす市民に至るまでの〝尊厳〟を蹂躙することこそ、戦争の本質的な罪だと考える」

「〝ソンゲン〟とは、なんでしょう」

「解釈が広く、便利に使われることも多い言葉だが、俺は『侵されざるべき矜持』と理解している。善良な秩序に従って、貧すれど鈍せず、病める時は健康を願い、己の意志に基づき選択する。そんなささやかな、平時ならば当たり前に尊重されるであろう、ヒトのヒトたる拠り所を、戦争は悪辣に塗り潰す。殺された者だけではない。知らぬ間に、あるいは知ってなお残虐な人殺しの片棒を担がされ、生き残った者もまた、それまでと同じ生は歩めない」

忍は言葉を切って天井を見上げ、大きくひとつ息を吐いた。

その様子に言い知れぬ何かを感じたアリエルと環は、それぞれに忍を見上げる。

そんなふたりの様子を知りながら、忍はたっぷり五秒間黙り込んで。

ゆっくりと、口を開く。

「なあ、アリエル」

「……はい」

「俺は耳神様が、化学兵器の研究材料として、この島に拉致されたのだと考えている」

アリエルは。

環は。

何も、言えない。

「耳神様や村の人間が徴発されたのは一九四三年、太平洋戦争の真っ最中だ。展示資料が語る通り、ヒトの尊厳すら軽視されていたそのとき、ヒトではない耳神様（みみがみさま）が、この研究施設で誠実な待遇を与えられたとは、どうしても想像できない」

「……」

「……」

「異世界エルフの生態に関するアリエルの説明が正しく、耳神様が異世界エルフだったと仮定すれば、耳神様の肉体には強い環境浄化作用があったはずだ。毒ガスの人体実験は言うに及ばず、埃魔法（ほこりまほう）を含む生態を解明できれば、より強力な兵器の開発に活（い）かせるかもしれん。実質世界中を相手に戦っていた旧日本軍にとって、この上ない研究材料だっただろう」

「……アリエルの身体（からだ）は、ヒト殺しのためにウレシーということでしょうか」

「誤解を恐れず断言すれば、そうなる」

「ちょ、忍（しのぶ）さ――」

「少し黙っていてくれ、御原（みはら）君。それとも俺の推論以外で、耳神様が大久野島（おおくのしま）へ連れてこられた理由を説明できるか」

「……」

もちろん、環（たまき）には答えられなかった。

と言うか、最初から分かり切っていたのだ。

戦争。

旧日本軍。

毒ガス兵器。

召集され消えた村人。

そして、耳神様(異世界エルフ)。

誰(だれ)が考えても、同じ結論に至るだろう。

耳神様は縁ある村人を人質に、化学兵器の研究に協力させられていたのだ、と。

だが、それでも環は動く。

本心は忍の論理に、納得し切ってしまっているとしても。

どれだけ理屈を捏(こ)ねたところで、論破などできないにしても。

蹂躙(じゅうりん)されるばかりの、異世界エルフ(アリエル)の心を。

今、誰かが庇(かば)ってやらねばならない。

「忍さんの言いたいことは、分かりましたけど……だけど、今じゃなくても、こんなやり方じゃなくても、良かったんじゃないですか？」

「……君も大概呑気(のんき)だな」

「呑気なつもりはないですけど、こんな急に――」

「ならば君は明日、アリエルが同じ目に遭わんと言い切れるのか」

「……」

環が言葉に詰まる。

予想外の、けれど現実感に満ち満ちたその指摘に、抗ずることができない。

「二度の世界大戦を経て、武力による侵害の限界に気付いた愚かな人類は、甘い言葉と柔らかな理屈で尊厳を侵す技を覚えた。暴力を共通の敵に仕立て上げ、平和のため、環境のため、弱者の権利を庇護するためと嘯けば悪辣な無法も見逃されるよう、仕組みを作り直した」

区役所福祉生活課支援第一係長、中田忍。

その口ぶりは、まるで現実を見てきたかのようで。

「異世界エルフは生来の特徴として、迎合的かつ柔和な性格を備えているのだろう。例えば明日、俺たちがどこぞの工作員に捕らえられ、アリエルに対して『突然驚かせて申し訳ない。しかし君の協力があれば、数千万のヒトの命を救う研究が成功するかもしれないんだ。全人類のため、君の力を貸して欲しい』などと、誠実と熱烈を装った説得が為されたとしよう。あるいは病床に伏せる、弱り切ったいたいけな少女から、一筋の涙を流され『たすけて』とでも懇願されてみろ。アリエルが遮二無二その身を差し出さんと、君が保証できるか」

忍の言葉から目を背けたくて、環は縋るように展示物へと目を逸らす。

その先にあるのは『御国のため』と己を差し出し、尊厳を奪われた人々の記録なのだが。

「俺たちが異世界エルフの尊厳を認めていようと、人類社会が異世界エルフの尊厳を認める保証はない。故にこそアリエルを独立させ、己の価値と危険性を自覚させねばならない。自らの見識を広げさせ、その価値観を共有してくれる知己を、自ら見付けさせねばならない」

言って忍は、今一度アリエルへと向き直る。

その表情に浮かぶ明らかな怯えを、今は見過ごして。

「異世界エルフがどれだけ生きるのかは知らんが、ヒトには等しく寿命がある。お前が異世界で過ごした半分の時間も待たず、俺を含めたお前の縁者は皆、死を迎えることだろう」

「……〝寿命〟とは……なんですか」

「生物が、生命を生命として正しく保持し続けられる限界だ。俺や御原君もいずれ津川氏のように老いさらばえ、今の姿はおろか、記憶すらも失うこととなるだろう」

「……寿命になると、どうなりますか?」

「死ぬ。例外はない」

アリエルは既に泣いていた。

ぼろぼろと、みっともないほどに激しく、泣いていた。

慰めようとした環もまた、泣いていた。

普段通りの仏頂面を貫いているのは、中田忍ただひとり。

「分かるだろう。この世界においてなお、お前はいつかひとりになる。そうなる前に伝えるべきことを伝え、お前が尊厳を守れるよう送り出すことが、俺の果たすべき責務なんだ」

午後四時二十七分、大久野島発、忠海港行きのフェリー上。

和風兜のイラストが描かれたフェリーの甲板で、忍は手すりを掴み、溜息を吐いた。

「忍さん」

背後に環の気配を感じながらも、忍は遠くを眺めたまま答えない。

そんなに島が気になるのか、環と顔を合わせたくないのかは、忍自身にも分からなかった。

「忍さんは、嘘吐きですね」

「何故だろうか」

「大久野島から耳神様の足跡を辿れるだなんて、本当は思ってなかったんじゃないですか？」

「嘘を吐いたつもりはない。なんの痕跡も見つけられなかったのは、あくまで結果論だ。強引に休暇を取ってまで訪れた以上、何かの成果が得られる期待は、俺の中にも一応あった」

「一応って！」

「一応と言うほかあるまい」

資料館の見学を終えた後、忍と環、そしてアリエルは、砲台跡や毒ガス貯蔵庫跡など、大久野島の進入可能な範囲を回り切ったが、耳神様に繋（つな）がるような事物は発見できなかった。

あとは関係者以外立ち入り禁止の区域に侵入するか、なんの整備もされていない山林部分に当てもなく分け入るか、隣の無人島である小久野（こくの）島に上陸するくらいしかできることはなかったが、そこまでするだけの根拠もないし、何よりアリエルの士気が著しく落ちている。

結局なんの成果も得られないまま、忍たちは島を後にしているのだった。

「津川（つがわ）氏の証言と一般に公開されている資料のみを頼りに、耳神様の足跡（そくせき）を辿れる可能性は高くない。本気で当たるなら公開資料のみならず、当時の関係者を探し出して聞き込むぐらいは必要だろう。碌（ろく）な準備も整えず、寄り道ばかりの八泊九日の行程ですべてを調べ切るなど、到底不可能だと考えてはいた」

「じゃあ、忍さんの〝一応〟じゃない目的って、なんだったんですか？」

「ヒトの愚かさと異世界エルフの尊厳の話は、いずれ聞かせるつもりでいた。奴（やつ）と別居し自立させ、他者と関わらせる際の警句として、痛みの少ないように教えるつもりだった」

「……」

「だが、悠長に構えてはいられなくなった。耳神様の失踪（しっそう）に旧日本軍が関与していたとすれば、現在の国家も異世界エルフの存在を掌握しており、いずれ強制的な干渉を図ってくる可能性は低くない。アリエルの負荷を考慮しゆっくり諭（さと）す方法と、最もアリエルの心に刺さる形で脅威を感じさせる方法。どちらを採るか悩んだが、最終的に俺は後者を選択した」

自嘲気味に呟いて振り向いた忍の先には、泣き笑いのような表情の環。

「やっぱり忍さんは、嘘吐きです」

「何故だろうか」

「忍さんが恐れたのは、国家なんかじゃないでしょう。アリエルさんがヒトそのものを恐れたり、憎んだりしないように、わざと自分を嫌われ役にしたんじゃないですか?」

「……」

「本当は私にも嫌われたかったんだと思いますけど、今更ですよ。忍さんがそういうやり方をしたがる人だって、私はもう知ってますから」

「……アリエルにも、その話を聞かせたのか」

「してませんよ。したら全部、台無しになっちゃうじゃないですか」

「そうか」

温い潮風が、ふたりの頬を撫でる。

そして環は、弱々しく微笑む。

「私は、必要なお話だったと思います。思いっきりひねくれてて、誰よりもアリエルさんのことを案じてる。忍さんにしかできない、異世界エルフの愛し方」

「愛とは」

「違うんですか？」

「俺は己の果たすべき義務として、異世界エルフを保護しているだけだ。性愛を含む不埒な情欲はもとより、個としての敬意を超える好意を抱いたことなど、一度としてありはしない」

仏頂面で言い切る忍に、絶句する環。

浮かぶのは凄絶なまでの驚愕と、環自身すら気付かないほどの、ささやかな喜悦。

「……じゃあ……じゃあ、どうして忍さんは、こうまでしてアリエルさんのことを……」

「決まっているだろう」

悪びれた様子など、一切なく。

異世界エルフを迎え入れた日と同じ表情で、中田忍は言い放つ。

「俺が、そうすべきだと思っているからだ」

第四十七話　エルフと天国にいちばん近い場所

大久野島を離れて二時間、午後六時三十三分、広島県物産陳列館。

爆心地にありながら消滅を免れ、時を経て〝原爆ドーム〟と呼ばれるようになったこの廃墟は、人類史上初めて軍事利用された原子爆弾の威力と悲惨さを伝える世界遺産として、広島市内の平和記念公園内に今も遺されている。

「……」

道徳の授業を聞き流し、特段思想を持たずに生きている一ノ瀬由奈でさえも、いざこの廃墟を前にすると、厳粛な気持ちを抱かずにはいられなくなる。

わずか八十年も経たない昔に、この地で生きていた人々が核の業火に灼かれ、悲鳴すら上げる間もなく蒸発させられたという、信じ難い事実。

恐ろしくはある。

避けねばならぬ、とも思う。

だが、そのために力を尽くし、心の領域を割くほどには、真剣に向き合おうと思わない。

そして、それを悪いこととも思わない。

後世の日本人が争いを忘れ豊かに自由に生きることこそ、当時を戦い抜いた人々の願いなのだと、うまく自分を誤魔化して、見ないふり知らないふりを続けている。

目を逸(そ)らし過ぎず、向き合い過ぎず。

現実と自身の生き方へ上手に折り合いをつける由奈は、やはり聡明な女性なのであった。


だが。

すべての聡明な者が、由奈のように折り合いをつけられるわけではない。


「……ウー」

同じベンチに腰掛ける異世界(アリエル)エルフは、原爆ドームを前に目じりを濡(ぬ)らし頬(ほほ)を赤く腫(は)らし、いつ泣き出してもおかしくない表情でぐすぐす鼻を鳴らしている。

由奈から原爆ドームについての説明を聞かされた直後は、おんおん泣きわめいて周囲の通行人を心配させまくっていたので、これでも状況はマシになっている。

「いい加減落ち着きなさいって。別に今さっき原爆が落ちてきたわけじゃないんだから」

「……」

　ポタッ　ポタッ
「黙って泣けって意味じゃなくてさ」

「でも……アリエルは、とても悲しいのです」

「何が」

「全部です。アリエルは、全部、ぜんぶ、がなっ、し……ウゥゥー」

ポタポタポタ　ポタッ
「あんた最近、涙流す頻度増えてない？」

「……ずみばぜん」

「いや、別にいいんだけど……」

異世界エルフは異世界において、知的生命体を再び繁栄させる受け皿として創られた。

アリエル自身も地球に来た当初は無表情の無感動で、涙など流す素振りすら見せなかったのだから、感受性の成長は確かに良い兆候と言えるのだろう。

「……まあいいや。とりあえず、何があったか聞かせてくれる？」

ただ、一ノ瀬由奈はちゃんとしたデリカシーを持ち合わせているので、野暮な分析は一切口に出さないまま、アリエルの涙を拭ってやるのだった。

「ふーん。忍センパイはともかく、環ちゃんも難しいこと考えて生きてんのねぇ」

「……シノブとタマキは、どうしましたか？」

「コンビニついでに、車のガソリン入れて来るって。暫く戻ってこないんじゃない？」

実際のところ、先程までの状況を知らない由奈からのアフターフォローを期待する環が、その辺を碌に考えていない忍をなんだかんだと連れ回し、時間を稼いでいるのだろう。

だったら一言入れて欲しいなと思う由奈だったが、由奈のほうもこの状況を予見し、環と打ち合わせもなしに調査へ同道しなかったのだから、おあいこである。

「それで、あんたは何が悲しいの」

「全部です」

「実際そうなんだろうけど、もっと細かく考えなさいよ。怖さの原因をちゃんと考えれば、やるべきことに行き着けるって、バーベキューのとき忍センパイに教わってたじゃない」

「その通りですが、あのときユナは別の場所にいました。何故ユナがご存じなのですか?」

「凄いでしょ」

「はい……?」

実際には遠くから聞き耳を立てていたのだが、わざわざ説明するような話でもない。

由奈の雑過ぎる誤魔化しに誤魔化され、素直なアリエルは長考の姿勢に入る。

目の前に佇むは愚かなヒトの象徴、原爆ドーム。

そして、少しずつ沈み行く夕日。

「……実のところアリエルは、この世界を天国だと思っていました」

「へえ。難しい言葉知ってるじゃない」

「魔法少女アニメ(エル・シリーズ)の天使たちは、ホントは天国に住んでいるのです。天国は、ずっとタノシーで、ずっとオイシーで、サミシイのない素敵なところなのだと聞いています」

「じゃあ、この世界に住んでる忍センパイも天使なの？」

「はい。シノブはエルルナ、みんなもエルルナです。あ、もちろんユナはエル＝クリシュナーなので、大丈夫ですよ」

急な心理的ボディブローに由奈の精神が３メートルほど吹っ飛んだが、肉体はベンチに座ったままなので外見上の変化はない。

不幸中の幸いであった。

「けれど今日、シノブの話を聞いて、アリエルはこの世界が天国でないと知りました。どちらかと言えば、地獄に近いところなのかもしれません」

「どうして？」

「ヒトはアリエルが思っているより、タノシーだけを続けるのはニガテのようでした。ヒトは賢いのに、賢いを尊厳の侵害に利用するのが上手なのです。これは、悲しいことです」

「……それを言われちゃうと、ちょっとこっちも苦しいかな」

「ゲンバクは、この公園ぜんぶよりもっと広いぐらいの場所を、一瞬で消し飛ばしたと聞きました。アリエルが埃魔法(ほこりまほう)を使ったとしても、ちょっと大変かもしれないことです」

「え、ごめんアリエル」

「はい、なんでしょう」

「ちょっと大変なだけで、できちゃう感じかな？」

「？　はい、多分」

「へぇ」

異世界エルフの暴力的な一面を知る都度、邂逅初日を生き延びた中田忍の運命力に驚かされる、一ノ瀬由奈であった。

「じゃあ、そんなヒトの争いが嫌だから、悲しかったの？」

「……」

アリエルの横顔が、悲壮に歪む。

殆ど反射的に手を伸ばし、柔らかな金髪をくしゃくしゃと撫で回す由奈。

だが、アリエルの双眸からは、大粒の涙がぼろぼろ、ぼろぼろ。

「ちょ、なんで今泣くの」

「……ごれです。ごれが、一番ガナシーのです」

「はあ……？」

困惑しつつも、由奈はアリエルの頭を撫で続ける。

撫でれば撫でるほど涙の勢いが増しているようだが、今更手を離す気にもなれない。

「ユナはシノブから、ツガワの話を聞いていますか？」

「大久野島(おおくのしま)のことを教えてくれたお爺(じい)ちゃんでしょ。一応ひと通り聞いてるけど」

「ツガワはサミシイがなくなった後、急にホァーとなって、アリエルたちのことも、突然チンプンカンプンになってしまったようでした。不思議に思っていましたが、シノブの話を聞いて、ツガワはもうすぐ〝寿命〟を迎えるのだなと、アリエルは分かりました」

「……」

「ヒトの時間には、限りがあると教わりました。その時間はアリエルが生きてきた時間より、ずっとずっと、ずっと短い時間だとも教わりました」

「……うん」

「この世界は天国ではなくて、どちらかといえば地獄に近いところです。でもシノブは、何も得をしないのに、アリエルを助けてくれて、アリエルを護(まも)ってくれました」

「……」

「ヒトの時間はほんのちょっとに限られていて、得をしないことをする時間なんてないはずなのに、地獄に近い世界で、当たり前みたいに、アリエルと仲良くなってくれたのです」

「それがどうして悲しいの？」

「悲しいに、決まってるじゃないですか!!」

興奮したアリエルが頭を振りかぶり、由奈の手を跳ね除(の)ける。

由奈は怒るでもなく、それ以上慰めようともせず、真正面から異世界エルフ(アリエル)と向き合う。

「アリエルは悲しいです。

悔しいです。

シノブは、ユナは、みんなは、アリエルが欲しかった全部をくれました。

アリエルは、とっても幸せだったのです。

だけどアリエルは、なんにもお返しできていません。

大切な時間を、アリエルの為(ため)に使ってもらっているのに。

大切な時間がなくなるのは、とても怖いことのはずなのに。

アリエルは、なんにもお返しできずにいるのです!!」


「……」

「耳神様(みみがみさま)はアリエルと同じ、異世界エルフかもしれないと聞いています。そして耳神様は研究材料になって、いなくなってしまいましたが、日本は平和な感じになりました」

「それで?」

「……ちょっと怖いのですが、アリエルも、耳神様のように研究材料になったら、もしかしたら、ヒトは、ユナは、シノブは、ウレシーになるのではないかと……」

「……はぁ」

静かな溜め息。

沈み行く夕日。

未だ枯れる様子を見せない、アリエルの涙。

由奈の脳裏に、疾る稲妻。

為すべきことが、ようやく見えた。


「ね、アリエル」

「ぐすっ……はい」

由奈の右手が、アリエルの額へ差し出される。

曲げた中指には見て分かるほど力が込められ、溢れんばかりの破壊力は親指の支えによって、どうにか暴発を免れている状態だ。

即ち。


ビシイッ！

「エアヅっ!?」

デコピンであった。

「な、え、な、ナンデ、ユナ、ナンデ!?」

「えっと……ヒトの筋肉って、いきなり強い力は出せないようにできてるんだって。親指で押さえると……助走？　タメ？　みたいな感じで予め筋肉が動くから、力が高まるみたい」

「そういう意味ではありません！」

素知らぬ顔でスマートフォンを弄りデコピンの原理を検索してくれた由奈に対し、アリエルの反応はお世辞にも良いとは言えない。

当然であろう。

いくら丈夫な異世界エルフであろうと、不意打ちのデコピンは痛いのだ。

「だってつまんないんだもん、あんたの話」

「つまんなくないです。大事なお話です」

「じゃあ、生意気で馬鹿馬鹿しくてアホ臭くてつまんないって言い換えてあげる」

結局つまんないのであった。

「ユナは寿命が怖くないのですか。ちょっとしかない時間が、大切ではないのですか」

「もちろん怖いし、時間も大切だけどさ。でも死ぬもんは死ぬんだから仕方ないじゃない」

「仕方なくなんてないです」

「じゃあどうすんの。私は後六十年ぐらいで死んじゃうから、そのうち半分を世界平和のために役立てて、三分の一は睡眠に充てて、残りの時間は死の影に怯えて暮らす、みたいな時間の使い方があんたの考える正解なの？」

「……悪くはないのではないかと」

「いや最悪でしょ。少なくとも私はそんな人生、絶対に嫌。命がなくなるのは最悪だけど、せっかく持ってる命を無駄遣いするのは、最悪中の最悪じゃない」

「アリエルに時間を使うのは、無駄遣いなのでは――」

「またデコ撃つよ」

「ヒッ」

涙目のまま、両手でデコを隠すアリエル。

かわいい。

熊殺しどころか戦略兵器レベルの破壊力を持つと判明した異世界エルフへここまでの粗相を働けるのは、地球上でも一ノ瀬由奈ぐらいのものだろう。

中田忍もやりかねないが、彼のやり口は専ら精神攻撃なので、競う部門が別なのであった。

「あんたは自分のいた世界と、与えられた使命を捨ててまで、他の誰かがいるこの世界に来たかったんでしょ。だったらもう、あんたのやりたいようにやればいいじゃない」

「……」

「何百年生きられようが、八十年で死のうがさ。

自分のために使えない時間なんて、等しく無意味なクズの塊なんだから。

あんたはこの世界で、初めて自分の時間を得たの。

それで、いいんだか悪いんだか知らないけど。

奇特で不気味な社会不適合者の忍センパイが、あんたのことを助けるって言ってる。

この世界の綺麗なところも、汚いところも、全部教えた上で。

あんたの生き方をちゃんと考えろって、応援してくれてる。

研究材料だとかなんだとか、異世界エルフとしての価値を売るんじゃなくて。

〝アリエル〟として生きられるように、手伝ってくれるって言われてるのにさ。

そこでひねくれちゃうのは、ちょっと勿体ないんじゃないの？」

自然な動作でアリエルの手を除け、流れる金髪をかき上げる由奈。

白い柔肌がうっすら腫れて、少しだけ赤くなっていた。

「後はアリエル次第だよ。あんたのやりたいことは、あんた自身で決めなさい」

アリエルは答えない。

由奈もまた、それ以上何も言わない。

夕日はふたりを置き去りに、遥か彼方へ沈む。

仕方あるまい。

時は流れる。

異世界エルフのささやかな迷いを、待ってはくれない。

◇◆◇◆◇◆◇

そして、小一時間後。

ブォォォオン　ォン　ォン　ブォォオオオオン

日も沈んだ薄曇りの夜空の下、リアルヨーロピアンワゴンが海岸線を駆け抜ける。

ドライバーは勿論、我らが異世界エルフ、河合アリエル。

助手席は無の境地にいる一ノ瀬由奈、後部座席には仏頂面の中田忍と、困惑中の御原環。

「一ノ瀬君」

「はい」

「説明して欲しいんだが」

「分かりません。忍センパイに確認して貰おうと思ってました」

「何故だろうか」

「なんか嫌な予感するんで。自分の耳使いたくなかったんで」

「ふむ」

突然舞い込んだアリエルからの『すぐに戻ってきてください』というメッセージにより集合させられた直後、何処かへと搬送される中田忍ご一行であった。

助手席の由奈はこの調子だし、アリエルは予めルートを知っているかのようなスムーズさで曲がったり直進したりするので、忍も口を挟むタイミングが見つけられないのである。

「アリエルさん、アリエルさん」

「なんでしょう、タマキ」

「私たち、どこに向かってるんですか？」

「分かりません」

「えっ」

皆(みな)を代表し口火を切った環は、早々に言葉を失う。

由奈もまた、自身のろくでもない予感が正しかったと認識させられ、深々と絶望していた。

「きちんと説明しろ。お前自身も分からん場所に、何故俺たちを連れて行こうとする」

「アリエルが、そうすべきだと考えたからです」

「……ほう」

忍がいわゆる〝聞く姿勢〟に入ったことを察し、由奈の脳内に特大危険信号(エマージェンシーアラート)が鳴り響く。

ここは瀬戸内海に接する海岸線、見通しの良い一本道。

信号もなければ合流もないので、ドライバーの異世界エルフ(アリエル)がアクセルを緩めない限り、リアルヨーロピアンワゴンは止まらないし、中の人も降りられないのだ。

「シノブの教えてくれた通り、本当のヒトはとっても乱暴で、この世界はちょっとも平和ではないのかもしれません。もし最初のアリエルがシノブたちではなく、乱暴なヒトに出会っていたら、アリエルはウレシーになれないまま、ひとりで泣いていたかもしれません。ありがとうございます、シノブ、ユナ、タマキ」

「礼には及ばん」

「あ、ええ、うん、どうもね」

「あ、は、はい」

アリエルの視線は、遠くを見ている。

忍が運転するときのそれよりも、遥か遠くを見て、ハンドルを握っている。

「でも、耳神様にはシノブがいませんでした。ユナもタマキも、きっといなかったのです。いつもは助けてくれるけど、時にはメッとしてくれるヒトがいないから、耳神様は大久野島に連れていかれて、それっきりだったのではないかと、アリエルは考えています」

「なるほどな」

忍は深く頷き、由奈は今後起こりうるハプニングに思いを馳せ慄き、環はちょっとだけ、ちょっとだけわくわくしている。

そして我らが異世界エルフは、決意の表情で手元のスイッチを操作。

ウィイイイイ　イ　イ　イ　イ

開かれる、後部座席のパワーウィンドウ。

吹き込む夜風は温いのに、何故かぞくりと背筋を冷やす。

「もしかしたら、全然理屈に合っていないのかもしれません。アリエルは余計なことをして、シノブたちの大切な時間を奪っているのかもしれません。だけど、考えて考えて考えた結果、今アリエルがやるべきことは、これだと思うのです」

カタッ　カタカタカタ

ブワッ！


「ぬおっ」

「ひゃあっ!?」

後部座席の更に後ろに収められていた、アリエルの荷物——エルフの羽衣(はごろも)がひとりでに解(ほど)け、まるで意思があるかのように、窓から車体の外へと伸びてゆく。

さらに、エルフの羽衣で包まれていた中身のひとつ——二枚目のエルフの羽衣と重なり合い、結びつき、広がって、リアルヨーロピアンワゴンの両脇(わき)に、翼の如(ごと)く広がってゆく。

「フォオオオオオオオオオ！！！！！」


ブオオオオオオオオオオオオン！！！！！

異世界(アリエル)エルフの感情を乗せた出力全開(フルアクセル)のリアルヨーロピアンワゴンが、幅2メートル強のガードレールの切れ目に向かい、弾丸のように突っ込んで！


「……やむを得んか」

「イヤぁあああああああああ！！！」

「ああ～」


ザンッ！！！！


体感時速、３００キロメートル。

メーター時速、１６０キロメートル。

どう転んでも速度超過のリアルヨーロピアンワゴンは、瀬戸の夜空へ翔(と)び上がる。

第四十八話　エルフと瀬戸の浮舟

八月二十一日火曜日、午後八時十一分、若月一家の住むマンションの一室。

「うっし、皿洗い終わり」

星愛姫懐妊の頃の若月家は冷戦状態で、早織への気遣いどころか碌に帰宅すらしなかった徹平だが、今回の徹平は一味違う。

テキパキ仕事を片付けてさっさと帰宅、学生時代の一人暮らし経験をフルに発揮し、買い出し、掃除、洗濯と、専業主婦顔負けの勢いでバリバリと家事をこなしまくっている。

しかし。

「早織、おかゆどうだった？」

「作ってくれたのは嬉しいけど……私は悪阻軽いから、普通にご飯食べれるんだってば」

「ダメだった？」

「わたし！　わたしはお父さんのおかゆ好きだよ！」

「マジか。どの辺が好き？」

「はごたえ」

一人暮らしの頃から自炊に縁のなかった徹平。

他の家事はこなせるものの、パリピメニュー以外の料理はまともに作れないのであった。

「星愛姫は嫁いびりが上手だな。ほどほどにしてくれ」

「お米でアルデンテしようとする徹平君が悪いんでしょ。明日からご飯は私が作るから、徹平君もちょっとは休んでよ。疲れちゃうでしょ?」

「えへへ、さくせんせーこーだねお父さん」

「別に作戦じゃねえよ! 星愛姫、おま、父親を陥れるんじゃねぇ!!」

「きゃー!!」

「ウェー。フシュシュシュー!!」

鉄平は星愛姫を抱え上げ、おどけて部屋を駆け回る。

その視線がちらちら卓上のスマホに向いていると、妻である早織が気付かないはずもない。

「中田君たちのこと、気になるんでしょ」

「……バレてた?」

「バレバレ。一緒に行ってあげれば良かったのに」

「……まあ、そりゃ、気にはなるけどよ。俺の優先順位はどうしたってやっぱ家庭だし……それにノブがいんだから、道中何があったって、最終的には丸く収めてくれんだろ」

「まあね」

徹平と早織が、それぞれ人力飛行機サークルの思い出に浸り始めたところで。

〜♪　〜♪　〜♪

「ノブだっ！」

「ひゃい！」

空気を読んだ星愛姫が床に降り、徹平はスマホにダッシュ。

そして、呆れ半分で微笑む早織。

「何かあったって？」

「うん……いや……なんだこりゃ」

「みせて、みせてー!!」

徹平は怪訝な表情で、早織と星愛姫にスマホをかざす。

そこに表示されていた、淡泊なメッセージは。

『アリエルの案内で、瀬戸内海を飛んでいる。現地の天候は薄曇り』

◇　◆　◇　◆　◇　◆　◇

同時刻、広島市付近、瀬戸内海上某所。

「きゃ、や、いや、飛んでる……飛んでるっ、車っ……！」

十日余の月を望む夜空の下、一ノ瀬由奈のくぐもった悲鳴が車内に響いていた。

動転しつつも人目を警戒し、必死に己の口を塞ぐ由奈の健闘を、誰か讃えてやって欲しい。

それが可能な立場にいる中田忍は由奈を称賛せず、代わりに仏頂面でひと言告げる。

「アジャスタブルショルダーベルトアンカーを使え、一ノ瀬君」

「は!?　アジャ……なんですか!?」

「この車の標準仕様装備、アジャスタブルショルダーベルトアンカーだ。君から見て左後方、シートベルトと車体が接する部分の突起をぐっと掴め」

「はい！」

　カタンッ！

　掴まれたことで引っ掛かりが失われ、車体とシートベルトの接続部がスライドし、ベルト固定部の高さが数センチ下がる。

「ベルトが少し下りました！」

「うむ」

「……」

「……」

「え？」

「どうした」

「終わりですか？」

「ああ。ベルトの密着感が増したろう」

「馬鹿じゃないですか!?　馬鹿じゃないですか!?!?　馬鹿じゃないですか!?!?!?」

忍を強襲せんとする由奈だったが、密着感の増したシートベルトが由奈の身体を締め付け、後部座席への攻撃を許さない。

アジャスタブルショルダーベルトアンカーが、正しく車の所有者を守った瞬間であった。

定置網に掛かった元気なブリのように暴れる由奈を尻目に、後部座席の環はうんうん頷く。

「飛行そのものをアリエルさんが管理してる以上、忍さんにできることは限られていますからね。冷静な判断だったと思います」

「環ちゃんは環ちゃんで、何そんなに落ち着き払ってんの!?」

「落ち着いてないです。一生懸命興奮を抑えてるんです」

「……興奮？」

「だって、だって夢みたいじゃないですか。私たち、エルフの魔法で空飛んでるんですよ!?」

現在リアルヨーロピアンワゴンは本州を背に、灯りのない海面上8メートルくらいの空中を滑るように飛んでいるのだが、そんな中でも環の瞳は何を反射しているのか知らないがきらっきら輝きまくっており、ひどく不気味であった。

社会復帰が大分進んできたとはいえ、やはり御原環は本質的に、中田忍側の人間なのだ。

「あ……すみません由奈さん、実は高いところ苦手だったりする感じですか？」

「そういう次元の問題じゃなくてね、環ちゃん」

「はい」

「落ちる心配とかしないの？」

「落ちませんよ。ね、アリエルさん？」

「ダイジョブです。落ちません」

「ほら」

「……」

飛翔する車体を支えているのは、アリエルが異世界から持ち込んだエルフの羽衣と、アリエルがいつの間にか新たに生産していた二枚目のエルフの羽衣であり、先端をフロント部分に絡めつつ、両脇にトビウオのようなふわりとした翼を形成している。

異世界エルフの飛行魔法は、飛行機や実際の滑翔飛行のように気流に乗って飛んでいる訳ではないので、翼を付ける必要はないはずなのだが、このほうが魔力を展開させやすいのか、あるいは単にアリエルがこの形状を気に入っているだけかもしれない。

ともあれ、風に乗って飛ぶわけではないのであまり揺れないし、窓もアリエルが閉め直してくれたため、落ちる心配どころか、いっそ車内は結構快適なのであった。

「……忍センパイは、これでいいんですか？」

「前回の飛行は生身だったが、今回は車内にいる分いくらか快適だ。既に陽も落ちているし、漁船や電線などを警戒しつつ、低く慎重に飛ぶ分には問題ないだろう」

「いやそうじゃなくて」

「なんだろうか」

「飛ぶ必要あるのかって話ですよそもそも」

「あるんじゃないか。アリエルがそう判断したならば」

「なんですかその投げやりなコメント。ドア開けて落としますよ」

「ダイジョブです。ドアを開けても落ちません」

「私が落とすから落ちるの」

果たして一ノ瀬由奈の暴論が、物理法則を超越する異世界エルフの埃魔法をさらに超越するのかは、確かめると危ないので定かではないことにしておきたい。

そして闇の帳が降りた瀬戸内海へ沈められかけている中田忍は、自身の運命になど興味がないかのように、淡々と由奈へ言葉を返す。

「俺は大久野島で、アリエルにヒトの本質、愚かさ、恐ろしさを十二分に伝えたつもりでいる。それを知ってなお埃魔法を行使するとアリエルが選んだなら、それは真に必要なことなのだろう。今までアリエルは俺に従い、そのすべてを俺に委ねてきた。ならばアリエルを教え導いた俺は、アリエルの決意に身を委ね、共にその結末を受け容れるべきだ」

「……」

由奈は忍に答えず、ちらりと運転席に目を向ける。

暗い車内だが、助手席にいる由奈からは、アリエルの決然たる表情がぼんやりと見えた。

「どうなのアリエル。飛ばなきゃダメなの？」

「……アリエルはユナとお話しして初めて、本気で耳神様に会いたいと思ったのです。そうしたら急になんとなく、アリエルにとってイヤな感じの物がある方向が、ぼんやり感じられるようになったのです」

「イヤな感じの物？」

「あか弾やきい弾を見たときのようなイヤな感じが、分かるようになったのです。今飛んでいる辺りの周りにも、そこかしこで弱い反応を感じます」

「太平洋戦争終結後、大久野島の化学兵器やその原料等は除毒処理も含め正規に処理されたはずだが、その混乱に乗じ、正規でない手続きで海洋投棄されたものもあるという。これら不正な投棄物の発見報告が二十一世紀に入ってなお上がる以上、その多くは未だ回収に至っていないのだろう。アリエルが感じる先には、少量の化学兵器が沈んでいる可能性がある」

「危険感知の埃魔法ってことですかね。文明崩壊後の世界で役に立つのかは分かりませんけど、元々使えておかしくない効果の魔法だとは思います」

飛行にご満悦で上の空かと思いきや、興味のある話題にはキッチリ絡んでくる環であった。もう暫く放っておいたら、簡単には落ちないと分かったのをいいことに、ドアを開けて羽衣を触り始めるぐらいはするかもしれない。

「……え、じゃあ何、結局この車は何処に向かって飛んでんの？」

「アリエルが感じられる中で、イヤな感じの物が一番いっぱい集まっているところです。大久野島とは比較にならないくらい強い反応が、今向かっている方向から感じられるのです」

「……秘密の核実験場とか、原子力発電所ってオチはないでしょうね」

「分かりません。分かりませんが、耳神様を追いかけるなら、アリエルはそこに行くしかないと考えています」

「どうして？」

「大久野島には、耳神様の痕跡がなんにもありませんでした。でもこれから行く場所には、大久野島で感じたのと似た感じだけれど、それよりもずっとずっと強い、とてもイヤな感じがするのです。ということは、大久野島のホントのヒミツや耳神様の痕跡が、そこへ一緒に移動したのではないかと考えるのが当然の帰結だと、アリエルは考えています」

由奈の脳裏へ次々に浮かぶ、いくつもの反論。

『イヤな感じ』とやらの蔵置場所について、こちらからは何も分かっていない。

下手をしたら、国家機密レベルの警戒警備が敷かれているかもしれない。

辿り着けたとして、なんの関係もない殺人兵器を発見するだけかもしれない。

自然の中で劣化した化学兵器の暴発に巻き込まれ、命の危険を生ずる可能性すらある。

「……ユナ。もし都合が悪いようなら、一度戻って降ろすこともできるのですが」

「……あんたに確証があるってんなら、別にいい。このまま行きましょ」

「ユナ!!」

「その代わり、安全運転で車飛ばしなさい。変に揺らして怖い思いさせたら、後でデコピン以上に悲惨な目に合わせてやるんだから」

「ヒッ……」

　グラグラグラ
「ちょ、由奈さん、アリエルさん虐めちゃダメですよ！」

「……今のはノーカンにしてあげるから、ちゃんと励みなさい」

「はい!!」

照れ隠しの悪態を投げつけて、由奈は頬杖を突き、助手席側の窓を仏頂面で睨みつける。

仕方あるまい。

アリエルにやるべきことをやれと煽り囃し立てたのは、他ならぬ由奈自身なのだから。

「それにしてもビックリしました。アリエルさん、新しくエルフの羽衣作ってたんですね」

「ハイパー遠いところに行くと聞いたので、一応二枚目を準備しておいたアリエルです。前の世界でも、遠出するときは予備を作ってお出かけしていました。シェルターのないところでは、安心してオヤスミできる場所が少ないので、羽衣があれば何かとウレシー」

「木の上に羽衣のテントを作って、耳パッタンして、光の綿毛を撒いて虫よけする感じ？」

「そんな感じです。流石はユナですね」

「わー、いいないいなー。私も羽衣テントで寝てみたいです！」

一旦飛行が安定してしまえば、外は灯りもない真っ暗闇の瀬戸内海。

隠密性を重視しエンジンも切ったので、車体からは一切の光が放たれていない。

薄曇りの夜空は光量に乏しく、そもそもまともに見える物がない。

最初はキリッとしていたアリエルも、大興奮だった環も、緊張を崩さずにいた由奈も、だんだん気が抜けてきて、車内は高速道路のそれと同じレベルの弛緩具合へ推移していた。

慣れとは恐ろしいものである。

なお、忍だけはいつも通りの仏頂面で、口数も少なくこの瞬間も何かしら考えごとを続けている様子であったが、忍にとってはむしろこちらが日常の行動に近いので、一番緊張感がないという見方もできなくはなかった。

「そう言えば、アリエルさん」

「はいタマキ、なんでしょう」

「さっきの話で気になったんですけど、アリエルさんはどうやって魔法を覚えたんですか？」

「ムーン？」

「あ、えっと……うーん、なんて言えばいいんでしょう。レベルアップ習得とアイテム習得？」

確実に伝わらない喩えを出してきた環へ、由奈が優しくフォローを入れる。

「あんたさっき、いきなりイヤな感じの物を見つける埃魔法が使えるようになった、みたいに話してたじゃない。あんたの使う埃魔法は、今回みたいにいきなり使えるようになったものなのか、シェルターの資料で覚えたものなのか知りたい、って話じゃないの？」

「なるほどですね。それなら、両方です」

「両方、ですか？」

「はい。実はアリエルも、自分の埃魔法で何ができて何ができないのか、いまいちよく分かっていないのです。自分で『これはできそう』と思ってやってみたらできたものと、シェルターの資料に『これができる』と書いてあったものを、それぞれ使っているのです」

「ふむふむ。なるほどですね」

異世界エルフじみた相槌を打つ女子高生、御原環であった。

「タマキが荒熊惨殺砲と呼ぶ埃魔法やこの滑翔飛行などは、シェルターで勉強したもの。光の綿毛を出す埃魔法は、星を近くで見てみたくなって、アリエルが自分で試したものです」

かわいい。

その発想がかわいい。

「そっかー。じゃあイヤな物発見魔法は、元々異世界エルフ（アリエルさん）に備わっていたけど、今まで使おうとも考えなかったから、使えることに気付けなかった埃魔法（ほこりまほう）なんですね」

「でもそれって不便じゃない？　自分の使える能力くらい、自分で把握できればいいのに」

「ヒトとて、自らにどのような才能が眠っているかなど気付かないし、いっそ気付かないまま一生を終える者もいる。アリエルが〝アリエルたち〟であった頃（ころ）は本能的に埃魔法を行使できたのかもしれんが、自我（エラーが起きた）を獲得した影響で不便が生まれた可能性もある」

「忍（しのぶ）センパイ、いきなり入ってこないでくださいよ。驚くじゃないですか」

「すまない。話に入ってもいいだろうか」

「ええ。どうぞ」

相変わらず傍若無人を発揮する由奈（ゆな）だったが、確かに忍が突然会話に紛れ込んでくると驚くので、あまり忍を強く庇（かば）えない環（たまき）であった。

「ユナの言う通りです。アリエルも自分に何ができるのかはっきりしたいのですが、使えるかどうかわからない埃魔法を試すのは、けっこうキビシー」

「え、そうなんですか？」

「はい。埃魔法を使うには、やる気が必要不可欠なのです」

「その〝やる気〟とは、言葉を額面通り捉えていいのか」

「例えば滑翔飛行をしたいときは、空を自由に飛びたいなー、と思うだけでは全然だめです。……うううえうえられられあろれろられぇ!!!!!!!!　というぐらい思いっきり思わないと、フワリともしないのです」

「逆に何も思えてなくない？」

「細かいことを考えられているうちは、全然だめです。あああああっでがああああっでうぎゃあああああ！！！　という感じになっているときが、埃魔法の一番使えるときなのです」

「ごめん、私にはちょっと分かんないかも」

「行使する埃魔法のイメージに加え、使い手の精神状態を一種の安全装置として機能させているのだろう。精神と直結した能力を扱う上で、合理的な建付けだと考える」

「確かにそうですね、寝言とか日常会話で『空を飛びたい』って言ったら飛んでっちゃうようじゃ、不便だし物騒過ぎますもん」

したり顔で頷き合う忍と環。

こと非日常パートの現象面において、忍と環の相性は抜群に優れているのであった。

ちょっと不機嫌になりかける由奈だったが、常識人側に身を置いておきたい理性が勝ったので、特に文句を口にすることなく、アリエルへ一声かけようとして。

とんでもない異変に気付いた。


「……ねねねねねえ、アアアアアリエル？」

「はいユナ、なんでしょう」

「あんた」


「胸、なくなってない？」


異世界エルフ(アリエル)の胸元。

そこにある筈(はず)のご立派(おっぱい)が、影も形もなくなっていた。


振り返ってみれば、気付けるタイミングはいくつもあった。

忍(しのぶ)たち四人が乗ったリアルヨーロピアンワゴンを浮かすため、アリエルは忍と寒空を飛んだときの倍、二枚のエルフの羽衣(はごろも)を使っている。

加えて、これから向かうべき目的地を探るため、今日初めて使う〝イヤな感じの物を見つける埃魔法(ほこりまほう)〟を常時発動させたまま飛行を続けていた。

そして当の異世界エルフ(アリエル)は、自分自身で考え、自分自身で決めた〝やるべきこと〟に熱中し没頭し、周りがまったく見えていなかったのだ。

と、なれば。

異世界エルフの魔力貯蔵庫たるご立派な双丘（おむね）が、いつの間にか背中レベルまで萎（しぼ）んでしまっていた事実に本人が気付かないのも、致し方なかったと言えよう。

「大丈夫なの、その絶壁」

「……アリエルにも、よくわかりません。今までも小さくなることはありましたが、ここまで小さくなったのは、初めてのことかもしれません」

「アリエルさん、参考までに教えてください。おっぱ……胸元が小さくなると……その」

「はい」

「……埃魔法？　とかには……やっぱり影響が出るんでしょうか」


少しの間。


「……小さくなればなるほど、埃魔法の力が弱くなることも……あったような……」

「だっだだだだだだだだだだだだ」

「あっばばばばばばあばばばあばば」

由奈（ゆな）は当然慌てるし、流石（さすが）の環（たまき）も大パニック。

やむを得まい。

先ほどまで窓に映る景色は、なんにも見えない真っ暗闇か、なんとなく島っぽいシルエットが浮かんでいるかもな、程度であったというのに。

今や窓から見える直下には、妖しく煌めく波立った水面が、だんだん近づいてきている。

「どどどどどどアリエルねえこれどうすんの⁉」

「……アリエルは水の中でも、二十分くらいはダイジョブなので」

「私らは二分も持ちゃしないっつーのよ馬鹿‼」

「ま、ま、万一を考えて、何か浮くものを用意して貰えると嬉しいです、アリエルです」

「ごめん環ちゃん、一応なんか探しといてくれる？」

「了解です。忍さんちょっとすみません」

ゴロン　ズボッ
既に知恵の高速回転モードへ入っている忍は頼りになるものの、今回は忍の結論が出る前に車が沈む可能性があるし、何より物理的に邪魔だったため、強引に忍を座席の隙間へ転がし、後部収納から何か役立つものを探すため尽力する環であった。

「アリエル！　どっか陸地まで引き返せないの⁉　それかもうちょっと……なんて言うか、腕の肉とかお尻の肉とか使って魔法維持できないわけ⁉」

「あっ、これ、これ使えますよ！　ふーっふーっ、んぶっ、ふーっふーっ‼」

「ち、近くに着地できそうな陸地が見つからないのです。感知の埃魔法は止めて、速度もそろーりにして、どうにか浮くようにはしているのですが」

「ふーっふーっ!!　ふーっふーっ……けほっ、ふーっふーっ」

「もうちょっと頑張んなさいよ!!　埃魔法は気合で浮くんでしょ!?」

「ふーっふーっ……んしょ……ふーっふーっ」

「すみません。いくら気持ちがあっても、材料がないと埃魔法は使えないのです」

「……ふーっふーっ、はぁ、はぁ、ふーっふーっ!!」

「んなこたある程度想像ついてんの!　そこをどうにかしろっつってんの!!」

「ま、前向きに善処します、アリエルです」

　車内の混乱は加速するばかり。

　ちなみに途中で挟まる『ふーっふーっ』は、現実逃避した環が奇行に走っている訳ではなく、見つけたゴミ袋を膨らませて浮き袋にしようとする、必死の努力の副産物である。

「っあそうだ環ちゃん!!」

「んぶっ。はいっ!?」

「荷物の中にお菓子詰めてたでしょ。あれアリエルに食べさせましょう」

「え、ありますけど、市販のお菓子ですよ。いいんですか?」

「いいも悪いもないでしょ。瀬戸内の藻屑になりたいわけ!?」

「なりたくないです!!」

「じゃあ出す！　カロリー高そうなお菓子出す！　早く!!」

「こ、コーヒー牛乳キャンディならすぐ出るんですけど」

「コーヒー牛乳キャンディで車が飛べるか!!!!!!」

「す、すみませんでしたあっ!!」

「御原君、少し待て」

「あっ」

「えっ」

「ホッ?」

後部座席の足元から聞こえる、くぐもった不機嫌そうな声色。

考えるまでもない。

中田忍の知恵の歯車が、ついに回転を止めたのだ。

「何か思いついたんですか、忍センパイ！」

「ああ。少し前から結論は出ていたんだが、なにぶん座席の隙間に挟まり込んで動けない」

「あっ、すみません忍さん、つい」

「構わんが、引っ張り出しては貰えないか」

「逆に早く言ってくださいよ。こっちが慌てるじゃないですか」

「すまない」

由奈と環のふたりがかりで引っ張り出される男、中田忍。

こうしている間にもリアルヨーロピアンワゴンの高度は落ち続けているのだが、今は忍の救出作業が最優先事項であった。

「痛み入る」

「それはいいんで。どうするんですかこれ」

「ざっと見た感じ、一番カロリー高いお菓子はミニバウムクーヘンでした。小麦とバターのダブルパンチが、結構えげつないカロリー値だったみたいで。もう食べません」

「君の決意はともかく、菓子でアリエルに栄養補給させるのは止めておけ」

「どうしてですか?」

「無意味かつ危険な行為だからだ。俺が見てきた中での話になるが、アリエルにハイカロリーな献立を食べさせた場合も、バストサイズが急激に膨張するようなことはなかった。そのバウムクーヘンをアリエルの口に詰め込んだところで、満足なカロリーを補給し切る前にアリエルの口腔が渇き切り、俺たちは車ごと瀬戸の海底に沈むこととなろう。無論、初めて口にする加工食品としてのリスクも依然存在する。良い判断ではないと考える」

「……じゃあやっぱり、今のうちに窓から飛び出す感じですか？」

「いや。もっと簡単で確実な方法がある」

「え？」

忍は後部座席から身を乗り出し、アリエルの隣に移動する。

由奈はドア側に身体を避けつつ、しっかりと現実から目を逸らし、自らのスマートフォンに電波が立っていないことにがっかりした後、落としてある電子書籍の小説を開いた。

つまり、問題の解決を忍に一任し、自身は現実逃避に走った。

不謹慎なようにも映るが、これが一ノ瀬由奈にとって最も正しい問題解決の姿勢なのだ。

何故ならば。

中田忍が、既に動き出しているのだから。

「アリエル」

「は、はい!!」

手に持った太く長いものを示しながら、忍は仏頂面のまま、ただ一言。

「これをしゃぶれ。今すぐにだ」

◇◆◇◆◇◆◇

若干本筋からは外れるが、ここで異世界エルフの〝埃魔法〟について振り返っておきたい。

現在人類が解明している物理法則より外れた、異世界エルフの操る不可思議な異能。

ごく初期に観測されたものが〝中田忍邸内の埃を発光させ照明とするような現象〟だったことから、便宜的に中田忍が〝埃魔法〟と名を与えたものの、熊殺しの光線を発射したり人だの車だのを飛ばしたり、挙句の果てには『イヤな感じの物を感知する』などという全然埃と関係ない魔法が後から観測されたので、〝埃〟の名は完全に形骸と化している。

また、発動に必要なエネルギーの正体は特定こそされていないものの、ヒトと同じ食生活を送ることによりある程度の蓄積が為されるものと判明していた。

しかし、忍たちの弛まぬ探求姿勢と、いくつかのしょうもない偶然が合わさった結果、中田忍の知識にはもうひとつ、埃魔法のエネルギーを補充する手段が存在する。


「はむ……じゅっ……むぐっ」

「舐めるだけでは意味がないぞ。もっと歯を立てろ」

「はぐ。ううう……」

アリエルの口元から漏れる、妖しい光。

峠を過ぎて安心しきっていたはずの由奈は、呆れ全部でその光景を見つめている。

「忍センパイ」

「なんだろうか」

「他にやりようはなかったんでしょうか」

「ガソリンを直飲みさせる手段も検討していたが、こちらのほうが確実かつ平和的と考える」

「ああ、まあ、うん、それはそうですね……」

由奈の視線の先では、ガソリンの味を知らずに済んだ異世界エルフが、直径3センチほどにまとめられた自身の金髪の束を、無表情にもっちゃもっちゃと咀嚼していた。

口元から漏れるぼんやりとした光は、それこそ魔力の輝きであろうか。

「アリエルの頭髪が濃密な魔力貯蔵庫であることや、アリエル自身から生えている間は魔力を漏らさず、切り離して水分に浸せば摂取可能となることは、手料理の一件で明らかだ。よってアリエル自身に頭髪を咀嚼させ、唾液に魔力を溶かし込んで飲ませれば、即座に大量の魔力を補填でき、急場を凌げると判断した」

「……こんな気持ち、初めてです」

アリエルの心境はともかくとして、リアルヨーロピアンワゴンの高度は完全に回復した上、胸元のご立派は劇的に再構築されつつあり、手段の正しさを明らかにしているのであった。

「じゃあとりあえず、アリエルには髪の毛食べさせ続けるとしてですよ。私たちはこのまま、目的地まで向かう感じなんですか？」

「出直したところで同じ消耗を生ずることとなるし、それだけ周囲に気付かれる危険も増えるだろう。可能ならばこのまま行くのが最善だと考えるが、アリエルはどうだ」

「もう食べたくないです」

「それについては諦めろ。決めたのはお前自身だろう」

「……では、このまま行きます」

「行けるのか」

「行けます!!」

アリエルの口腔が輝きを増し、もっちゃもっちゃの勢いが速まる。

味のない頭髪を齧ってなお、異世界エルフの魂の炎は、熱く燃えているのであった。

◇　◆　◇　◆　◇　◆　◇

暫し経ち、アリエルの頭髪の長さが肩口にまで迫る頃。

「多分、この先だと思います」

「どういう意味だ」

「もう少しで、一番イヤな感じがする場所に辿り着くのです」

「私にはなんにも見えないんだけど」

「ですね。流石に暗過ぎます」

「島のシルエットのようなものはうっすら見えるが、詳しいことは分からんな、アリエル、走行用前照灯で照らしてくれないか」

「良いのですか？」

「あるかどうかも分からん監視の目や、周囲の漁船を警戒するより、避けるべき岩礁や上陸場所を見つけるほうが、今このときは重要だろう」

「分かりました」

　欧州仕込みの可変バルブエンジンは、海の上でもお構いなしにその駆動音を響かせ、スペック通りの激しい光を灯したが。

「……なんにも見えないじゃないですか」

「……ですねぇ」

「走行用前照灯の射程距離は、おおむね100メートル前後と言う。一般道ならいざ知らず、海上で島を照らすには光量が足りんのだろう」

「それではどうして、走行用前照灯を点けたのですか？」

「上陸場所を見つける為とも言ったろう。今日はその島のどこかで夜明かしして、陽が昇ってから探索を始めるべきと考えるが」

「ちょっと待ってください忍センパイ」

「なんだろうか」

「泊まるんですか？　その島に」

「他にどうする。別の島に着陸してもいいが、日中に飛び直すリスクは計り知れんぞ」

「でもそこ、大久野島が比較になんないほどヤバい物がある島なんですよね？」

「そうだな」

「さっきからスマホの電波死にっぱなしで。マップもまともに受信しないから、今ここがどこかも正直分かんないんですよ？」

「海峡を越えた様子はない。瀬戸内海のどこかである以上、そう心配することはないだろう」

「……」

由奈はゆっくりと視線を流し、頼れる仲間たちの表情を確認する。

決意に満ちた表情の、河合アリエル。

未知の冒険に対するワクワクを隠そうともしていない、御原環。

そして普段通りの仏頂面、中田忍。

「ユナ」

「由奈さん」

「……分かってんの。分かってる。分かってます。他に方法がないことぐらいは」

「ダイジョブです。エルフの羽衣のテントは安全で、寝心地もまぁまぁなのです」

「俺は車を使わせて貰う。君たちは異界のアウトドアを楽しんでくるといい」

「いいんですか!?　やったー!!」

「……お気遣い、ありがとうございます」

虚ろな目の一ノ瀬由奈はこのとき、中田忍の大親友、直樹義光へと思いを馳せていた。

もちろんその思いは『十年来忍センパイとこの調子で付き合ってきたんだとしたら、義光サンは本当に大変だったんだろうなぁ』ではなく『無理言ってでも義光サンを連れてきてれば、この非常識人どもへのツッコミで頭を痛めずに済んだのになぁ失敗したなぁ』であることを、由奈の名誉のため明らかにしておきたい。

第四十九話　エルフとトゥキディデスの罠

明けて八月二十二日水曜日、午前九時十五分。

夜間の内に島内へ着陸し、陽が昇ってから探索を始めた中田忍たちだったが。

「では各自、結果を報告して貰いたい。一ノ瀬君から頼めるか」

「はい。着陸地点の砂浜を中心に、私の歩ける範囲で周辺を確認しましたが、人の痕跡は見つけられませんでした。あと、天気の影響もあるんでしょうけど、他の島がよく見えません。スマホの電波も入らないままです」

「アリエルはその辺をぴょんぴょこしてきましたが、誰もいない感じでした。建物も道もありません。大きな木や植物が生えたい放題で、とても歩けたものではないのです」

「そうですね……現状これといった特徴が見当たらないので、〝耳神監禁島〟が簡潔かつ明瞭なネーミングだと思うんですが、いかがでしょうか」

颯爽とダテメガネを外した研究者モードの御原環が、キメ顔で報告を締めくくっていた。

「ごめん環ちゃん。今それどうでもよくない？」

「え、でもナシエルのときも、『正体が分からない未知にこそ、ヒトは恐怖を感じるものだ。名付けてしまえばどうということはない』って忍さんが言ってたので」

「あぁ……まぁいっか。忍センパイが悪い。忍センパイの馬鹿。ばーかばーか」

「確かにそう話した覚えはあるが、記録や痕跡の有無はともかく、監禁されていたか否かの事実は未だ不明瞭だ。推測を交えず〝耳神島〟とでも呼んでおけばいいんじゃないか」

「うわつまんな。忍センパイつまんな。犬に〝イヌ〟って名付けるくらいダサい。枯れ井戸。名付けセンス以外のすべてが義光サンに劣った存在なんじゃないかとは疑ってましたけど、センスのほうもどっこいどっこいですね」

「言ってくれるじゃないか。確かに義光は優秀な男だし、名付けは少し不得手のようだが、君が俺をそこまでこき下ろす謂れはないだろう」

「知りませんよ馬鹿。何が耳神島ですか馬鹿。こっちは大久野島で温泉入ってからずっと、お風呂もトイレも必死で我慢してるんですからね!!」

「由奈さん由奈さん、途中から八つ当たりになっちゃってますよ。あとお風呂は温泉入れてる分、一昨日から入れてない私たちよりマシです」

「ユナ、ユナ、ダイジョブです。また羽衣を使って目隠ししますので」

「そういう問題じゃないっつってんのよ馬鹿異世界エルフッ!!」


解散の危機に陥りつつある、中田忍探検隊であった。

◇◆◇◆◇◆◇

小一時間後。

車付近を調査する忍たちの下へ、ペンとノートを手に跳び回っていたアリエルが戻った。

「描けました、シノブ！」

「うむ」

アリエルは元々、大自然の中を跳び回って狩り暮らしを続けてきた、生粋の野生児である。

そこに生まれ持った記憶力と、たゆまぬ努力により手にした画力が合わされば、ちょっとした小島の鳥瞰図を描き上げるぐらい朝飯前だ。

そして完成した地図を受け取ったのは、地図の読める男、中田忍。

地図は読めるが忍がいたら忍に任せる一ノ瀬由奈と、文系を自称しながら都道府県が四十八個だと時々勘違いしてしまうタイプの御原環は、期待の眼差しで忍の働きを見届ける。

「上手に描けていますか？」

「ああ。克明に描かれているおかげで、現実の地形との同定が取り易い。良い仕事だ」

「ムフー」

人目に付かない場所なので、思う存分フシュフシュ噴き出すアリエル。

かわいい。

「アリエルの描いた地図から推測するに、島の外縁は２００メートル四方というところか。島内中央部は獣道すらなく、鬱蒼とした樹木と植物に覆いつくされ、外周も岩場と砂浜が混在している。歩き回るには骨が折れそうだ」

「人の手が加わったところとか、それらしい不自然な地形とかは見当たらないの？」

「多分ないとは思いますが、怪しいものです」

「何それ」

「大久野島の資料館には、戦争に使う建物は空から分かり難いよう、わざと目立たないように作ると書いてありました。その上この島は、草や樹がワッサァー!! としていますから、直接丁寧に見て回らないと、分からないかもしれません」

「うーん……じゃあアリエルさん、イヤな物の場所、もうちょっと詳しく感知できませんか？」

「それは難しいですね。この島の反応は物凄く強かったので、遠くからでも簡単に見つけることができたのですが、いざ島に来てみると、逆に見つけたいように見つけられないのです」

「え、待ってください、えっと……？」

「恐らく感知の埃魔法が、光暈現象のような状態に陥っているのだろう」

「ハレーションってなんですか？」

「強い光源をフィルム写真で撮影する際、光が過剰に反射して光源を明確に撮影できず、撮影画像の一部がぼやけてしまう現象のことだ。アリエルはこの島が発する『イヤな物の存在感』

を過剰に感じ取ってしまい、はっきり所在を特定できないのだと推測する」

「……フィルム写真ってなんですか？」

　ちなみにフィルムカメラとデジタルカメラの出荷台数が逆転したのは二〇〇二年頃の話で、御原環は二〇〇〇年問題もろくに知らない、ピチピチの女子高生である。

　話の本筋となんら関係のないところで、密かに苛立ちを呑み込む一ノ瀬由奈であった。

「……ともあれ、困りましたね。秘密組織やら国家の暗部に討たれるよりはマシでしたけど」

「探索を続けるにしても、引き返すにしても、アリエルの魔力は有限だ。どこかで見切りを付けねば、帰宅もままならん」

「すみません。アリエルが普段からもっとご飯を食べていれば」

「あれだけ食べていれば十分だろう」

「フムー」

　アリエルの金髪は散々しゃぶしゃぶしたため、もう肩口にも届かぬ長さしか残っていない。

　今後何かしらのアクシデントで魔力が逼迫した場合は、アリエルを五分刈りにして来た道を戻らせるか、リアルヨーロピアンワゴンを島に棄てて人間だけ抱え上げ戻るか選ばねばならないので、謎の秘密組織や武装した警備兵がいなかった今も、状況は案外逼迫している。

「アリエル。お前はどうしたい」

「……シノブに決めてもらうのが、良いのではないかと」

「力を貸すのは構わんが、すべての決断はお前によって為(な)されるべきだ。ここに俺たちを導いたのは、他ならぬお前自身なのだから」

何も事情を知らぬ者が聞けば、冷たく突き放しているようにも聞こえるだろう。

しかしこの場にいる者たちは、何よりアリエル自身は、そうではないと知っている。

「ではシノブ、教えてください。イヤな物の反応は、間違いなくこの島のどこかから感じられています。もしそれが見つかるとしたら、アリエルはどこに向かえばいいのでしょうか」

「……いいだろう。少し待っていろ」

忍(しのぶ)は項垂(うなだ)れて、深い深い思索に耽(ふけ)る。

秘密の島に隠された、悪(あ)しき歴史を読み解くために。


「地下洞窟(どうくつ)、ですか」

「ああ」

忍が示したのは、着陸地点とは反対側にある岩礁(がんしょう)。

地図上のその箇所にアリエルが描(か)いた小さな黒い穴を、中田(なかた)忍は見逃さなかった。

「秘中の秘とされていた毒ガスを扱う大久野(おおくの)島においてすら、あれだけ大々的な施設を地上に築いていたんだ。この島でも何かを作っていたというなら、建物の残骸(ざんがい)や痕跡(こんせき)が少しも見つからないでは、逆に不自然だろう。だが――」

「毒ガスより他所にバレちゃいけないものを研究していたから、より分かり辛い場所に施設を隠す必要があったんですね」

忍自身が語りたかったとっておきの結論を、戯れに掻っ攫う悪辣女子高生、御原環。

由奈もとっとと結論が聞きたかったので、環を咎めようとはしない。

「……なんにせよ、調べてみる価値はあるだろう。逆にここを叩いて何も出なければ、それ以上の調査は困難だ。付近に信じられないほど大量の化学兵器が投棄されているだとか、地層そのものにウランが含まれているなどの事態を疑い始めねばならなくなる」

忍は普段通りの仏頂面で淡々と語るが、その言葉の意味は存外重い。

相手は七十余年前に放棄された可能性が高い未知の地下洞窟、あるいは地下要塞である。

しかも異世界エルフお墨付きの、特別イヤな感じの何かが眠っているという、絶対危険立入禁止待ったなし、最悪のエリアへ踏み入ることとなるのだ。

いくらアリエルが埃魔法の使い手とはいえ、不測の事態が起きれば無事では済むまい。

だがここで踏み入らなければ、なんの成果も得ることなく、広島を後にせねばならない。

求めた耳神様の、足跡すら掴むことなく。

だから。

「シノブ」

「どうした」

「他の人に見つからないよう、車に羽衣を被せます。シノブたちは車で待っていてください」

「ふむ」

「耳神様を見つけたいのはアリエルなので、アリエルがひとりでチョイと行ってきます。耳神様の痕跡を、アリエルが見つけてくるのです」

「断る」

「えっ」

アリエルの表情は、キリッとしようと努力しているのが分かるものの完全にニヤついており、シノブの断るを待ってました！　という感じがまったく隠せていない。

かわいい。

「大久野島の体験を経て、耳神様を求め始めたのはお前の意志。お前に付き従うと決めたのは俺の意志。お前の意志は尊重するが、お前に俺の意志を阻む権利はない。浅薄な自己犠牲精神を即座に投げ捨て、俺を共に連れて行くと誓え。それがお前から俺に示せる唯一の誠意だと、俺は断ずる」

「……アゥ」

「それだと、忍センパイがアリエルの意志を阻んでることになりません？」

「知ったことか。今更独断専行を考えるアリエルに非があるのは自明だ。君もどちらに付くか、今のうちに考えておくことだな」

「私負けるの嫌いなんで、当然忍センパイに付きますけど」

「あ、私も忍さんに一票です。アリエルさん、最近はそういうの『悲劇のヒロインぶってる』って叩かれるから、気を付けたほうがいいんですよ」

「……」

優しさに溢れながらも、表面上は優しくない人間たちの反応に翻弄される異世界エルフ。

特に環の言葉など言い掛かりもいいところであり、本当にひどいのであった。

「……ホントは、シノブたちなら一緒に来てくれると思っていました。でも、多分これから行くところは、とっても危なくて、死んでしまうかもしれないのです。アリエルのわがままでシノブたちを巻き込むのは、少し違うのではないでしょうか」

「まあ、考え過ぎなくてもいいんじゃない？」

由奈は優しく微笑み、短くなったアリエルの金髪を優しく撫でる。

涙は流さない代わり、むずがゆそうに目を閉じるアリエル。

かわいい。

「まずここ、危険が眠る謎の島なワケでしょ？　地上で待ってるからって、安全とは限んないじゃない。命の危険がどうこうって話は、もうあんたに関わり始めたときから何度も何度も取り沙汰されてるんだから、今更だし」

「……すみません」

「だから、もう今更なんだってば。私たちは私たちの意志で、あんたに関わっていこうって決めたんだから、あんたが負担に感じる必要はないの。それにね」

「はい」

「何があったって、最後は忍センパイがなんとかして……」

言いながら。

一ノ瀬由奈が最も頼りにする、敬愛すべき直属の上司でもある中田忍へ視線を送って。


ようやく、事態に気付いた。


「……んむ、むにゅ。忍さん、これ、首元どうなってるか見えます？」

「粘着テープが噛んでいるな。手袋を外して補正するので、少し待てるか」

「お手数おかけします、すみません」

忍と環は、リアルヨーロピアンワゴンのバックドアを開き、各々の着替えに勤しんでいた。

忍はまるで軍人が使うようなガッチガチの面体型ガスマスクにつなぎ服、本職の漁師が使うようなテッカテカで分厚いニトリルゴム手袋を構えている。

環は服の上から食品工場で着るようなタイベックスーツを着込み、ダテメガネの代わりに透明ゴーグルをかっちり嵌めて、吸収缶付きの本格マスクを装着していた。

「すみません忍センパイ」

「どうした」

「それはなんですか？」

「ガスマスクと防護手袋だ。専門店で購入した。つなぎ服は実用衣料店だな」

「あんなに荷物少なかったのに？」

「一ノ瀬君は面白いな。毒ガスの島に向かう以上、毒ガス対策を準備するのは当然だろう」

「……いや、えぁ……えっ……えぇ……？」

「……もしかして由奈さん、忘れてきちゃった感じですか……？」

「ううん、忘れてない。考えもしなかっただけ」

仕方あるまい。

一ノ瀬由奈は中田忍の悪徳である前に、一般的でまともな常識のある社会人女性なのだ。

毒ガスで有名な大久野島に行くからといって、ガスマスクや防護手袋を用意しようなどという発想が出てこないことを、誰が責められると言うのか。

むしろこの場合、発想に追随できていた環の活躍こそ、称賛すべき功績であろう。

「君のアリエルを想う気持ちは有難いが、装備もなしに謎の洞窟へ帯同させるのは心配だ。アリエルの埃魔法でカバーが効くのかも分からんし、アリエルの負担を高めて全員が危険に晒される可能性もある。忸怩たる思いを抑え、車内で帰りを待ってはくれないか」

由奈は俯き、震えていた。

気遣うような、諭すような忍の言葉が、今はただ空しかった。

だがもちろん、悲しみや後悔で震えているわけではない。

どう考えてもおかしいのは忍と環で、自分は普通の判断を普通に下しただけのはずなのに。

空気が読めてなかったのは由奈のほう、みたいな感じになってしまった現状が、ただただ、腹立たしかったのである。

そんな由奈の心中を知ってか知らずか、俯く由奈に手を伸ばし、背中を撫でる者がひとり。

「ユナ、ユナ」

異世界エルフ、河合アリエル。

「心配は無用です、ユナ」

「ユナの荷物は、アリエルがちゃんと持ってきました」

◇◆◇◆◇◆◇

暫し後。

装備を整えた三人と一異世界エルフは、岩礁に開く地下洞窟の入り口へと歩を進めていた。

潮は引き潮、太陽は間もなく中天に至る頃。

満潮で沈む場所でもないようだが、あまり長く潜ってもいたくないところだ。

「では、これより洞窟の探索に入る。今回俺たちが果たすべき最優先事項は、耳神様の痕跡を発見することではなく、全員が無事生還することだ。各員においては自身の安全と生存を第一に、独断専行を控え、連携を取って生還に資する行動を取るよう願いたい」

「はい！」

「はいっ！」

「……はい」

結局忍が仕切っているものの、これはこれで問題ないだろう。

意志を示したのはアリエル。

応えたのは忍たち。

そこさえしっかりしていれば、後はなんの問題もない。

「準備はいいか、アリエル」

「はい！」

アリエルは羽衣に包んでいた荷物のひとつ、自身のエルフ服へと着替えた上、エルフの羽衣を一枚纏った、完全体異世界エルフの装い。

新しく作ったもう一枚の羽衣は、地面の色に合わせてリアルヨーロピアンワゴンに被せ、外部から見つからないためのカモフラージュとして使用した。

「御原君」

「はいっ！」

環は無事タイベックスーツを着込み、ダテメガネ代わりの透明ゴーグルと吸収缶付きマスクで頭部全体をも保護しているので、もはや誰だかよく分からない。

いや、よく分からないというのは嘘で、そのご立派な胸元はタイベックスーツの上からでもご立派なので、すぐ環だと分かってしまう。

「一ノ瀬君」

「……」

「一ノ瀬君」

由奈はアリエルが持ち込んだ最後の荷物、晴奏天使エル＝クリシュナーのコスプレ衣装を身に纏い、今にも死にそうな表情で立ち尽くしている。

自分以外を危険に晒したくない忍と、自分の面倒で精一杯だった環は、どちらも予備のマスクを用意しておらず、衣装には空気清浄化の埃魔法も込められているというので、どれだけ嫌でも着ないことには仕方がないのだ。

「一ノ瀬君」

「……死にたい」

「ふむ」

発言内容は大変ネガティブだが、とりあえず返事が聞けたので良しとする忍であった。

最後に忍は自身の装備を確認し、入り口へと向き直る。

「行こう。足元に気を付けろよ」

「「はい！」」

「……はい」

最後に確認しておく。

彼らは全員、極めて真剣である。

ポ　ポ　ポ　ポ　ポ　ポ　ポ

先頭を進むのは、表情筋の死んだ一ノ瀬由奈こと晴奏天使(シュビレントエンジエル)・エル＝クリシュナー。

足元すら覚束(おぼつか)ない由奈の起用は一見無茶に思えるものの、魔法少女衣装により自動発動する空気清浄化魔法(ヴァイスクレイナー)と、専用慈装(アガプト)〝法閃華(エオストレモナト)〟を模したコスプレステッキから噴射可能な光の綿毛、純白の小指もどきをポポポと振り撒(ま)けるため、熱や火花を伴わない光源を確保する意味では最善の配置と言える。

その右後方を固め、全体を俯瞰し指示を出す役割を負うのは、我らが中田忍。

顔面全体を覆う面体型ガスマスクを装着しているので表情が見えず怖い感じかと思いきや、普段の仏頂面より余程愛嬌があり、運用上なんの問題もない。

忍の左隣には、放射線量計測器と空気質測定器を構えた御原環が——

「環ちゃん」

「はい、なんでしょう」

「その持ってる奴なんなの？」

「あ……えへへ、ばれちゃいましたか。放射線量計測器はともかく、お値段ン十万円もする空気質測定器いきなり出したら、誰だって驚きますよね」

「いや知らないけど。そんなにお高いのそれ」

「みたいですよ。お父さんに毒ガスの島探検するって言ったら、昔趣味で使ってた奴、気を付けて使うなら持ってっていいよって言うので」

「素敵なお父様ね」

「はい!!」

由奈の表情は物凄くげんなりしていたが、ゴーグルと吸収缶付きマスクとタイベックスーツを纏った環の視界には、そこまで映っていなかったのかもしれなかった。

そして最後尾には、各種埃魔法対応及び見取図作成の任を帯びた異世界エルフ。

元いた世界で百年以上洞窟内のシェルターを寝床にしていたため、地下への嫌悪感はメンバーで一番少ないはずなのだが、〝イヤな感じ〟の根源へ近づきつつある手応えは、アリエルを未だかつてない緊張の面持ちへと変えていた。


「……忍センパイ」

「ああ」

海からのじっとりとした湿気が横たわる、徐々に狭くなる洞窟内を、百数十歩進んだ先。

〝洞窟〟から〝地下通路〟への変化、とでも表現するべきか、誰の目にも分かるほど壁面がなめらかになり、歩き易い地面が現れた。

「地下施設と自然洞窟を繋げ、外部からのカムフラージュに利用していたのかもしれん。皆、ここからが本番だぞ」

「あ、忍さん、ひとつ思い付いたんですが」

「どうした」

「もしかしてなんですけど、ここが耳神様の隠れ家だったりってことはないんでしょうか。大久野島から逃げ出して、人目を避けてはや八十年……みたいな」

「あり得んとまでは言わんが、むしろそちらのほうが厄介だぞ」

「なんですか？」

「ヒトを恐れてるか、恨んでるかに違いないからでしょ。アリエルはともかく、私たちはどんな目に遭わされるか、覚悟決めなきゃダメかもね」

「うっ……」

「ヒッ……」

そこまで想像の及んでいなかった環と、もし会うことができたら耳神様とシノブたちを仲良くさせたいアリエルが萎縮していた。

「……よし」

忍はポリエチレンテープを取り出し、しっかりとした岩に巻き付け、きつく結ぶ。

「シノブ、それはなんですか？」

「テープのロールを俺が持ち、要所要所に巻き付け固定しつつ延ばして進む。有事の際はこのテープを辿り、入り口まで戻ることとしよう」

「もう準備が良過ぎることには突っ込みませんけど、それ応援のボンボンとか作る、シャカシャカした奴ですよね。流石に1ロールじゃ短過ぎません？」

「予備もあるが、1ロールの総延長が450メートル以上になる。島の大きさから見ても、2ロール使い切らずに回り切れるんじゃないか」

「うっそ」

「本当だ。しかも、縦には裂けるが横の力ではなかなか切れん。軽易に持ち運べる命綱としては、そう悪いものではないと考える」

「アリエルは、ちゃんと地図を描いているのですが」

「迷宮を舐めるなよ、アリエル。不測の事態による仲間との分断、装備の逸失などは日常茶飯事と聞く。全員での生還を目指す上で、帰還の策は十重二十重に巡らせて足りんほどだ」

もちろん、忍は迷宮の踏査など生まれて初めてだし、知識にしても各種書籍や自称探検家のチャンネル動画でかき集めただけなのだが、中田忍はいつも通り不遜な態度を崩さない。

「……先の空気、ちょっと埃っぽいですけど、計器類に反応ありません。進めると思います」

「承知した」

隊列を組み直し進む忍の後ろには、ポリエチレンテープがみっともなく垂れ下がり、忍たちの進んできた道をはっきり示してくれる。

絵面としては馬鹿馬鹿しいが、当事者たちは大真面目である。

この先は旧日本軍の秘密研究所と疑われる、謎の孤島の地下迷宮。

何があってもおかしくはないし、何かあったら本当に帰れない。

ポリエチレンテープに縋る中田忍の心情を、誰に笑う権利があろうか。

◇　◆　◇　◆　◇　◆　◇

探索開始から、一時間と少し。

忍たちが進む先には、幅と高さが2メートル程度、剝き出しのモルタルや古い煉瓦で造られた通路があり、島の地形に合わせたか、不規則に配置された複数の小部屋へと通じていた。

部屋と言っても、扉もなければ天井が高いわけでもない、ただの穴倉に近い空間である。

全体的に急ごしらえを感じさせる構造は、ここが秘密の軍事施設であったという推測に不気味な説得力を与えており、忍たちへ無言の緊張を強いていた。

そして、生きた人間の気配も、死んだ人間の痕跡も見当たらない代わりに、耳神様の物証や目立った記録なども、今のところ発見できていない。

引き返そうにも切っ掛けがない、今はただ前に進むしかない、忍たちであった。

「左手側、部屋の入り口っぽい感じになってます。入りますよね？」

「ああ」

先頭を歩く由奈の導きに従い、忍たちは八畳間くらいの広さがある部屋に辿り着いた。

これまで見つけてきた部屋に比べ比較的綺麗で、本棚や机が崩壊せず現存している。

「ここはちょっと期待できそうですね。照らします」

由奈は〝法閃華〟を部屋へ差し込み、光の綿毛をポポポと振り撒いて光源を確保した。

「調べてみないことにはな。アリエルは俺と左手側を捜索しろ。一ノ瀬君と御原君は右手側から。繰り返すようだが、素手のアリエルと一ノ瀬君は、くれぐれも物に触らないように。手袋をつけている俺か御原君に声を掛けてくれ」

「承知しました」

「はい！」

「了解です！」

「では作業にかかろう。少しでも息苦しくなったら、すぐに報告してくれ」

電波がなくとも使える方位磁針アプリを活用し、忍たちはなるべく島の内陸部に寄り添うよう探索を続けていた。

返す返すも、七十余年前に遺棄された可能性の高い地下施設である。

当時ですら地上との換気が十分に為されていたか怪しいものだし、最悪通気口が土砂等で埋まっており窒息死しかねないという懸念がある。

よってなるべく外気に近く、いざとなったらアリエルに天井を突き破って貰えるであろう、島の地表に重なる範囲を優先し歩き回っていたのだ。

尤も、当時の軍人たちもなるべく新鮮な空気を吸いたかったようで、施設の構造自体が海のほうに広がっておらず、造りのしっかりした換気口も十分機能している様子であった。

「そろそろ耳神様っポイものを見つけたい、アリエルです」

「私だってそうですけど、なかなか難しいですよね」

「朽ちた小銃に、かつて軍服だったのであろうぼろ布を発見している。旧日本軍の関連施設なのは間違いないと考えるが、その先はどうだろうな」

「黒いシミだらけになった壁とか、読めなくなった書類とかもあったじゃないですか。汚いしどうせ読めないんで、スルーして置いて来ちゃいましたけど」

「え、紙ダメになっちゃってるんですか？」

「そりゃそうでしょ。雨水は浸水してないみたいだけど、地下だもん。変な湿気にやられてページが滲むか、カビやらコケやら生えてダメになっちゃうほうが普通だと思うけど」

「……じゃあ、何をどう探したって、当時の記録なんて読めないってことですか？」

「いや、そう悲観することもない。俺と一ノ瀬君の期待しているものが見つかれば、まだ多少の望みは繋がるはずだ」

「期待してるもの……？」

「シノブ、シノブ、こちらをご覧ください!!」

何か見つけたようだが、忍の言いつけを守ってぱたぱたはしゃぐだけのアリエル。

かわいい。

「どうした、アリエル」

「この引き出しの中は、なにかいいものを入れておきたくなる感じです」

アリエルの前にあったのは、どこか大正アンティークを感じさせる木製の両袖机。

造りがしっかりしているせいか、他の家具類よりも状態良く残っているのが分かる。

「ふむ」

由奈と環が背後から見守る中、忍はニトリルグローブを嵌め直し、慎重な手つきで引き出しに触れ、そっと引いた、ところで。

「……やはりな」

「残ってましたね、これ」

訳知り顔で頷き合う、ふたりの地方公務員。

片方は顔面ガスマスク、片方は晴奏天使のコスプレをしているので、真面目な話は到底できそうにないはずだったが、当事者たちが慣れ切ってしまったので笑いは漏れない。

「わ。形が残ってるし、ちゃんと読めそう」

「古い物ばかりのところから、割ときれいな冊子が出てきました。なぜでしょう」

「ああ。これはね……なんて言うか、日本の悪いクセなの」

「ワルイクセとは？」

「『公務員の仕事は、すべからく仔細に記録されるべき』という、現代まで連綿と続く公務の基本的考え方だ。公務員は自分たちの仕事を記録し、記録を作成した記録を記録し、記録と記録を作成した記録を管理する記録の厚みで自らの成果を語る。如何な皇国軍人とは言え、その呪縛から逃れることは叶わなかったのだろう」

「いや、ちょっと分かんないです。仕事と、仕事の記録と、記録を作った記録と、記録と記録を作った記録の記録……？」

「理解する必要はない。作っている公務員とて、そこに意味を見出している者は少ない」

自嘲し、呆れた口調で吐き捨てる忍。

その目線の先にあるのは、公務員が自らの勤務概要を後世に残す基礎にして終着点。

劣化の少ない上等な紙で作られた冊子には、達者な筆致で『業務日誌』と記されていた。

「全員で同じ物を見ても仕方あるまい。アリエルと御原君で部屋の調査を続けてくれるか」

「え、待ってください忍さん。私も日誌見たいです」

「アリエルはシノブのバディです。バディは一緒に行動するものだと、クリシュナーが言っていました。あ、今のクリシュナーはアニメのクリシュナーで、由奈のことではないですよ」

環とアリエルから口々に不満が漏れ、関係ないところでまた由奈が心の傷を負った。

「総合的に判断した結果だ。アリエルを頼むぞ、御原君」

「あえ……あ、はい、すみません、分かりました！　やりましょう、アリエルさん」

「オコトワリシマス」

「えっ」

アリエルは環の隣を抜け、忍の真正面へ。

忍もまた普段の仏頂面で、アリエルの碧眼に向かい合う。

「総合的に判断して、お前たちに調査を任せたいと考えているが」

「アリエルも総合的に判断しました。今のシノブはアリエルのために、わざと違うことをさせようとしていますね」

「……ふむ」

「シノブ、シノブ、ナンデ？　アリエルは耳神様(みみがみさま)のことを知るために、アリエルが選んでここへ来たのです。アリエルが知らないことを作ろうとするのは、ナンデなのですか？」

「なんでも知りたいからって、全部の全部を知る必要はないでしょ。見てイヤな思いしそうなところを先に忍センパイが選別するって言うんだから、素直に任せときゃいいじゃない」

「そこまでは言っていないんだが」

「違うんですか？」

「……」

「忍さん、黙るのはちょっとズルじゃないですか」

「環ちゃんは環ちゃんで、自分も気ぃ遣われた側の癖に偉そうなこと言わない」

「え、そうなんですか」

「そうなんじゃないの。知らないけど」

魔法少女扱いされて機嫌の悪い由奈は、実に雑なフォローをバラ撒(ま)くのであった。

「シノブ」

「忍(しのぶ)さん」

「……いいだろう。君たちも隣で見ていろ」

「はい！」

「はーい！」

無邪気なのか能天気なのか、はたまた覚悟を決めた上での戯(たわむ)れなのか。

エルフ服の異世界(アリエル)エルフとタイベックスーツの環(たまき)は、ご立派をばるんばるん揺らしながらハイタッチを交わしかけ、手袋の危険性に気付き、ギリギリで接触を避けるのだった。

「言われちゃいましたね、忍センパイ」

「そうだな」

「まさかとは思いますが、大久野(おおくの)島で虐(いじ)め過ぎちゃったかなーとか、後悔してる感じですか？」

「俺は必要なことを必要なだけ、必要な方法で伝えてきたに過ぎん。元よりそれ以上の苦しみを与えたいとは考えていなかった。それだけだ」

「へぇ。じゃあ私には？」

「君は俺の言うことなど聞かんだろう」

「まあ、そうですね」

「……右ポケットにスマートフォンがある。ページ繰りに集中するので、撮影を頼めるか」

「承知しました」

言われた通りスマートフォンを取り出し、当然のようにロックパターンを解除する由奈。

忍が文句を言わないのは不満がないのではなく、無駄な労力を使いたくないだけである。

■■■■■■■

昭和□八年□月□日耳□特□隊詳報

■■■■■■■

「ニホンゴではないので、ワカリマセンネ」

「紛れもなく日本語だ。紙面の劣化も皆無ではないし、達筆過ぎて読めん文字もあるが」

「フムー。でもアリエルには、チンプンカンプン」

「環ちゃん、文系って言ってたよね。どう？」

「いや私、古文だけはちょっと……」

「カタカナ交じりの現代文だぞ」

「忍センパイひどい。女子高生虐めて何が楽しいんですか」

「あ、いえ由奈さん、私のお馬鹿が原因なので……」

「あまり時間をかけたくない。画像を撮っているし、今は要所だけ読み飛ばそう」

「アイ」

■■■■■■■

耳長□ハ□□フ□地□収□ルナリ
□□大久野島□十四名□セルコト□アリ
耳長監視任務九名　研究任務二十二名
耳島□□施設へ逗留シ□□従事ス

■■■■■■■

「……耳長で、耳島。耳神島はハズレみたいですね。そしてこっちもセンスがない」

「ミミー」

「業務日誌とはいえ、秘密の研究なのに、暗号とか使わないんですね」

「ありのまま伝えられたほうが、却って混乱を誘うと考えるが」

「ミミー」

「はいはい。長い長い」

■■■■■■■

昭和□八年□月七日耳長特□隊□報

呉駐屯□□リ□耳長□牡蠣□□□籠受領ス
□□耳長□□牡蠣□口へ□拘束□□
逗留□□糧食□□豆七□受領ス
牡蠣食ヒタシ□涙□□者アリ
漁□□□秘匿□□サレジ□□空腹アリ
□□病□□耳長□牢□□地下□□閉ス

■■■■■■■

昭和□八年十□月二十日□長特務隊詳報

□□□屯地ヨリ□耳長用牡蠣□□籠受領ス
地下□□拘束□耳長□へ生牡蠣顎へ没入セシメル
苦悶□□□ルモ四肢□□抗フ事無□
□□殴打□□□□耳長□□無シ
監視□□□蠣□食フ□在リ
営倉□□□禁□□□□常無シ
耳長□□□大久野島□□□村□□

■ ■ ■ ■ ■ ■ ■

「牡蠣(かき)って……牡蠣ですよね。アリエルさんが嫌いな」

「アワワワワとなりますので、ニガテですね」

「折しもここは広島が近い。戦時中とはいえ、それなりに牡蠣が手に入ったのだろう」

「正気ですか？」

「何が」

「この内容そのまま信じるなら、耳神様(みみがみさま)の口に牡蠣突っ込んで拘束してました、って話ですよね。なんの冗談だって話なんですけど」

「冗談でなどあるものか。そもそも牡蠣を食う習慣のない、ましてやその体質上、口にするだけで四肢が麻痺するやもしれん耳神様の口腔に、牡蠣を詰め込む絵面を想像してみろ」

「はぁ」

「常人に例えるなら、ドブネズミの内臓を押し込まれるような苦痛を終始与えられていたことになる。あまりに残虐な拷問だと言えないか」

「……」

「擁護はしないが、極限状態はしばしばヒトの判断を歪める。彼らも必死だったのだろう」

「……アリエルさん、大丈夫ですか？」

「はい。続きを確認しましょう、シノブ」

■■■■■■

昭和□八年□二月十三日耳長特務隊詳□

□長□□髪切断□シメルコト□□シ
歩□銃発□ノ□ト数□イ□ルノミ
耳神□□苦悶□傷□ル

不気味□□三□□ル蹴□□エシ□

■■■■■■■

昭和□九年一月□□日耳長特□□詳□

耳□四肢動□事□ワジ然□□逆□□ワジ
刃□□髪□□ラヌ故□薄皮□□剝グ
食ハム事□□奪□□悪鬼ノ如シ
アナ恐シ□□耳長□□捌□□ワジ

■■■■■■■

昭和□九年二月四日耳□特務□詳報

□□劣悪□□地下□牡蠣□□腐□ス
□タニ□駐□地ヨリかき剤□□配給□

かき剤□□地下□耳長□重□□
因テ人員□減□ヨリ糧食満□□
飢□□無シ　懸□□サルコト□□□シ

■　■　■　■　■　■　■

「かき剤とはなんでしょう、シノブ」

「分からん。かき剤に関する記述が少な過ぎる」

「あ、私分かったかもですよ」

「聞かせて、環ちゃん」

「大久野島では、きい剤とかちゃ剤とかいう化学兵器を作ってたって、展示にありました」

「そうだな」

「じゃあその関係ですよ。黄色の黄剤、茶色の茶剤、カーキ色のカーキ剤」

「知るべきは語源ではなく用途だ。何故この島に運び込まれた」

「あ……すみません、そこまでは分かりません」

「……いや……そうだろうな。少し動揺していた。すまない」

「大丈夫です。それより先読んでみましょう。何か分かるかもです」

「ああ」

朽ちかけた勤務日誌は、〝耳島〟の異様をおぼろげに忍たちへ伝えた。

〝耳長〟の研究は遅々として進まず、削減され続ける人員。

島内の規律が乱れ始め、部隊員らへの懲罰に関する記述が増える。

中には島からの逃亡を図り、そのまま銃殺された者もいたらしい。

もっとも、この冊子が真実を綴ったもので、解読が正しく行われているならば、の話だが。

「一ノ瀬君はどう考える」

「印象だけの話で恐縮なんですけど、なるべくしてそうなった、って話じゃないですか？」

「その心は」

「太平洋戦争中の日本って、資源不足に人員不足、兵器開発も遅れてるし味方も少ないで、八方塞がりだったみたいじゃないですか。ご飯もないし待遇も悪い、こんな島に閉じ込められて得体の知れない何かの研究なんてやらされてたら、誰だって頭おかしくなりますよ」

「成果はなかったと？」

「ええ。あったら勝ってるんじゃないですか、日本」

「……」

忍の歯切れが悪い理由。

勤務日誌に記されていた、一番最後のページの内容。

■■■■■■■

昭和二〇年□月四日耳長特務隊詳報

最早一□□猶予□無シト判□セシメル

皇国ノ興亡□□□□シ□□ニアリ

耳長□□耳□削ギ落シ□□ントス

耳短シ耳長□□□流シ□□□ル事□□

皇□□□呪□□アリ

■■■■■■■

謎(なぞ)の島の真実は、未(いま)だ厚いベールに覆われている。

◇◆◇◆◇◆◇

業務日誌の部屋を出て探索を続け、暫し後。


施設内の探索はもうすぐ終わる。

残されているのは、島中央部に位置する深層への下り階段。

そしてもうひとつは、今現在忍たちが調べている、四畳半くらいの広さがある部屋。

……の中で見つけた、扉を固く閉ざしている〝それ〟であった。

「開きませんね」

「でも、絶っ対大事な物入れてる感じの金庫ですよ。開けずに帰ったら来た意味ないです」

「……そうだな」

朽ちた本棚の陰、壁を刳り抜き埋め込まれていた、高さ1メートルほどの大型金庫である。

表面には鍵穴、ハンドル、ダイヤルに加え、謎のボタンが数十個整然と並んでおり、破壊用の工具があったとしても楽には開けられないだろう。

真っ黒に塗られた風格あるマットな表面は、汚れこそあるものの錆び付いてはおらず、内容物を厳然と守り続けているのであろう、その堅牢さが窺える。

環に言われるまでもなく、この施設で最も大事な物を隠している雰囲気を纏う、怪し過ぎるブラックボックスであった。

「……アリエル、どう？」

若干及び腰になりつつも、開けないことには仕方がないので、アリエルに話を振る由奈。

思い返してみれば、荒熊惨殺砲の件はおろか、広島平和記念公園を消し飛ばす埃魔法の件も、屏風の描写やアリエルの説明があっただけで、忍たちは実際の破壊を見ていない。

しかし当の異世界エルフは、心持ち誇らしげな笑顔を返した。

「アリエルにお任せです。チョチョイのチョイで、チョイします」

「あ、できるのね……」

「頼もしいが、内容物が化学兵器や爆発物の可能性もある。手荒な真似は避けたい」

「ボン!! ではダメでしょうか」

「ダメですね。この蝶番……じゃなくて、扉だけ壊す感じでどうにかなりません？」

「ではそれでいきましょう。チョイです」

アリエルは何度か金庫の表面を撫でた後、右の人差し指を立て、先端を銀色に輝かせる。

指先を鋼鉄製とおぼしき扉に沿わせると、まるで石鹸の泡に差し込むかの如く軽々と刺さり、ひとたび指を動かせば、触れた部分が音もなく溶け消え、まっすぐな軌跡を描いてゆく。

「……溶鉄一文字」

環の狂った呟きは誰の耳にも届いていたが、誰にも相手にされなかった。

仕方あるまい。

今は皆、とても忙しいのである。

「もうチョットで取れます。避けてください」

「ああ」

「はいはい」

「……はーい」

外枠と接する部分を削りに削られ、支えを失った鋼鉄の黒扉が、音を立てて地面に倒れる。

さらに内側にあった薄い鉄扉を削り外すと、中から小さな桐箪笥のようなものが現れた。

「わあ。すっごく綺麗に残ってますね」

「総桐の箪笥は火気にも湿気にも強く、その気密性は箪笥が焼けても中は焼けずに残るそうだ。さらに虫も付きにくいので、美術品等を永年保管するには、桐が最も向いた用材らしい」

「これもチョイとしますか?」

「これは大丈夫だと思うけど……忍センパイ、どうします?」

「俺が開けよう」

忍はアリエルの傍らへ歩み寄り、片膝をついて桐箪笥の引手を掴み、ゆっくりと引く。

「……」

「……」

「……なんですか、これ?」

「……フムー」

収められていたのは、くすんだ輝きを見せる、ひと房の金髪らしき何かと。

ガラス瓶に収められたセピア色の液体に浮く、白くて小さな何か。


金庫の調査を終えた忍たちは、探索した中でも一番広く崩落も少なかった、十畳間ほどの広さがある部屋へと戻り、その中央で身を寄せていた。

「これくらいでダイジョブです。ちょっとの間、動かないでください」

アリエルが右手を挙げると、纏っていた羽衣がふわりと広がり、天幕のように周囲を包む。

このまま移動はできないだろうが、腰を下ろして休憩するには丁度良い領域が確保された。

「こうすると、羽衣の中の空気がとってもダイジョブになるのです。お話をするのにも、ドッコイショするのにも、けっこうウレシー」

「え、じゃあマスク取っても平気なんですか？」

「ユナのクリシュナーと同じ感じになっているので、ダイジョブじゃないでしょうか」

「わーい!!　……すぅー、はぁぁ……えほっえほっ、す、涼しーい！」

ゴーグルとマスクを外し、タイベックスーツを半分脱いで、思う存分空気を満喫する環。

タイベックスーツはその構造上、外気から身体への悪影響をそれなりにガードしてくれる半面、内側の湿気やら温度についてもそれなりにしか外へ出してくれない。

必然、スーツの中は蒸れっ蒸れであり、運動能力にも劣る環はメンバーの中で最も疲れ切った上、汗びっしょりなのであった。

「アリエルに湿気を剝がして貰うといい。水分補給も忘れんようにな」

「うぇ、それはさすがにちょっと」

「剝がした汗を飲めという意味ではない」

「ですよねー」

軽口は、環なりの気遣いなのだろう。

ただ状況が状況だし、本人もそういった気遣いは不得手なので、効果はいまひとつである。

「こく……んく。し、忍さんもいかがですか？」

「俺は構わん。一ノ瀬君、撮影を頼む」

「はい」

女子高生との間接キスチャンスをさらりと流した忍は、ガスマスクを取る暇も惜しいとばかり、金庫から出してきた物の片方を手に取る。

長さ30センチ程度の金色の毛髪らしき何かが麻ひもで括られ、太さ直径1センチほどの束になっている、謎のアイテムその一である。

断面は綺麗に揃っておらず、平穏に採取された印象ではない。

「何か感じられるか、アリエル」

「いえ。しゃぶってモシャモシャすれば、魔力っぽい何かが出てくるかもしれませんが」

「忍センパイ。アリエルの気持ちを考えてください」

「させるわけないだろう。君は俺をなんだと思っているんだ」

「機械的な外道」

「……御原君、やはり水をくれるか」

「ひえっ!? ……あ、飲むんじゃない感じですね、はい、すみません、どうぞ」

忍は環から受け取った水を地面に流し、金髪らしきものを一本抜いて水溜まりに浸す。

少し待ってから引き上げると、艶を喪ったそれは、朽ちて空中に溶け、消えてしまった。

「アリエルの頭髪と同じ反応を示した。異世界エルフの体毛と見ていいだろう」

「わ、わ、凄いじゃないですか。これで耳神様は、異世界エルフで確定ってことですよね?」

「あぁ……うーん……そうなんだけど……」

「……こちらの話か」

忍がもうひとつ手に取ったのは、金庫の中にあった、くすんだ色のガラス瓶。

ホルマリンと見られるセピア色の液体の中に、はっきり言ってしまえばアリエルの耳の形と似通った、青白い何かが浮いている。

他に分かることといえば、断面と形状からして、これは右耳であろうと察せられた。

由奈や環も恐る恐るといった様子で、忍の背後からガラス瓶を覗き込む。

「忍さん、これってやっぱり……」

「業務日誌最終ページの記載を信じるなら、耳神様の耳の肉片だろうな」

「ですよね。じゃあ今の耳神様は、片耳だけ長い感じなんでしょうか」

「ちょっと楽観的じゃない？　右を切ったら左も切るでしょ、普通」

「ええ……だって、耳なんて切ったら痛いですよ。せめて片方だけにしましょうよ」

「その辺考えられる人たちなら、そもそも片方すら切らないかな。絶対切ってるでしょ両方」

「アリエルは分かりました！　片方は誰かが食べてしまったのです。もう片方はここにありますが、アリエルは食べたくありません」

「アリエルさん怖いです。怖っ」

「あんた時々発想が物騒」

「だが、最も正鵠を射ているかもしれん」

「「えっ」」

突然の中田忍に、由奈と環がドン引いた。

「業務日誌から読み解くに、研究は相当行き詰っていたのだろう。人魚の肉を食らい不老不死を得た八百比丘尼のように、超自然的な存在の血肉を食らって神力を得ようとするほど暴走していた可能性も否定し切れん」

「じゃあ、右耳っぽいパーツしか残ってないのは……」

「……」

忍は何も言わない。

昨晩からろくに食事をしていないはずなのに、軽い吐き気を覚える由奈であった。

「ちょっと待ってください、忍さん」

「どうした」

「忍さんの推論で行くと、耳神様はこの島で死んだってことになるんですか？」

「可能性は低くないと推察している」

「だったら、ナシエルってなんなんでしょうか」

「……奴か」

心底不機嫌そうな悪態。

中田忍は本当に、ナシエルが気に食わないのだ。

一方、考え方の方向性は似ながらも、忍ほど倫理観の凝り固まっていない環は、比較的フラットな視点から物事を分析する傾向にあるため、蟠りなくナシエルの名を口にする。

「私は、ナシエル＝耳神様かもって仮説、結構自信持って推してたんです。逆に、もし耳神様がもう死んでるなら、ナシエルって本当になんなの？　ってことになっちゃいません？」

「耳神様は生き延びたが、ヒトを恐れるが故に、自らの存在を秘してアリエルを援助したと？」

「……生きてて欲しいっていう、甘ったれた考えなのは分かってるんですけど」

「うーん……ナシエルの正体はともかく、耳神様が生きてるって見立ては無理筋じゃない？」

「何故だろうか」

「簡単な話ですよ。この施設が、あまりにも綺麗に残り過ぎてるからです」

「汚いですよぉ。由奈さんも、変なシミがいっぱいあるって嫌がってたじゃないですか」

「そういう意味じゃなくてね。監禁された耳神様が生きてここから出るには、自力でなんとかするにしろ、誰かに助けてもらうにしろ、詰めてた軍人をどうにかしなきゃいけないでしょ。だけどこの島には人骨どころか、戦ったような跡すら残ってないの」

「話し合いで円満に出して貰った可能性は……ないですよね」

「ええ。その前提で考えると、耳神様は研究の成果が出ないうちに何かの原因で死亡。施設存続の意味自体がなくなって、丸ごと放棄されちゃったってほうが、いくらか自然じゃない？」

口々に意見を述べ合う環と由奈。

だが、ふたりの真意が少しだけずれた位置にあることを、忍はおぼろげに感じ取っていた。

そして、アリエルも。

「タマキ、ユナ、少しおかしいです」

「えっ」

「何が？」

「アリエルたちはまだ、一番深そうな階段の下を調べていません。終わりの意見を出すのは、全部を見てからにするのが良いのではありませんか？」

「……」

「……」

「アリエル」

「はい」

「ヒトの心は、誰しも差はあれナイーブだ。無意識にとはいえ、向き合いたくない問題から目を逸らしたい彼女らを、あまり責めないでやって欲しい」

「フムー」

小首を傾げるアリエル。

だがまあ、仕方のないことなのだ。

断片的かつ残虐な雰囲気を纏う物証が見つかり、いよいよ現実的な猟奇と狂気を浮かび上がらせてきた、旧日本軍の秘匿研究施設。

その最下層へ踏み出すとなれば、流石の由奈や環といえど、無意識に二の足を踏みたくなっても仕方あるまい。

いち異世界エルフと、ひとりが例外なのだ。

自ら打ち立てた目的と使命感に燃える異世界からの来訪者、河合アリエルと。

その決意に寄り添い、為すべきを為すと誓った人類代表、中田忍が。

◇◆◇◆◇◆◇

「この先、ちょっと急になってます」

「身を低くして進もう。壁に手は突くなよ」

「了解です」

「はーい」

「……はい」

「どうした、アリエル」

「なんでもないです、アリエルです」

「ふむ」

深層への階段は他の区画と異なり、明確に人の手入れが少ない。

階段こそ平らに加工されてはいるものの、壁面などは自然の岩肌がそのまま剝き出しになっており、下手に触れれば怪我をしたり、崩れる可能性もなくはない。

打ち込まれた環ボルトに手すり用ロープが通っていたが、それは八十年ほど前の遺物。

体重を預ける気には、到底なれないのであった。

「そう言えばアリエルさん、例のイヤな感じはどうですか？」

「……」

「アリエルさん？」

「……ホァ。イヤな感じは、よく分からないままです」

「上より下のほうが強いとか、そういうのもないんでしょうか」

「上にいたときのほうが、むしろ強かった感じかもしれません。階段を下りていくにつれ、感じる感じがふわっとしていくようです」

「……なんか、あんたもふわっとしてない？」

「埃魔法の使い過ぎで、消耗しているのではないか」

「ダイジョブです。アリエルのおっぱいはおっきいです」

「ならば良い」

忍が話を打ち切ったので、純白の小指を振り撒きつつ、由奈はアリエルの心を想う。

口ではなんと言おうとも。

やるべきことだと、息巻いていようと。

辛くないはずはないのだ。

耳神様の末路を。

ヒトの残虐な所業を。

追い続け、思い知らされることが、辛くないはずはないのだ。

故に、由奈は先頭を進む。

恥辱の極みとしか言いようのない魔法少女の衣装を纏い、アリエルの足元を照らし、導く。

と。


「……うん？」

「どうした、一ノ瀬君」

「なんかちょっと……あら。この先、行き止まりみたいなんですけど」

「なんだと」

「奥まで照らしますね」

由奈が〝法閃華〟を大振りに振り翳し、進む先をぼんやり照らし出す。

階段を降り切った先は十二畳大程度の部屋になっており、確かに三方が塞がっていた。

「……何もない、ってことはないですよね」

「一ノ瀬君、もう少し明るく照らして貰えないか」

「そうしたいのは山々なんですが……これ、出力は一定なんですよね」

「ふむ」

一応懐中電灯の用意もあるのだが、それこそガスの溜まりやすいであろう地下のドン詰まりで、需気火花を出す恐れのある懐中電灯を使うのも憚られるところだ。

光の綿毛が溜まるまで待つか考えかけて、忍はより単純で確実な解決方法へ思い至る。

「アリエル。光の綿毛を出してくれないか」

「おぉー。ご本人登場ですね」

「モノマネ芸人扱いしないで貰えるかな。浄かれたい？」

「ひぇー」

戯れの純白の小指もどきに浄かれかけた邪悪な環が、ふと気付いた。

「……あれ、アリエルさんどこですか？」

「え？」

時を同じくして、部屋の隅、床の一角が光り始める。

その傍らにしゃがみ込んでいるのは、異世界エルフ、アリエル。

「驚くだろう。急にどうした」

アリエルの傍らには、70センチメートル四方程度の穴が開いていた。

光が漏れているのは、穴の内側から。

アリエルが自ら光の綿毛を出して、穴の中を照らしていたのだと、忍はすぐさま理解した。

だが、その直後。

「……アゥ」

ふらっ　　　　　どすっ

揺らぐ光、鈍い音。
姿を消した、異世界エルフ。

「アリエルさんっ!?」
真っ先に叫んだのは、御原環であった。
聡い彼女は、目の前で起こった現実のすべてを、正しく認識していた。
即ち。
しゃがみ込んでいたアリエルが、突然ふらりとバランスを崩し。
頭から穴の中に落ちていった事実を認識し、悲痛な叫び声を上げたのだ。
だが、それだけだ。
環がやったのは、ただ声を上げるだけ。

本当に意味のあることは、何ひとつできなかった。


代わりに動いたのは、中田忍。

声すら上げず、アリエルの落ちた輝く穴に向かって、全速力で駆け出そうとする。

しかし。


「ダメっ!!」

「が……っ!?」


突然後方から衝撃を受け、バランスを崩して腹から倒れる忍。

身体を捻り振り向いたその先では、由奈が必死の形相で忍に抱き付いていた。

「一ノ瀬君、なんのつもりだ」

「行かないでください、行かないでください、行かないでください！」

「だから何故！」

「異世界エルフの魔法でも防げない毒ガスのせいだったらどうするんですか。今行ったら、忍センパイまで死んじゃうじゃないですか」

「もしそうだとすれば、今行かなければアリエルの命はない。ならば俺は、命を賭してでもアリエルを助けねばならん。君たちは上層まで避難していろ」

「嫌です」

「ではせめて俺を離せ。最早一刻の猶予もない」

「嫌ですっ!!」

「一ノ瀬君ッ!!」


「なんでっ！

なんで忍センパイがそこまでするんですかっ!!

なんで忍センパイが、そこまでしなくちゃいけないんですかっ!!」


果たして由奈の絶叫は、中田忍に届かない。

忍は由奈に答えず、強引に束縛を引き剝がし、アリエルの落ちた穴へと駆け寄る。

「無事か、アリエル！」

穴の中には、深さ3メートル、広さ三畳分程度の空間が広がっていた。

光の綿毛で照らされたその底面には、虚ろな表情のアリエルが横たわっている。

「返事をしろ、アリエルっ!!」

とっさに辺りを見回せば、傍らの床面に錆の浮いた梯子が転がっている。

恐らく当時も、この梯子で穴の底へと出入りしていたのだろう。

劣化のほどは気になるが、この際贅沢も言っていられない。

「君たちは車まで戻れ。一時間で戻らなければ、俺とアリエルのことは永遠に忘れろ」

立ち尽くすばかりの環と、呆けた様子で座り込む由奈。

言葉が届いているかは怪しいものだが、今の忍にそれを確認する暇はない。

戻るための梯子を降ろしながら、忍は穴の中に身を躍らせる。

「どこか痛むのか。なんでもいいから答えろ、アリエル」

横たわるアリエルを抱き上げ、意識を切らさないよう呼びかけながら、外傷の確認。

傷や出血は見当たらないが、アリエルの様子がおかしい以上、それは脳か、脳に準ずる器官が直接ダメージを受けた可能性を示唆するもので、なんの安心材料にも数えられない。

意識が戻るまで安静にさせるか、危険を承知で移動させるか、忍がギリギリの判断を下そうとする最中、アリエルが緩慢な動きで首を動かし、忍を見上げた。

「……シノブ」

「大丈夫、大丈夫だ。どこか痛むところはないか」

「……」

震える手で、傍らの地面を指さすアリエル。

そこにあったのは、汚水のような何かで書かれた、ヒトに馴染みのないカタチの羅列。

「これは……エルフ文字か」

「アリエルは……そうだと、かんがえています」

「耳神様の痕跡など、本質的には些末な問題だ。安全と生存を第一にと言ったろう」

「……そういうわけにも、いきません」

「仮に耳神様が気の毒な同族であろうと、所詮はお前自身ではない。お前はお前自身の尊厳を理解し、この世界でお前の生を全うする権利と義務がある。その順番を見誤るな」

「シノブのいうこと、わかります。だけど、アリエルは……きになるのです」

「気になる？」

「いえ……あぁ……うぅん……えぇと……わからないです。でも、アリエルはきになります。きになりますから、アリエル、は……」

トサッ

震えていたアリエルの手が力を失い、地に落ちた。

◇　◆　◇　◆　◇　◆　◇

それから数時間後、〝耳島〟の車両着陸場所付近から分け入った、鬱蒼と茂る木々の中。

隙間から見える遠くの空が緋に染まり、夜の帳の訪れを告げていた。

——限界か。

忍はエルフの羽衣に枯れ枝を包んで背負い、通るかもしれない夜の船へ自分たちの存在をアピールする、大事な焚き火の下へ戻る。

忍が使っても魔法的な補助はない羽衣だが、破れない布というだけで十分有用であった。

「あ、忍さん。お帰りなさい」

「車にいろと言った筈だが」

「……すみません」

焚き火の傍には、申し訳なさそうに体育座りをする環。

忍はそれ以上追及せず、火を囲う環の隣に腰掛けた。

「枝、もう少し拾ってきましょうか」

「じきに陽も落ちるし、明日の朝までは保つだろう。それより先に助けが来ればいいんだが」

「漂流の言い訳、思い付いたんですか?」

「難航している。車は空を飛ばないからな」

「ですよね」

こんな時でも仏頂面の忍に、環は思わず微笑んでしまう。

だが、その微笑みもすぐに消える。

「アリエルの様子はどうだ」

「助手席を倒して寝かせてます。本当に寝てるんじゃないかと思うくらい、普通に見えます」

「一ノ瀬君はどうだ」

「分かりません。話もしてくれるし、アリエルさんのことも看てくれてるし、変なところはないんですが。それって逆に変なんじゃないかって、思うんですけど……」

「……そうだな」

「……」

長い沈黙。

やがて陽は沈み、重い闇が横たわる。

互いの表情も、見えなくなるほどの。

「……業務日誌に、かき剤ってありましたよね」

「ああ。君はカーキ剤と言っていたな」

「今更なんですが、それ、間違いだったと思うんです」

「間違いとは」

「アリエルさんが倒れたのは、正にかき剤のせいなんじゃないかな、って」

「……ふむ」

「アリエルさんが落ちた穴の中、放射線量計測器と空気質測定器には、なんの反応もなかったんです。魔法少女衣装で身を守ってた由奈さんにも、身体の異常は現れませんでした」

「そうなると、原因は穴の環境でなく、アリエルの内にあると考えるのが自然ではないか」

「もちろんそれも要素ですけど、あまりに唐突だし、耳神様を幽閉していたであろう地下の最下層で起こった話です。業務日誌の内容から考えても、場所が無関係とは考えられません」

「では、君はどう考える」

「例えば、耳神様拘束用の牡蠣が手に入りにくくなった日本軍が、牡蠣の組成や成分から異世界エルフにだけ有害なかき剤を作って、あの部屋に流していたんです。空気より重いかき剤はずっと地下に立ち込めていて、アリエルさんに牙を剝いたんじゃないかな……なんて」

「天然ガスなどは、数万年単位で地面の下に滞留している。かき剤の正体が君の考えた通りならば、俺たちだけが無事だったことにも説明をつけられる。悪くない推論かもしれん」

「……うん、きっと、きっとそうですよ。だから空気の綺麗なところにいれば、アリエルさんはもう大丈夫なんじゃないかなって――」

「いや、君の言うとおりなら、事態は依然深刻だ。前は俺と義光で吐き出させたが、今回は有害成分そのものを体内へ取り込んでいることになる。何をどうすれば治せるのか、皆目見当が付かん。その後の見通しが立たんとしても、まずはこの島を出なければ始まらない」

「……ですよね、やっぱり」

環の声色は暗い。

島を出たとしても、身体の構造がヒトと異なるアリエルを、病院に連れてはいけない。快復させてやれるのか、そもそも快復する類いのものなのか、忍たちに知る術はないのだ。

「些末ごとは俺がどうにかする。君は暫く休んでおけ」

「私は元気です。お手伝いさせてください」

「気持ちはありがたいが、君たちに車内を使わせる以上、どのみち俺に居場所はない。合理的に考えて、火の番は俺がすべきだろう」

「じゃあせめて、水とお菓子は貰ってください。全部私たちにくれたの、知ってるんですよ」

「要らん」

「忍さん！」

「役割分担と考えて欲しい。車内のアリエルと一ノ瀬君を見守り、俺に何かあれば代わりを務めて貰う。そのときまで体力を保たせるため、栄養と休息は君が取れ。できるな」

「……できます」

「ありがとう。宜しく頼む」

「はい」

一礼し、懐中電灯の光を頼りに歩み去る環。

その姿を最後まで見送った後、忍は小さく嘆息する。

日の差さない地下とはいえ、息の詰まる未知の廃墟を半日歩き回った消耗は如何ともしがたく、軽い眩暈と脱水症状に襲われている事実を、忍は正しく自覚していた。

だが、やらねばならないことは数多い。

漁船に訴えかける、海岸線での焚き火の維持。

助けが来た際の言い訳の検討。

バッテリーがすべてなくなる前に、スマートフォンの電波を拾える場所がないかの探索。

遭難が長期化した場合に備えた、生存戦略の策定。

思い通り身体が動くうちに、どれだけのことをやれるだろうか。

「……」

焚き火の炎が安定したことを確認し、忍は静かに目を閉じる。

眠ろうとしているのではなく、外部からの情報を可能な限り遮断し、消耗を抑えるためだ。


今は、蒸し暑い真夏の夜。

気力を保つためにも。

空腹を誤魔化すためにも。


アリエルへ責任を負わせてしまった自分に、後悔を抱かないためにも。

忍は目を閉じたまま、知恵の歯車を回転させ続ける。

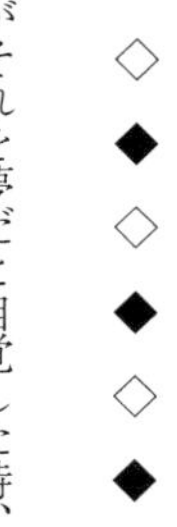

忍がそれを夢だと自覚した時、幼い〝忍〟は大きな樹の下で、懸命に穴を掘っていた。
手近な枝で固い地面をほぐし、汚れも厭わず、手掴みで土を外に出す。
〝忍〟の目線で見守る忍からは、〝忍〟の心情が読み取れない。
だが〝忍〟は、懸命に穴を掘っていた。
誰の助けも受けず、ただひとりで、一生懸命に、掘っていた。

そんなとき、唐突に〝大人〟が現れた。

『――』

『すみません。すぐ止めます』

『――』

『えっ……』

『――』

『……』

『──』

『……お墓を、作っていました』

『──』

『僕が飼っていた、ハムスターです』

『──』

『お母さんは、燃えるごみの日に出しなさいと言いました。僕は庭にお墓を作りたかったのに、お母さんはすごく怒りました』

『──』

『いえ。全然知らないところです』

『──』

『……お母さんの知らないところなら、怒られないと思ったんです』

『──』

『知りませんでした』

『──』

『すみません。やっぱり、すぐ止めますから……』

『──』

『えっ』

大きくて暖かな気配が、〝忍〟の隣に感じられる。

そして幼い〝忍〟よりも力強く、地面に枝を突き立てる〝大人〟。

『どうして、ですか』

『――――』

『僕のハムスターなのに』

『――――』

『……でも』

『――――』

〝大人〟は黙々と、地面に枝を突き立てる。

戸惑い、遠慮がちだった〝忍〟も、やがておずおずと加わる。

『ありがとう、ございます』

『――――』

『僕はしのぶです。まんなかのなかに、たんぼの田。忍者のニンで、なかたしのぶです』

『――――』

『……あなたは？』

幼い〝忍〟が照れくさそうに、〝大人〟の顔を見上げようとした、その瞬間。

パシャッ

「ぬ」

闇の中。

目の前には、煌々と燃える焚き火がひとつ。

そして。

「あ、起きちゃった」

顔を上げた忍の傍らには、悪戯っぽく笑う一ノ瀬由奈が立っていた。

既に魔法少女衣装から、普段の服装に着替え終わっている。

「……何故君がここにいる」

「目が覚めちゃったから、忍センパイの様子見に来たんですけど……お休み中だったみたいなので、寝顔を撮らせていただきました」

「分からん」

「何がでしょう」

「俺の寝顔を撮る意味が」

「何かの備えになるかと思いまして。ことあるごとに撮り溜めてるんです」

「俺の家に泊まる都度、そのような真似をしていたのか」

「いえ。もっともっと、ずーっと前から」

「馬鹿を言うな。アリエルが現れるまで、君の前で寝姿など晒したことはないだろう」

「あ、やっぱり気付いてない」

「やっぱりとは」

「忍センパイ、ひとりで残業してるときとか、ぼーっと電車に乗ってるときとか、結構うたた寝してるんですよね。いきなり何事もなかったかのように起きるし、自分ではあんまり気付いてないんだろうなーとは思ってましたけど」

「冗談も大概にしてくれ。俺がいつうたた寝など――」

「ほら」

由奈が示したスマートフォンの画面には、バラエティ豊かな忍の寝姿が映し出されていた。

これには忍も、些か動揺する。

――ここまで一ノ瀬君へ隙を晒して、俺はよく無事にいられたものだ。

「こっちは仕事中、こっちは残業のとき、こっちは……ああ、やっぱり残業のときが多いですね。無理せず早く帰ってちゃんと寝ればいいのにって、いっつも思ってました」

「言葉に出したことはなかったろう」

「その代わり、ちゃんと手伝って差し上げてたじゃないですか。ほら、このときも」

「ふむ」

由奈はスマートフォンをタップして、十一月十六日の撮影画像を呼び出す。

そして開いたのは、ビジネスコートを羽織り、電車の座席に腰掛ける忍の画像。

普段通りの仏頂面で、目だけを閉じて窮屈そうに眠っているのが分かる。

「アリエルが来る直前の奴です。覚えてます？」

「君が残務を手伝ってくれた。庁舎の前で別れたところまでは覚えている」

「私が忍センパイの最寄り駅まで、こっそり様子を窺っていたことは？」

「俺は知らんが、初めて君を家に入れたとき、君からそんな話を聞かされたな」

「疑うならこの画像が証拠ですよ。寝過ごしちゃわないかなって、心配してたんですから」

由奈は寂しそうに笑い、忍の隣に腰掛け、枯れ枝を焚き火にくべる。

炭になった燃えカスが崩れ、炎の先が少しゆらめいた。

「アリエルが来て以降の寝姿がないのは、より強い秘密を握ったためか」

「いえ。撮る機会がなくなっちゃっただけです」

「俺の寝室に侵入すれば、いくらでも撮れただろう」

「嫌ですよそんなの。布団で寝てる忍センパイの寝顔なんて撮って何が面白いんですか」

「布団にいない俺の寝顔とて、面白いことなどひとつもあるまい」

「面白いですよ。とっても」

「降参だ。俺にはさっぱり理解できん」

「諦めないでくださいよ。つまんなーい」

楽しそうに言いながら、由奈はスマートフォンの画面を消す。

忍もまた、それ以上を追及しない。


「……」

「……」


ここは秘密の無人島。

ふたりが黙れば、静寂が訪れる。

当然の帰結であった。

「意味分かんないですよね、私」

「そうでもない」

「たった今、理解できないって言ってたのに」

「画像を撮影する意味は分からんままだ。しかし己の心が乱れたとき、慣れ親しんだ行動(ルーティーン)を通じて自分を取り戻そうとする行動は、むしろ健全な精神活動の証左だと考える」

焚(た)き火を見つめながら、淡々と口にする忍(しのぶ)。

由奈(ゆな)はもう、ただただ絶句していた。

「忍センパイ」

「どうした」

「まさかとは思うんですけど、慰めてくれてるつもりですか?」

「事実を端的に述べたに過ぎん。含む意図など無きに等しい」

「〝無きに等しい〟と〝皆無〟は別の言葉だって、むかーし教えてくださいましたよね」

「ああ」

「慰めてくれてるつもりですか?」

「……そうだ」

「素直に言えばいいのに」

「素直に言ったら、君は聞かんだろう」

「ええ。今も恥ずかし過ぎて暴(あば)れそうです」

「火元が近い。自重してくれ」

「はい」

パチ　パヂッ　パチパチッ

揺らめく炎。

星明かりの闇(やみ)夜。


遠く響く、波の音。


「夢を、見ていた」

「え?」

「君に揺られ起こされるまで、夢を見ていたと思い出した」

「認めましたね。寝てたって」

「ああ。面目ない」

「別にいいです。それより、どんな夢だったんですか？」

「……」

「……？」

「笑わずに聞くと、約束して欲しいんだが」

「無理ですね。どんな夢だったんですか？」

「……」

たっぷり十秒は逡巡し、忍は天を仰いで嘆息する。

由奈はその様子を、愉しげに見つめていた。

「昔飼っていたハムスターの夢だ」

「へぇ」

「笑わないのか」

「別に。可愛いじゃないですか、ハムスター」

「ふむ」

「名前は？」

「プリエ」

「んぶッ」

一ノ瀬由奈が決壊し、女子力が虚しく飛散した。

「……ダメだろうか」

「いや……いえ、今のは私が悪かったです、すみません。でもちょっ……不意……不意にプリエ……っぷッ、すみ、すみませ、すみませんップ」

「当時の俺が、熟考の末に付けた名前だったんだがな。両親にも随分と馬鹿にされたよ」

忍の語り口に悲壮感はない。

淡々と、ただ淡々と、普段通りの仏頂面を纏うばかり。

それに気付いた由奈から、笑いの衝動が霧散する。

「……名前の由来、教えてください」

「小学四年生の誕生日を、暫く過ぎてからのことだ。誕生日プレゼントとして母親から一万円を貰った俺は、ずっと欲しかったハムスターを買いにホームセンターを訪れた」

「はい」

「狭い水槽に詰め込まれたハムスターは、どれも可愛かった。その中でも特にのんびりとした、一匹のジャンガリアンハムスターが俺の目を引いた」

「ええ」

「そのハムスターは、のそのそとこちらに歩み寄ってきて、まるで俺に飼って欲しいかのように立ち上がり、水槽のガラス越しに俺を見上げてきた」

「あら、可愛い」

「腹に両手を当てて、両足を変に突っ張った姿は、その少し前にテレビ番組で見た、バレエのドゥミ・プリエの動きにそっくりだった」

「なんですか、その……ドゥミ、なんとかって」

「この動きだ」

忍は仏頂面のまま立ち上がり、忍から見て左上に首ごと目線を向け、両掌を上に向け、ふともものの付け根に添わせつつ、がに股になって少しずつ膝を曲げてゆく。

だが、元が運動不足の中田忍。

壊れた機械人形が溶岩の海へ沈むような動きに、由奈はどうにか笑いを堪えようと努力し、

「んぶふッ!!」

あっさりと陥落した。

「可笑しいか」

「いやそりゃまあ……申し訳ありません。ただ今のズルいですからね？」

「ふむ」

ドゥミ・プリエもどきを止め、忍は由奈の隣へ掛け直す。

「異世界エルフが生きるか死ぬか、俺や君たちが助かるか否かの状況で、俺は火の番の最中、呑気にうたた寝をして、死んだハムスターの夢を見ていた。薄情だとは思わないか」

「いいえ」

「気遣いは要らん」

「忍センパイこそ、らしくない真似止めてください。私がアリエルを見殺しにしようとした事実も、忍センパイに見殺しにさせようとした事実も、今更消せはしません」

「業務日誌の閲覧中、極限状態はしばしばヒトの判断を歪めると話したろう。君も――」

忍の言葉は、中途で止まる。

頬に添えられた由奈の指先が、忍を強引に振り向かせ、語り続けることを許さない。

「きっと、おんなじなんですよ」

「おんなじとは」

「忍センパイにとっては、プリエちゃんも、異世界エルフも、おんなじくらい大事なんです」

「……しかし」

「忍センパイのそういうところ、嫌いじゃありません」

忍の頬を捉え、瞳を覗き込み、甘い台詞を吐く由奈の表情は。

今にも泣き出しそうなほど、悲しげであった。

「ねえ、忍センパイ」

「忍(しのぶ)センパイは、私のこと――」


ピピピピピピピピッ!!

ピピピピピピピピッ!!

ピピピピピピピピッ!!


「ひゃっ!?」

突然の電子音が、けたたましく周囲に鳴り響く。

「来たか!」

片や忍は興奮した様子で、いそいそと懐からスマートフォンを取り出す。

「え、ちょ、忍センパイ!?」

「喜べ一ノ瀬(いちのせ)君。助けが来たかもしれん」

「説明！　説明が足りない!!」

「百聞は一見に如(し)かず。これを見るがいい」

勢いのままに、忍は画面を由奈(ゆな)へと掲げる。

電波が死んでいるはずのスマートフォンには、信じられないものが映し出されていた。

【New Massage Connect〝直樹義光(なおきよしみつ)〟】

第五十話　エルフとハイパーリリーフ

時は少し遡り、八月二十二日水曜日、午前〇時二〇分。

中田忍冒険隊が耳島に着陸し、就寝前の菓子パに興じている頃のこと。

ゼミのチームに詫びを入れ、離脱の準備を進める直樹義光のスマートフォンが振動する。

ブルルル　ッ

「もしもし徹平？」

『おう。今高速乗った』

「突然ごめん。明日の仕事大丈夫？」

『どうにかするよ。それよか、ノブがヤバいんだろ？』

「かなりヤバいと思う。あくまで僕の見立てだけど」

『一応理由教えてくれ。早織への言い訳、今からまとめたい』

「了解。出発からここまでの旅程は、忍からメッセージで逐次入ってたよね？」

『おう。二十日月曜日の夜に広島入りできたから、二十一日は朝から大久野島探検、現地の天候は晴れ。でも目ぼしい資料が見つかんなかったから、とりあえず広島で一泊予定だった』

「そう。今日はもう、宿で寝るだけの筈なんだよ。でも、その後のメッセージがおかしい」

『『アリエルの案内で、瀬戸内海を飛んでいる。現地の天候は薄曇り』って奴だろ？』

「そう。もう宿に行くだけのはずが、アリエルちゃんの案内で瀬戸内海を飛んでるって、どう考えても変じゃない？」

『変だな。どう考えても』

「飛行機借りてるはずもないから、飛んでる手段は埃魔法で確定。一ノ瀬さんや御原さんに言及してないから、別行動してるわけでもない。となると多分、忍たちは皆で空を飛んでるはずなんだ。例えば車ごと、とかさ」

『……合ってるかどうかまだ分からんけど、とりあえずスゲぇなヨッシー』

「忍のことだからね。ある程度の予想はつくよ」

『けど、それ位なら放っといてよくね？　もう夜中だし、こっそり飛んでりゃバレねぇだろ』

「まあ聞いて。徹平はメッセージの後、忍に電話掛けた？」

『掛けてねーけど……もしかして』

「かれこれ四時間、ずーっと圏外」

『……』

「……」

『ヨッシー』

「何？」

『急いでも無駄だったりしねぇよな？』

「あぁ、多分平気。ＧＰＳの反応はずっと追えてて、今は香川県寄りの海上で止まってるみたい。地図にない無人島にでも降り立ったのかな」

『ちょっと待ったヨッシー』

「はい」

『色々分かんねぇから、俺の聞く順番で易しく説明しろな』

「うん」

『なんでＧＰＳとか追えんの？』

「あぁ、徹平（てっぺい）追えないの？」

『たりめーだろ。スジモン（ヤクザ）の囲い込みじゃあるまいし、そんな悪いことしねぇよ』

「僕は忍（しのぶ）との取り決めで、お互いのスマホのＧＰＳ位置を探索できるアプリ入れてるんだよ」

『だからなんでだよ……』

「アリエルちゃんが攫（さら）われたりとか、それこそ今みたいなときの為（ため）でしょ」

ちなみにスマートフォンの仕組みとして、利用者のスマートフォンに悪意的なアプリを仕込むことができれば、そのスマートフォンの現在地や通話履歴などを他の情報端末へ転送し一方的に監視できるため、一部の反社会的勢力やお行儀の悪いカップルの片割れが、監視対象やパートナーのスマートフォンにそういうアプリを仕込む事案が現実に起こっている。

おかしな手を加えられる覚えがなくとも、定期的なセルフチェックは大切なのであった。

『でもヨッシーだけってのはずりーだろ。俺だけ除け者かよ』

「……知らないけど、徹平はすぐスマホ壊したり失くしたりするからじゃない？」

『ヨッシー、そういうの正論による暴力って言うらしいぞ。気を付けろよな』

「え……うん、ごめん」

『いいってことよ。で、スマホ繋がらないのにGPS追えんのはなんで？』

「それは……説明ちょっと複雑だから、『人工衛星がすごい』ってことにしてくれない？」

『……よしよし、よく分かった。ノブたちは何かしらのとんでもねぇ事態のせいで、スマホも繋がんねぇ秘境に飛んでっちまったんだな。そこでえらくヤベェことになってたらアレだから、バッと行っていい感じにカバーしてやろうってわけだ』

「うん、後半ふんわりし過ぎだけどまあいいや。そんな訳だから悪いんだけど、瀬戸内海のほうに向かう途中で、僕を拾ってって欲しいんだよね。今はフィールドワークの拠点付近だけど、徹平が来るまでにできるだけ街のほうへ下りとくからさ」

『オッケ。とりあえず進行方向そっち向けたから、後で詳細番地メッセージ入れといてくれ』

「分かった。ありがと」

八月二十二日水曜日、午後三時五十五分。
中田忍冒険隊が謎の金庫を発見し、開錠方法に悩んでいた頃のこと。
瀬戸内海方面へ向かう車内で交わされた、義光と徹平の会話。

「……ん、ごめん。寝ちゃってた」

「いーっていーって。そっちは山降りてきたばっかなんだからさ。疲れてんだろ」

「徹平だって車で仮眠しただけでしょ。運転ずっとさせてるのに悪いよ」

「だったらその分、ヨッシーは俺の分まで頭使ってくれ。そしたらヨッシーが寝てても、半分俺が寝てることになるからイーブンだろ？」

「……そう、かな？」

「おう」

「まあ、いいならいっか、ありがと。今はどの辺り？」

「さっき瀬戸大橋渡ったとこ。夜までには目的地着けんじゃねーかな」

「あー、それ気になってたんだよね。目的地って、船の当てでもあるの？」

「さっき話したろ。友達(ツレ)の友達(ツレ)が香川でなると漁(と)ってっから、話継がせて船借りるってよ」

「待って徹平」

「あんだよ」

「なると漁(と)ってるって何」

「え、ヨッシーなると知らねぇの？　ラーメンに……あぁ、最近の奴(やつ)にゃあんま入ってねぇから分かんねぇか。白くて柔らかくて、外側がギザギザしてて、真ん中にピンクのうずまきみてぇな模様が入ったカマボコみてえな具、見たことねぇかな」

「いやなるとは知ってるし、多分徹平よりも詳しいからね？」

「じゃあ何が気になんだよ」

「なるとはかまぼこの一種で、魚のすり身から作る加工食品だから。海では漁(と)れないから」

「おん……」

「……」

「……」

「……鳴門の渦潮がどーとか」

「うん、わかった、もう何漁(と)ってるかは聞かないから」

「流石(さすが)ヨッシー、話が分かるぜ」

「で、そのツレのツレの方って、アリエルちゃんと会わせても大丈夫な感じなの？」

「知らね。船だけ借りればいいんじゃね？」

「……誰が操縦するの？」

「俺」

「えっ」

「俺とヨッシーだけで行けばいいじゃん。ダメか？」

「いや、それが一番都合いいけどさ。操縦できるの徹平」

「久々だからちょっとアレだけどな。一級小型船舶操縦士と特殊操縦免許は持ってる」

「どうして」

「釣りにハマってたから。自前の船も欲しかったけど、早織がすげー怒るから止めた」

「そ、そう……」

◇◆◇◆◇◆◇

八月二十二日水曜日、午後六時四十九分。

中田忍冒険隊が耳島研究施設の最奥部に至り、アリエルが穴に転落した後のこと。

直樹義光と若月徹平は、香川県のとある港町へと到着していた。

「おかえり。どうだった？」

「いや、なんとか一艘借りれたんだけどよ。流石に今の時間からじゃ危なくね？」

「うん……まあ、そうなんだけどさ。実は昼前くらいから、忍のＧＰＳが探知できなくなってるんだよね」

「マジか」

「単なる電池切れかもしれないし、二重遭難の恐れもあるから、無理しないほうがいっか。大人しく陽が昇ってから捜しに行くのでも――」

「いや、それなら話は別だ。準備ができたらすぐ出んぞ」

「大丈夫なの？」

「大丈夫にすんだよ。ノブが助け求めてるかもしんねぇんだろ」

「……そう、だね」

「とりあえず、ノブの最終位置教えてくれよ。もしかしたら行き先の島、分かるかもってさ」

「ほんと!?」

「……おし、やっぱココだ」

「なんで分かったの？」

「この近くで地図にない島っつったら、ココらしい」

「あ、地元じゃ有名な感じ?」

「旧日本軍の秘密基地があった島だってさ。あんま上陸向きの地形じゃねえし、雰囲気もそんな良くねぇから、わざわざ上陸する奴はいねぇらしいんだけど」

「何それ。大発見じゃん」

「嘘かホントか知らねーけど、地図に載らない秘密の島なんて、この辺じゃ珍しくもないんだと。いい感じの砂浜あるトコは、船持ってる若い奴らが遊びに使ったりもしてるらしい」

「国に言ったりしないの?」

「知らんけど、地図から消えてんだから、国もなんか理由があってわざと知らねえふりしてんじゃねえの。なんか処理とかめんどくさそうだし。あれだよ、工事現場で遺跡っぽいヘンなモン見つけても、とりあえず生コンブッ込んでなかったことにする感じ?」

「え、逆に知らないけど、そんなことやってる現場あるの?」

「世の中皆が皆、折り目正しい奴らばっかじゃないんだろ。興味ない昔々のお勉強より、今日の自分の予定が潰れるほうが悪って奴が、世の中には結構いるんだよ」

「……了解」

「おし。そんじゃ出ようか」

「ううん。少し休んでから出よう」

「なんでだよ」

「完全に未知の危険な島じゃないなら、慌てて変な事故起こすほうがよっぽど危ない。僕も準備したいことがあるし、徹平も操縦復習するなり、休むなりしたほうがいいよ」

「準備したいこと？」

「これの充電とか、設定確認とか」

「あんだこれ」

「フィールドワーク用の緊急通信デバイス」

「もっと子供に教えるように」

「このデバイスは海外製のヤツでさ。半径何キロかに電波を発射して、同じデバイスを持ち歩いてる人同士を結び付けて、スマホを介して専用のアプリで通信できるの」

「アンテナ圏外でも？」

「デバイス同士が直接通信する形になるから、有効範囲内ならスマホの電波が圏外でも通じるよ。山や海でのサバイバル中とか、災害でネットワークが寸断されても、これがあれば最低限の連絡は取り合えるってわけ。日本の電波法には違反してるけど、万一のときナシエルに監視されない通信を持ちたいって言うから、奥の手として忍にデバイスを渡してあるんだ」

「また俺だけ除け者かよ……」

「……他に言い方見つからないから、正直に言うからね？」

「お、おう」

「壊すか失くすかするだろうし、そもそも違法な通信装置なんて家に置けるの？」

「……分かった。俺に正論による暴力を責める資格はないらしい」

「分かってくれたらいいよ。とりあえず今は行動しよう」

「へいへい。でもがっつり寝るんじゃなくて、仮眠にして深夜には出ようや」

「明るくなってからじゃなくていいの？」

「心配だからな。ゆっくり寝れねぇ」

「なるほど。了解」

かくして、八月二十三日木曜日、午前三時三十七分。

中田忍と直樹義光は、緊急通信網の確立に成功した。

忍は直ちに現状を伝え、必要な機材等の手配を依頼。

義光と徹平は一旦香川の港まで戻り、明るくなってから要り物を買い揃えた上で、ついに耳島へと上陸したのである。

「アリエルちゃん、もし聞こえてたら聞いてね。ゆっくり、ゆーっくり息を吸うんだよ」

義光は酸素吸入ボンベをアリエルの鼻と口に当て、優しく声を掛け続ける。

本当にかき剤の影響かは明らかでないし、吸気から時間も経っているし、そもそも応急処置でしかないのだが、異世界エルフをヒトの病院に連れていくリスクはあまりにも大きいので、現状容易に取り得る手段から試みるのも、そう悪くない判断ではある。

「……忍センパイ」

「義光は医療従事者でこそないが、豊富なフィールドワークの経験と、検体野生動物に対する手当の知識などを活用し、確かな処置を施してくれるだろう。心配は無用だ」

「そんなことどうだっていいんですよ」

「ふむ」

「なんで最初っから教えてくれないんですか！」

荒ぶる由奈の後ろでは、環と徹平がうんうん頷いている。

環は由奈に加勢して忍を責めてもよさそうなものだが、さっきまで散々、さんっざん泣き喚きまくった後なので声が裏返っており、自重して一歩下がった位置にいるのであった。

「期待はしていたが、状況をすべて説明できていなかった以上、来てくれる確信はなかったからな。まやかしの希望を抱かせるのは、却って酷だと考えた」

「まやかしでもなんでも、ある物全部並べといてくれたっていいじゃないですか！」

「だがあれだけのメッセージで、義光と徹平がここに来てくれると思うか」

「来たじゃないですか現に今！　ここに!!　来てくれてるじゃないですか!!!」

「そうだな。有難いことだ」

「脳ミソ人工衛星の中田忍とそのお友達なんですから、もうこっちは何やったって驚きゃしないんですよ。今度からそういうのもちゃんと話に出してください。いいですね」

「分かった。約束しよう」

「もう……じゃ、スマホ登録させてください」

「登録とは」

「GPSですよ。登録したらお互いの位置が分かるようになるんでしょう」

「それはできない」

「どうしてですか！」

「俺と義光は互いの信頼信義に基づき、目的外のソフト悪用を行わない約定で互いのデータを提供し合っている。このような表現は本当に申し訳ないんだが、君の今までの行動に照らし、君がそのコンプライアンスを順守できるとは到底考えられない」

「忍センパイひどい。最低。あんまりです。興味本意で忍センパイの個人情報を弄ぶことすら、私には許されないって言いたいんですか!?」

一ノ瀬由奈は絶好調であった。

そして。

「ん、んん……ン―」

「あ、アリエルちゃん起きた」

「「「えっ」」」

「ほう」

酸素を吸わせ始めて一分も経（た）たぬうち、あっさり目覚める異世界エルフ（アリエル）であった。

数時間後、耳島の浜辺。

水分補給を済ませ体調を回復させた忍は、朽ち木に腰掛けて義光と話し込んでいた。

「じゃあ結局、耳神様（みみがみさま）の行方は分かんないままなんだ?」

「生死も含めて、というところだな。ナシエルとの関連性も掴（つか）めんままだ」

「そっか……」

「シノブ、ヨシミツ、シノブっポイ顔をしていてはいけません。今はたくさん、たくさんお肉を食べるべきときなのだと、テッペーが教えてくれたのです」

ニコニコ顔のアリエルが、徹平（てっぺい）の焼いた、肉ばかりが盛られた紙皿を差し出す。

忍は苦笑交じりの仏頂面（ぶっちょうづら）で、義光はにこやかに、その皿を受け取るのだった。

現在忍たちは、耳島の波打ち際でバーベキューに興じている。

もちろんただ遊んでいる訳ではなく、リアルヨーロピアンワゴンを浮かせても一般人に見つからない夜までの時間潰しと、飛行を担当する異世界エルフの魔力充填という、大変崇高な目的の下遊んでいるのであった。

「助かったよ。ありがとう、義光」

「ううん。本当なら僕も最初から付き添いたかったし、むしろ遅れてゴメンって感じかな」

「それもあるが、俺が礼を言いたいのはバーベキューの話だ。一ノ瀬君と御原君、何よりアリエルの記憶に、今回の件が嫌な形で残らんよう、配慮してくれたのだろう」

「……そういうの、あんまり口にしないほうがいいんだよ?」

「確認は必要だ。もしそうでないのなら、俺は一ノ瀬君と御原君を直ちに港まで戻させ、各種健康診断等の措置を取らなかった自分を恥じねばならなくなる」

「……忍の言う通りだよ。皆に嫌な思い出が残らないよう、わざとバーベキューやりました」

「俺は風呂とトイレ優先っつったんだけどよ。ヨッシーがどうしてもっつーから」

「義光はこうした生活に慣れているからな。そこまで気が回らんのも仕方あるまい」

「忍センパイ」

「どうした」

「偉そうに言ってますけど、逆の立場でもそんな気遣いしなかったでしょ」

「まあな」

「アリエルも！　アリエルも慣れっこです!!」

何が嬉しいのかは知らないが、何故か嬉しそうなアリエル。

この笑顔を取り戻せたことだけ見ても、直樹義光の若干デリカシー不足な気遣いによって、波乱に満ちたこの冒険にひとまずの幕引きができるのだと、この場にいる誰もが安堵した。

そう。

ただひとりを除いては。

「あの……徹平さん」

「お？　どうした環ちゃん。やっぱトイ……お手……風呂……お花摘み優先のが良かったか？」

女子高生相手のデリカシーに配慮しようとする徹平だったが、環はまるで気にしていない。と言うよりは、気にするだけのゆとりがない様子であった。

「いえ、いえ全然、それは全然大丈夫なんですけど、その……」

「タマキ、ダイジョブですか？　アリエルの羽衣はいつでも出番をお待ちしています」

「……アリエルちゃん、そういうのは人前とか大声で言わないものなんだぞ」

「トイレと言ってはいけないとユナに教わったので、ふわりと表現しました、アリエルです」

「惜しかったな。もう少し分かりにくくしないとマナー違反だ……で、なんだっけ環ちゃん」

「あ……すみません、一旦大丈夫です。失礼しました」

「じゃあ理由は聞かないけど、一ノ瀬さんと環ちゃんだけ先に本土戻るか？」

「だからほんとに、そういうのじゃないんですってば!!」

「わーった、わーったけど……だったら用事はなんだったんだ？」

「あーいえ、一旦ちょっと、勘違いだったみたいなんで、一旦忘れてください!!」

「……おう。なんかあったら、俺でも誰でも相談するんだぞ」

「はい。ありがとうございます」

環を気遣い追及を止めた徹平の判断は、果たして正しかったのか。

今はまだ、誰も知らない。

第五十一話　エルフと等価交換

旅程の翌週、八月二十七日月曜日、お昼休み。

福祉生活課支援第一係長、中田忍は、区役所から少し離れたラーメン屋の店先にいた。

上層階が細く背の高いマンション、下層は複数のテナントが入る雑居ビルじみた建物。

一階部分にあるその店に、ビル自体が掲げる小さな突き出し看板以外の看板はなく、プリンタとラミネートで手作りしたようなポスターと商品写真でのみ存在を主張しているため、ざっと見ただけではそこにラーメン屋があると気付くことすら難しい。

しかし、煮干しのスープが濃厚だ。

たまたま入り口前を通りかかった客は、排気口から吹き出す薫りに誘われ、初めてその店の存在に気付くという、隠れた人気店なのであった。

「ふむ」

忍は提灯の掛かった暗い入り口から進入し、店内と券売機を確認する。

うだるような暑さの影響か、とりあえず席は空いていた。

アリエルとの同居以前は時々足を運んでいたが、アリエルに昼ご飯を作ってやる都合上、自身も弁当を持ってくることになるので、しばらく足が遠のいていた店である。

――久々に、楽しませて貰おうじゃないか。

濃厚な煮干しそばに加え、自信のサブメニューだという玉子かけご飯の食券を購入する忍。

「らっしゃーせー。いてるっぉせきっへどぉぞぉー」

従業員の接客はいかにも〝らしい〟感じであったが、ラーメン屋の流儀をよく学び理解している中田忍にとって、その態度は必ずしもネガティブな印象を受けるものではない。

むしろ従業員の小綺麗に整った服装や、清潔の保たれているカウンターの状態などに鑑みると、期待感はより高まったとすら言えた。

あまり知られていない事実だが、中田忍はそこそこの食通である。

十年以上にわたる外食生活で舌は肥えているし、他人の仕事に厳しく自分の仕事にもっと厳しい生来の気質は店の評価基準を相当厳しい位置に押し上げている。

加えて、魂の根底に根付いた凝り性と目ざとさは、ファストフード店ですら最高の満足を得られるメニューを無意識に追い求めてしまうのだ。

調査力と行動力も無駄に高い上、ランチやディナー、宴会にスイーツと、ジャンルの垣根を作らず探究に当たる度量と度胸も持ち合わせているため、食に対する嗅覚は相当な領域に達しており、美味しい食事に関する知識もたっぷり持ち合わせているのだった。

いきなり始めた自炊が存外美味しく作れたり、遊び歩いていない割に美味しい店を色々知っていたりするのは、そういう素地の元成立した必然なのである。

　ただ、忍は自身の食通ぶりを正しく自己分析できておらず、食にはあまり拘りがないぐらいに考えているし、中田忍なので、その知識と経験を誰かの役に立てられる場面はほぼない。

　例えば、区役所における忍の味覚評価は『飲み会の度に自分用伝票作って好きなもの頼む変な人』『人間の食事より電気自動車の急速充電器がお似合い』『ガソリンで動くんだと思ってた』レベルに留まり、美味しい店を紹介して貰おうなどと考える命知らずは無きに等しい。

　最近食事に連れて行かれたり、手料理をご馳走になった由奈でさえ『忍センパイの癖に美味しいお店知ってて生意気』程度の認識しかなく、いやこれは由奈の人間性に問題がある話なので枠外と考えるべきであろう。

　中田忍を若手の頃から知る、福祉生活課専属保健師の菱沼真理だけは、忍の食・データベースに絶大の信頼を置いており、時々こっそりお勧めの店を聞き出して、さも自分が見つけたかのように若い女性職員にマウントを取るため利用しているのであった。

「っせしゃっした、、特製濃厚煮干しそばでっす。お次玉子かけご飯もおぉちしぁっす」

　店員が差し出した小さめのどんぶりから、物理的な圧さえ感じる煮干しの薫りが漂う。

　白と紅のコントラストが眩しい薄切りのチャーシューに、気取った雰囲気の半熟煮玉子。

　定番の海苔と青ネギに加え、タケノコの姿を残す大きなメンマとシャキシャキとした食感の刻みタマネギが、濃厚な煮干しスープによく合うのだ。

澄ましたビジュアルとは裏腹のボリューム感に、期待は否(いや)が上にも高まっていく。

次いで運ばれてくる玉子かけご飯は、そのまま楽しむべきか、スープと合わせるべきか。

——さあ。

口元だけで武人のように微笑(ほほえ)み、念願のラーメン攻略を始めようとしたところで。

ブブッ
忍のポケットで、スマートフォンが震えた。


【一ノ瀬(いちのせ)由奈　さんからの新着メッセージが一件あります】


『やっほー』

〝すまない、今は取り込み中だ〟

〝用件を簡潔に頼む〟

『別にないです。今日どうだったかなーと思って』


少し考え、忍は一旦(いったん)箸を置いた。

正論や無視で躱(かわ)せる相手でもないので、せめてさっさと話を終わらせ、ラーメンに集中しようという合理的判断である。

〝いつも通りだ〟

〝何も変わらない〟

『中田係長の大切さが骨身に染みて分かりました』

『いままでごめんなさい……みたいなのは？』

〝公務員の仕事に属人化は禁忌だ。誰がやっても同じ結果が出力されるべきだ〟

〝いなければいないなりに、どうとでもなる〟

〝そういう風にできている〟

『分かってるのに、今まで休まなかったんですね』

〝代わりがいようが、俺が俺の責務を放り出す言い訳にはならん〟

『はあ、まあ、なんでもいいんですけど』

『アリエルはどうしてます？』

『土曜にこっち戻って来てから、本人からも音沙汰なかったんですけど』

〝体調の話なら、心配要らんレベルまで快復しているようだ〟

『起き抜けからバーベキュー食べ散らかしてましたし、今更心配要りませんか』

〝エルフ文字の件についても、覚えていないの一点張りだ〟

〝旅の成果になりうるものだが、こればかりはな〟

『もう一度見に行けたらいいんですけどね』

〝現地でも話したが、アリエルを蝕んだのが〝かき剤〟ではないかという御原君の仮説は〟

〝俺としてもある程度納得がいくところだが、確定的な根拠はない〟

〝あのときはたまたまヒトに影響がなかっただけで、再び潜った際に新たな犠牲が出れば〟

〝俺もアリエルも耳神様どころではなくなる〟

〝よって、再度の踏査は行わない旨、アリエルと合意を交わした〟

〝あの件はあれで終わりだ。理解を求めたい〟

『承知しました』

『他には変わった様子あります？』

〝強いて言うなら、広島に行く前より活発になった印象を受ける〟

『活発？』

〝ヒトの営みに興味を強く示し、前にも増して色々と質問してくるようになった〟

『アリエルにも、色々思うところがあったんでしょうね』

〝俺もそう捉え、好きにやらせている〟

〝今日は昼から御原君の家へ遊びに行き、昼を馳走になるそうだ〟

『あぁ、始業式なら午前授業か』

『だから忍センパイ、今日はお弁当じゃないんですね』

〝そうなる〟

〝戻りの時間もあるし、そろそろ食事に移りたいんだが〟

『食べながらスマホすればいいじゃないですか』

〝必要があればそうするが、用件は別にないのだろう〟

『忍センパイひどい』

『最低』

『話打ち切ろうとしてるのバレバレですよ』

〝打ち切ろうとしていると伝えたつもりだ〟

『正論みたいに言ってますけどね』

『忍センパイから私に用件ないんですか？』

少しの間。

〝一ノ瀬君〟

〝戻って来てから具合はどうだ〟

『遅い』

『遅過ぎます』

『中華街の食べ放題くらい提供がおっそい』
『全然間に合ってないんですけど』
〝ふむ〟
『私もう二十七歳の社会人なのに、謎の無人島探索までやったんですからね？』
『魔法少女のカッコまでしてお付き合いしたんですからね？』
『即座に気遣う言葉が出て来ないのなんなんですか？』
〝すまない〟
『分かればいいです』
〝それで、具合のほうはどうなんだ〟
『仕事も体調もばっちりなんで、とっとと誠意見せてください』
〝すまなかった〟
『言葉は誠意に入りません』
〝では現金か〟
『デスクにごま油ブチ撒けますよ』
〝ならば、いつかのように食事でも奢ろう〟
『いいんですか？』
〝ああ〟

〝それで贖罪が叶うならば〟

メッセージを送り終わった直後。


「らっしゃーせー。ぃてるっぉせきっへどぉぞぉー」

「あ、連れが先に入ってますので、荷物だけ置いてもいいですか？」

「しょーちゃっしたー、ごゆっ、くりどーぞぉー」

新たに入店してきた女性客が、迷わず忍の隣に歩み寄ってくる。

顔を確認するまでもないが、確認せずにもいられない。

「では、ご馳走になります」

見上げれば、邪悪な笑みを浮かべた一ノ瀬由奈がそこにいた。

「……」

忍はたっぷり三秒由奈を見つめ、続いて天井を仰ぎ嘆息し、ふと自分のラーメンに目線を落として、中太麺がやや太麺に変化している事実を重く受け止めて。

「どれがお勧めですか？」

「俺は濃厚の煮干しを頼んだが、鶏白湯やつけ麺も人気らしい」

「じゃ、忍センパイと同じのがいいです。チャーシュー多くしてください」

「……承知した」

――追加料金を払えば、スープを足して貰えるだろうか。

伸び切った麺の始末に頭を悩ませながら食券販売機へ向かう、中田忍であった。

◇　◆　◇　◆　◇　◆　◇

同じ頃、御原邸のリビングダイニング。

ベランダからの侵入ではなく、初めて友達の家にお呼ばれし、玄関から入ることを許された異世界エルフ、アリエルは、テーブル越しの向かい合わせで環とランチを楽しんでいた。

「お味はいかがですか、アリエルさん」

「あまり味は感じません。ほんの少ししょっぱくて、独特の歯ごたえがタノシー」

「はご……？」

「クルクルして、ムシャムシャしました」

御原環渾身の力作、調理実習でもお馴染みのミートソーススパゲティである。

カレーライスの要領で、ソースを散らさず食べるのがマナーと考えたのか、器用にミートソースを避けてパスタを巻き取った異世界エルフは、まぁまぁの表情でもぐもぐしていた。

かわいい。

「……ああ、アリエルさん、それ和(あ)えて食べてください」

「アエテとは」

「中身を……和えることです」

「ムーン？」

自称文系のときが多いが実際言うほど文系ではない、十六歳高校二年生の御原環(みはらたまき)であった。

「えっと……どうしよ、なんて言えばいいんでしょう、その、こう、ぐるぐるとですね……」

頼りない手付きで非実在(エア)ボウルを抱(かか)え、非実在(エア)ホイッパーを回し始める環。

その様子を見た異世界エルフ(アリエル)の心に、聖夜の記憶が浮かび上がる。

「タマキ」

「え、はい？」

「アリエルは〝アエテ〟を分かりました。〝アエテ〟は〝混ぜる〟に近い感じなのですね」

「あ、そっか、混ぜるで良かったんだ。言葉が出なくてすみません、それでお願いします」

「……はい」

頷(うなず)きを返し、真剣な眼差(まなざ)しで平皿にフォークを沿わせたアリエルは、

「フォオオオオオ!!」

「ひゃあああああ!!」

昨年のクリスマスイヴ、生クリームをフレッシュバターとバターミルクに分離させた超絶技

巧により、ミートソーススパゲティを猛然とかき回し始めたのだった。

なお、大惨事を予想した環は必要以上に大騒ぎしてしまったが、その超絶技巧によりミートソースは一切飛び散らなかったことを、河合アリエルの名誉の為明らかにしておく。

「すみませんタマキ、驚かせてしまいました」

「あ、大丈夫です大丈夫です。結局私がひとりで慌ててただけなんで」

「日本語は難しいです。タマキのせいではありません」

食事を終え、環の私室に移動したふたりは、ふかふかベッドでゴロゴロしていた。

最近までの私服はジャージ一辺倒、食事も適当だった環だが、家事そのものはマメにこなしているので、ベッドのシーツはさらさら、マットレスはふかふかなのだ。

「でも、忍さんと一緒のときは、さっきみたいなトラブル起きないんですよね？」

「シノブはアリエルが間違えるっポイ言葉を、あまり使わないようにしている感じです。後は、間違えるっポイ感じを感じたら、すぐに別の言葉で言い直したり、動きや道具で分かり易く表現し直したりします。そしてアリエルが間違っても、ずっとシノブっポイ顔のままで、すまんと言います。だからアリエルもホァーとならずに、フムーでいられるのです」

「……やっぱり、忍さんは凄いんですね」

「はい。シノブは、とってもイケテル」

ニコニコ顔のアリエルであった。

かわいい。

環は外したダテメガネをいじくりながら、複雑な表情でアリエルに微笑みを返す。

「体、大丈夫ですか？」

「アリエルはダイジョブですし、特に悪い影響が残ったりもしていません。むしろあのときは、どうしてホァーとなってしまったのか、今となっては分かりません」

「それは私たちもですよ。どこか痛くなったり、苦しくなったりしちゃったのかなって、とっても心配したんですから」

「アリガトー、タマキ。でも、元々〝アリエルたち〟は、キビシー環境で生きることを想定されて創られていると、アリエルは考えています。なので、高いところから落ちて頭を打ったくらいでは、なんともないように創るのがタダシーのではないでしょうか」

平然と放たれる、実にＩＱの高そうなアリエルの考察。

以前とはどこか違う様子のアリエルに、環は驚きと頼もしさと、少しの恐ろしさを感じた。

「……」

あるいは、そうではないのかもしれないと、御原環は考え直す。

耳島の一見以降、異世界エルフの在り方に変化が生じたのは確かだろう。

しかし、環の感じた恐ろしさは、アリエル自身がもたらしたものではなく。

環自身の心の内から、漏れ出していたのかもしれないと。

故に環は、口を開いた。

あの日、由奈や忍はおろか、徹平にすら明かせなかった、己の罪を懺悔するため。

「……あの、アリエルさん」

「はいはいタマキ、なんでしょう」

「私、アリエルさんに、み、見て欲しいものがあったん……たんでした」

「あったんたんですか」

「はい、たんたんです……ちょっと驚かせちゃうかもですが、先にごめんなさい」

「カマワンヨ」

異世界エルフは寛大であった。

動揺を押し隠し、環はベッドから起きてスマートフォンを開き、隣のアリエルに示す。

それをふわふわと覗き込んだ異世界エルフ、アリエルは。

「……アゥ」

映し出された画像を見て、アリエルは小さく息を飲む。

「ごめんなさい。アリエルさんが落ちた穴のエルフ文字を撮影した動画です」

スマートフォンの画面上には、光の綿毛に照らされた、例の穴の様子が映し出されている。汚水のような何かで書かれたエルフ文字もはっきりと見え、文字はアリエルが倒れていた近辺だけではなく、床面から壁面に渡って殴り書きされていたのだと分かる。

きっちりと精査すれば、すべてのエルフ文字の内容すら確認できるかもしれなかった。

「……ナン、デ……」

「私、アリエルさんが落ちたとき、何もできなかったんです。あーっ、てなって、どうしていいか分からなくなって、馬鹿みたいにボサッと立ってることしか、できなかったんです」

「……」

「だから、何か特別なことができないかと思って。もしアリエルさんが倒れたのが、危ないガスのせいだったりしたら、もうここには戻ってこれないと思って。アリエルさんを引き上げようとする忍さんを手伝いに行ったとき、とっさに撮りまくっちゃったんです。アリエルさんのこと、ぜんぶの気持ちで心配しなきゃいけないときだったのに、本当にすみません」

環はアリエルに向かい直立し、深々と頭を下げる。

アリエルはそれを怒るでもなく、悲しむでもなく、強張った表情のままだ。

「タマキ……」

「ご、ごめんなさい、嫌でしたよね。でも、無事に帰れたときこの動画があったら、アリエルさんが喜ぶかもって思っちゃって、私、すみませっ――」

「いえ、タマキの作者の気持ちは、とってもウレシーです。アリエルのことを心配してくれて、さらにアリエルのために何かをしてくれようとしたのが、ちゃんと分かります。ありがとうございます、タマキ」

そう言ってアリエルは、環にふわりと微笑みを向けた。

しかし。


――嘘だ。


人生経験の浅い環にも、そのくらい分かる。

今のアリエルは、少しも『ありがとうございます』などと思ってはいない。

普段、あれだけ感情表現豊かで、隠し事が苦手で嫌いで、底抜けに素直な異世界エルフが。

こんなに悲しそうな態度で、環へ礼を述べるはずがない。

「……」

追及すべきかせざるべきか、環が一瞬の判断に迷う、その間に。

アリエルが、可憐な唇を震わせる。

「タマキ」

「へ？　は、な、なんでしょう」

「エルフ文字の動画のことを、シノブや他のみんなは知っているのですか？」

「……言えないです」

「なぜでしょう」

「アリエルさんへの心配を放り出すみたいな形で撮った動画ですから、撮ったこと自体言い出し辛くて、誰にも相談できませんでした。でもアリエルさんに見て貰って、許して貰って、中身を読んで貰って、ちゃんと意味のあるものだと分かったら、忍さんたちに話をするのもいいのかな、って……ズルって言われたら、それまでなんですけど」

「それならタマキに、ひとつお願いを聞いて欲しいのです」

「お願い？」

「エルフ文字のことは、秘密にして貰えませんか？」

「……ちょ、ちょっと待ってくださいアリエルさん」

「なんでしょう、タマキ」

「いやだって……その……ヘンじゃないですか」

異世界エルフにとって〝秘密〟という言葉が重い意味を持つと、御原環は理解している。

異世界エルフたるアリエルは、その存在自体が秘密の塊であり、魔法少女騒動や尊厳に関する一件、あるいは異世界エルフの保護そのものが、アリエルに対する〝秘密〟を守る必要性を教え込むための教材であったとも言える。

その一方で、隠しごとは良くない、信用は大事だと語っていたアリエルのことを、共に過ごしてきた環は知っている。

〝秘密〟を作る大切さ、作らぬ尊さを、今の異世界エルフはよく知っているはずなのだ。

それなのに。

「ヘンでもなんでも、アリエルは秘密にすべきと考えているのです。動画を撮ってくれたタマキには申し訳ないのですが、動画はなかったことにして、全部を秘密にして欲しいのです」

「……」

だが彼女は、女子高生ながらに中田忍の傍にいることを許された傑物、御原環であった。

異世界エルフの奇妙な言動からも、納得できる理由を見出そうと、真摯に頭を悩ませる。

決して難しいことではない。

彼女のメガネは、既に外れているのだ。

「アリエルさん、確認させて欲しいんですが」

「はい」

「この段階で『秘密にして欲しい』って言葉がアリエルさんから出るってことは、アリエルさん自身はエルフ文字のことを、全部読み終わっていたってことですよね。内容を理解した上で、秘密にして欲しいって判断したってことで、いいってことですよね」

「……そのような、ことことです」

「ことことですか」

「ことことです」

強張(こわば)った微笑(ほほえ)みを交わすふたり。

別におかしな話でもない。

話題こそ重いものの、喧嘩(けんか)をしている訳ではないのだから。

互いにその意思を確認し合ったことで、流れる空気が僅(わず)かに和らぐ。

「だけど、秘密っていつかはバレちゃいますし、バレるのが後になればなるほど、大変なことになりがちですよ。他の皆さんや私なんかには黙ってるにしても、せめて忍(しのぶ)さんには話したほうがいいんじゃないですか?」

「それはいけないことなのだと、アリエルは考えています。特にシノブには、絶対秘密にしておかねばならないとも考えているのです。タマキがシノブをだいすきというバレバレの秘密に比べたら、全然バレバレにはならないとも考えています」

「うぐッ」

予想外の方向から乙女の秘密を抉られ、乙女らしくない苦悶の声を上げる環であった。

「ちょ、待ってくださいよアリエルさん。バレバレってなんですか、バレバレって」

「バレバレです。アリエルに分かるのですから、テッペーなどはアリエルより早く分かっていたのではないでしょうか」

「……なんで徹平さんですか？」

「テッペーは違いの分かるオトコなのです。ティアラはテッペーをばかだばかだと言いますが、テッペーがみんなをよく見ているのが、みんなをよく見ているアリエルには分かるのです。ユナやヨシミツも、分かっているかもしれませんが」

「うう……なんですかそれ……」

ナチユラルに省かれた中田忍本人については、アリエルも環も特に触れない。

見る目のある異世界エルフと、女子高生なのであった。

「……動画を秘密にすることで、アリエルさんや誰かに危険が及んだりはしないですか？」

「はい」

「アリエルさんだけ我慢して、皆に黙って問題を解決しようとしてるとかでもないですか？」

「そうですね。話しても意味のないことです」

「意味がないなら、話してくれても一緒じゃないですか」

「……それでも秘密にしたいのが、アリエルの作者の気持ちになります」

こうまで頑(かたく)なに言われてしまえば、環(たまき)としては処置がない。

環はアリエルより先に、自分の気持ちと我儘(わがまま)で、アリエルへ秘密を強(し)いている。

仮に環の秘密だけを守るよう強いたとしても、アリエルは笑って許してくれるだろうが、今度は環自身の誠実さがその不平等を許さない。

アリエルの秘密の質など知る由(よし)もないが、アリエルが環と同じ理屈で環に秘密を求めるならば、環としてもアリエルの判断を受け容れるしかないのだった。

「分かりました。エルフ文字のことは、私とアリエルさんだけの秘密にしておきます。ただ、動画は勿体(もったい)ないのでとっと——」

「タマキー！！！」

　がばーっ。

　ぽやんぽよん。

「わ、ちょ、アリエルさん苦しいでふ」

「アリガトー!!　ありがとうございます、タマキー!!!!!!」

余程(よほど)不安だったのだろう。

アリエルは環と出会ったときのように見境なくばいんばいん抱き締め、たゆんたゆん捏(こ)ね回すものだから、環はもうただ身を任せるほかないのであった。

「それではタマキに、対価を支払わなければいけませんね」

「ふぇ?」

たっぷり数分嬲(なぶ)りに嬲られ、乱れた着衣を直していた環が、実に間抜けな声を上げる。

「アリエルがシノブの家に来たばかりの頃(ころ)、シノブはそんな感じのことを言って、アリエルの水をもらう代わりに、リンゴジュースをくれました。あのときはチンプンカンプンでしたが、今のアリエルには少し分かります。ヒトは本来、要望に相応の対価を支払って、その望みを叶(かな)えるものなのです」

「……友達に対価は要らないんですよ、アリエルさん」

「それは、お互いの気持ちが一緒のときだけだと、アリエルは分かっているつもりです。タマキは秘密を知りたいのをガマンして、アリエルの意思を尊重してくれているのです。これはアリエルも、甘えていられません」

大久野島(おおくのしま)旅行での経験からか、例のエルフ文字にまつわる何かのせいか。

原因はともかく、異世界エルフ(アリエル)の心境に、大きな変化があったことは間違いない。

今のアリエルは、ただ意思を疎通(そつう)するだけでなく、その先にまで手を掛けようとしている。

「でもアリエルには、タマキがどうすればウレシーになるのか、イマイチです。リンゴジュースの代わりにコーヒー牛乳をお出しできればよいのですが、アリエルのおっぱいはコーヒー牛乳どころか、コーヒーではない牛乳すら出せない有り様なのです。すみません、タマキ」

「糖尿病じゃあるまいし、コーヒー牛乳は誰のおっ……胸元からも出ませんよ」

「トウニョウビョウになれば、コーヒー牛乳が出せますか？」

「さあ……？」

出るわけがないのであった。

もし出るようなヒトがいたとしたら、その人は直ちに精密検査を受けたほうが良い。

「困りました。コーヒー牛乳以外でタマキがだいすきなものを、アリエルはシノブくらいしか知りません。でもシノブに何かしてもらうのでは、アリエルの対価ではありませんね。アリエルが何をすれば、タマキはウレシーになってくれるのでしょう？」

「だから、私は対価なんて……」


その刹那。

環の脳裏によぎった、許されざる閃き。


「タマキ、どうしましたか？」

「あ、いえ、その」

風に舞う新聞紙のように、乱雑で不規則な場面が浮かんでは消える。

孤独だった日々。

ベランダから魔法陣を見つけた夜。

怪しげな偽エルフの儀式。

忍（しのぶ）との出会い。

雑木林では、ひどく突き放された。

そして、再びの出会い。

誠実を誓い合い、異世界エルフ（アリエル）と、素敵な大人たちに囲まれて。


その中心には、いつも中田（なかた）忍がいた。

いつの間にか、あれほど焦がれたエルフよりも、その存在は大きくなっていて。

やがて環の心を、いっぱいにしてしまった。


女として見られていないことなど、とっくに分かっている。

大人になりきれない子供。

そんな自分を不憫（ふびん）に考え、辛うじて傍にはいさせてくれた。

〝あの〟中田忍にその類（たぐ）いの情があるとは信じられないが、他に思い当たる理由もない。

何より忍の傍には、一ノ瀬由奈とアリエルがいる。

一ノ瀬由奈は忍に並び立ち、アリエルはヒトならざるスピードで忍に追いつき、今や追い越さんとすらしているところだ。

若さと行動力くらいしか取り柄のない環は、そのスピードに追い付けない。

耳島の最下層でそうしたように。

ただ何もできずに、置いてゆかれる自分に涙しながら、その場に立ち尽くすしかないのだ。


──待ってください。

──待ってください。

──私が皆さんに、追いつけるまで。


──もう少しだけ、待ってください。


叶わぬ願い。

時は誰の内にも、平等に流れる。

どれだけ環が急いでも、小さな想いを育てる間に、忍は誰かと幸せな結末を迎えてしまう。

たとえ由奈が、その気はないと言おうが。

たとえ忍が、アリエルを恋愛対象の埒外と言おうが。
いずれ、惹かれ合ってしまうはずなのだ。

――だって、素敵な人だから。
――忍さんも由奈さんも、アリエルさんも。
――だったら私は、どうすればいいんだろう。

覆せぬ出会いの順番。
共に過ごしてきた時間の差。
未だ子供である自分には、欠片の望みもないと言うのなら。

環の優秀な頭脳が、無意識に作戦を組み立てる。
それはアリエルでも忍でもなく、自分自身を騙し納得させるための、いやらしい屁理屈。

――ズルじゃない。
――これは、ちっともズルじゃない。
――最初から約束してたことだし。

——ウソをつくわけでも、誰かに無理を強いるわけでもないし。

——そうだよ。

——だって私は、コドモなんだから。

——ちょっとくらいハンデを貰ったって、いいじゃないか。

「アリエルさん」

「なんでしょう、タマキ」

「私が対価として要求すれば、本当になんでもしてくれるんですか?」

「もちろん、なんでもバッチコイです」

天使の謳う、悪魔の囁き。

「……でしたらひとつ、お願いしたいんですが」

御原環は、微笑みと共に屈した。

あとがき

本当に描きたいものだけを書き続けたいならば、作家など目指すべきではありません。

それは出版コードや編集部の都合、売れ筋のジャンルしか刊行を許されないだのなんだのというチャチな理由では断じてなく、「ひとつの作品を完成させるために、自分が本当に描きたかった創作を、自分自身で否定せねばならない瞬間が必ず訪れる」からです。

『公務員、中田忍の悪徳』は、現実の象徴である生活保護監理者の中田忍と、非現実の象徴である異世界エルフ・アリエルの対比から現実の醜さを描くことで、非現実にはない現実の美しさ、素晴らしさを浮き立たせたいと願い、書き始めた作品でした。

しかし、これを大きなひとつの物語として完成させるとき、印象を特定の方向に誘導してしまうような、強過ぎる毒となる要素は、自分自身の判断で切り捨てねばなりませんでした。

故に、商業作品『公務員、中田忍の悪徳』は、表題ほどに公務員を掘り下げていません。

最初に選んだポケモンを手持ちから外した瞬間のような侘しさと諦念、そして己が成長した手応えと喜びに心を刺されながら、作家は作品を洗練させてゆくのです。

そんな、創作者としての矜持と、プロとしての矜持の板挟みに悩んでいたある日。

私の心の中の『そんなの同人誌でやっちゃえばいいんだよ』おじさんが囁きました。

『そんなの同人誌でやっちゃえばいいんだよ』

戦いが始まりました。

担当編集氏、その他関係者の皆様に誠意ある説得、懐柔、懇願、その他諸々あらゆるアプローチを仕掛けてこの企画を通してやるぞと息巻いていましたが、蓋を開けてみれば皆様快くお力を貸して頂ける旨お返事くださり、己の弱き心を恥じる結果となりました（感謝）。

そして討議の結果、本編スピンオフならばOKということで、今巻と同時発売となる超公式的非公式同人誌『非正規公務員、丸山千尋の悪徳』刊行の運びとなりました。ヤッター!!

現代福祉の生々しいところを煮詰めまくったヤババヤバブラック原稿を、本家踏襲ロゴデザイン（ムシカゴグラフィクス様許諾ありがとうございます）&美麗なカバーイラスト&挿絵（棟蛙先生装画ありがとうございます）でコーティングして、あたかも夢と希望が詰まったキラキラ恋愛お仕事小説のように見える、ハニートラップみてえな一冊に仕上がりました。

読まなくても本編に影響がないよう気を付けましたが、読むと本編への解像度が段違いなので、中田忍寝取られをはじめとした各種ストレスに耐性のある方は、是非ご一読ください。

そしてなんと、担当編集氏のご厚意で、次ページにカバーデザインを掲載しております。

異世界エルフの顕現から、およそ8年前。
区役所福祉生活課に勤める非正規公務員、
丸山千尋は、時期外れの異動でやってきた
仏頂面の若手職員、中田忍の教育係となる

中田忍の元交際相手、丸山千尋の半生を通して描く、お仕事パートの集大成スピンオフ。

メロンブックス様への限定委託＆Ａｍａｚｏｎ電子書籍で、五月十八日より販売中です。

『公務員、中田忍の悪徳』はあと二冊、全八巻で完結となります。

応援し続けてくださった皆様に、最高の結末を楽しんで頂けるよう、全力で邁進致します。

それではまた、次の悪徳でお会いしましょう。

二〇二三年　四月某日　立川浦々

立川浦々の
Twitter

『公務員、
中田忍の悪徳』
無料短編集
公開 Blog

アクセスお待ちしております

GAGAGA

ガガガ文庫

公務員、中田忍の悪徳6

立川浦々

発行　2023年5月23日　初版第1刷発行

発行人　鳥光 裕

編集人　星野博規

編集　濱田廣幸

発行所　株式会社小学館

〒101-8001 東京都千代田区一ツ橋2-3-1

［編集］03-3230-9343　［販売］03-5281-3556

カバー印刷　株式会社美松堂

印刷・製本　図書印刷株式会社

rinted in Japan　ISBN978-4-09-453123-7